DIANA PALMER
Nora

Editado por Harlequin Ibérica.
Una división de HarperCollins Ibérica, S.A.
Núñez de Balboa, 56
28001 Madrid

© 1994 Susan Kyle. Todos los derechos reservados.
NORA, Nº 86 - 1.9.09
Título original: Nora
Publicada originalmente por HQN™ Books.
Traducido por María Perea Pena

Todos los derechos están reservados incluidos los de reproducción, total o parcial. Esta edición ha sido publicada con permiso de Harlequin Enterprises II BV.
Todos los personajes de este libro son ficticios. Cualquier parecido con alguna persona, viva o muerta, es pura coincidencia.
™ TOP NOVEL es marca registrada por Harlequin Enterprises Ltd.

® y ™ son marcas registradas por Harlequin Enterprises Limited y sus filiales, utilizadas con licencia. Las marcas que lleven ® están registradas en la Oficina Espanola de Patentes y Marcas y en otros países.

I.S.B.N.: 978-84-671-7453-3
Depósito legal: B-30909-2009

CAPÍTULO 1

Se llamaba Eleanor Marlowe, pero la mayoría de la gente la llamaba Nora. El diminutivo era sincero, sin artificios. Nora también era así, casi todo el tiempo. Había nacido en la era victoriana, y se había criado en Richmond, Virginia, lo cual era apropiado para una dama de la buena sociedad. Sin embargo, tenía una vena sorprendentemente aventurera para ser una joven convencional. Era impulsiva y a veces temeraria. Aquellos rasgos de carácter habían sido una constante preocupación para sus padres durante toda la vida.

De niña había sobrevivido a chapuzones mientras navegaba en yates, y a la rotura de un brazo al caer de un árbol mientras observaba a los pájaros cerca de la residencia familiar de verano de Lynchburg, Virginia. En el colegio tenía excelentes calificaciones, y asistió a una prestigiosa escuela para señoritas en la cual aprendió a comportarse en sociedad. Cuando cumplió los veinte años, Nora se tranquilizó un poco, y con la gran fortuna de la familia como apoyo, se convirtió en una figura prominente de la sociedad. Viajó por todo el país, del Este al Oeste, además de recorrer Europa y el Caribe. Era culta y tenía unos modales muy refinados. Sin embargo, seguía teniendo un carácter aventurero por el cual había sufrido un golpe devastador en África.

Estaba de safari en Kenia, viajando con tres de sus primos y sus esposas, y con un pretendiente autoritario que se había invitado a sí mismo. En su grupo de caza también figuraba Theodore Roosevelt, candidato a la vicepresidencia con el presidente William McKinley, que iba a presentarse a su reelección.

Roosevelt se había ido a cazar con sus primos y los demás hombres, y Nora se había quedado con sus primas en una elegante mansión. Se sintió entusiasmada cuando le permitieron unirse a la partida de caza durante un día y una noche completos, en que los hombres iban a estar acampados en un río cercano.

Su pretendiente de Luisiana, que era un hombre especialmente persistente llamado Edward Summerville, estaba molesto por la actitud distante de Nora. Ella tenía reputación de ser fría, mientras que él tenía la reputación de ser un mujeriego. Parecía que la indiferencia de Nora lo enrabietaba, y redobló sus esfuerzos por conquistarla. Ante su completo fracaso, en una ocasión en que ambos quedaron a solas brevemente a la orilla del río, él se comportó de una manera muy ofensiva. Las caricias indeseadas de aquel hombre le habían causado pánico a Nora.

Al forcejear para escaparse de él, a Nora se le había rasgado la blusa, así como el velo de red que protegía su delicada piel de los mosquitos. Mientras intentaba cubrirse había sufrido muchas picaduras. Uno de sus indignados primos derribó a Summerville de un puñetazo, y después lo expulsó del campamento. Sin embargo, antes de marcharse, Summerville acusó a Nora de haberlo engatusado, y juró que se vengaría. Ella no lo había engatusado, y todo el mundo lo sabía, pero el orgullo de aquel hombre había sido pisoteado, y quería hacerle daño. No obstante, la ira de Summerville era la última de sus preocupaciones.

Nora conocía las peligrosas fiebres que podían provocar las picaduras de los mosquitos, pero cuando pasaron tres semanas y no se había sentido mal, se relajó. Tres semanas después de haber vuelto a casa, un mes después de haber recibido las picaduras y en medio de unas fiebres muy altas, el médico le había diagnosticado malaria, y le había recetado polvo de quinina para combatirla.

Al principio, la quinina le hizo daño en el estómago, y le dijeron que sólo la protegería de las fiebres mientras la tomara. No había cura para la malaria, y aquel diagnóstico la angustió e hizo que se sintiera furiosa contra Summerville por haberla expuesto al peligro de aquella manera. El médico de la familia le había dicho, cuando por fin Nora superó el primero de los paroxismos del ataque y estaba recuperándose, que cabía la posibilidad de que sufriera la fiebre hemoglobinúrica, que era mortal. Y también le dijo que aquellos ataques de fiebre aparecerían de manera recurrente durante varios años, y seguramente, durante toda su vida.

Los vagos sueños que Nora hubiera podido tener sobre una familia y un hogar se desvanecieron. Nunca había conocido a un hombre que le resultara atractivo físicamente, pero sí quería tener hijos. A partir de aquel momento, aquello le pareció imposible. ¿Cómo iba a criar a unos niños si algún día aquellas fiebres podían matarla?

Sus sueños de aventuras murieron también. Quería ir a Sudamérica a conocer el río Amazonas, y a ver las pirámides de Egipto, pero con la malaria, tuvo miedo de arriesgarse. Por mucho que ansiara viajar y correr aventuras, valoraba más su salud. Así pues, llevó una vida plácida durante el año siguiente, y se conformó recordando su aventura africana ante sus amigos, que se quedaban impresionados con su coraje y su atrevimiento. Inevitablemente, sus hazañas fueron exageradas, y todos terminaron por pensar que era una aventurera. Algunas veces disfrutaba de su reputación, aunque no fuera del todo verdadera.

La alababan como un excelente ejemplo de mujer moderna. Le pidieron que diera conferencias en reuniones de mujeres sufragistas, y en meriendas de organizaciones caritativas. Se durmió en los laureles.

Y finalmente la invitaban al Oeste, a una tierra de fábula sobre la que ella había leído mucho y que siempre había soñado con visitar. Una región que, potencialmente, era tan salvaje como África. No había vuelto a tener fiebre durante los últimos meses; seguramente no había ningún riesgo en aquella zona del país, y estaría bien durante el viaje. Podría conocer algo del salvaje Oeste, y quizá tuviera la oportunidad de disparar a un búfalo, o de conocer a un forajido, o a un indio de verdad.

Estaba en el salón de la casa familiar de Virginia, entusiasmada, mirando el precioso paisaje de verano por la ventana, mientras acariciaba entre las manos la carta de su tía Helen. Había cuatro Tremayne de Texas del Este: su tío Chester, su tía Helen y sus primos, Colter y Melissa. Colter estaba de expedición en el Polo Norte. Melissa se sentía muy sola desde que su mejor amiga se había casado y se había ido a vivir a otra ciudad. La tía Helen quería que Nora fuera a visitarlos y pasara unas semanas en el rancho, intentando animar un poco a Melly.

Nora había tomado una vez el tren a California, y había visto el duro territorio que se extendía entre el Atlántico y el Pacífico por la ventanilla del vagón. Había leído sobre los ranchos y los texanos. Ambas cosas parecían muy románticas. Por su mente desfilaron vaqueros apuestos que luchaban contra los indios y rescataban mujeres y niños, y hacían todo tipo de sacrificios heroicos. Aquella visita sería una aventura, aunque no hubiera leones ni cazadores. Además, también sería una segunda oportunidad de poner a prueba su valor, de demostrarse a sí misma que no había quedado incapacitada por las fiebres africanas que la habían mantenido confinada tanto tiempo.

—¿Qué has decidido, querida? —le preguntó Cynthia Marlowe a su hija mientras hojeaba el último ejemplar de la revista *Collier's*.

—La tía Helen es muy persuasiva —dijo Nora—. ¡Sí, me gustaría ir! Estoy deseando ver a los majestuosos caballeros de la pradera que describen mis novelas.

Cynthia se rió. No había visto a Nora demostrar tanto entusiasmo por nada desde aquel desastroso viaje a África. El pelo color castaño de su hija, recogido en un moño muy elegante, brilló a la luz de la ventana con reflejos rojizos. Cynthia tenía el pelo de aquel color cuando era joven, antes de que se le pusiera de color plateado. Sin embargo, Nora también tenía los ojos azules de los Marlowe, y los pómulos altos de sus ancestros franceses. Era más alta que su madre; tenía elegancia, gracia y buenos modales, y era una gran conversadora. Cynthia estaba muy orgullosa de ella.

Por otra parte, Nora era muy fría con los hombres, sobre todo, después del susto que le había dado Summerville y de la espantosa enfermedad que había padecido. Parecía que a los veinticuatro años había decidido quedarse soltera.

—Entre otras cosas, esta visita te dará un respiro de los intentos de tu padre por casarte con un joven adecuado —murmuró Cynthia, pensando en voz alta. Su marido se había vuelto, últimamente, un poco insensible y bastante insoportable en aquel aspecto.

Nora se rió, aunque sin alegría. Un hombre era la última complicación que quería tener en la vida.

—Pues sí, es cierto. Le diré a Angelina que me haga el equipaje.

—Yo le diré a mi secretaria que saque los billetes de tren. Estoy segura de que este viaje será muy instructivo para ti.

—De eso no me cabe duda. Hace mucho tiempo que no viajo sola tan lejos —dijo, con una expresión sombría—. Pero, después de todo, Texas no es África.

Cynthia se puso en pie.

—Querida mía, es poco probable que las fiebres se repitan con frecuencia. Hace varios meses que padeciste el último ataque. Intenta no preocuparte. Recuerda que Chester y Helen son tu familia, ¿de acuerdo? Ellos cuidarán de ti.

Nora sonrió.

—Claro que sí. Será una aventura deliciosa.

Nora recordó aquellas palabras al verse en la estación desierta de Tyler Junction, Texas, esperando a su tío y a su tía. El viaje en tren había sido cómodo, pero muy largo, y se encontraba cansada. De hecho, estaba tan cansada que su entusiasmo había disminuido un poco. Además, tenía que admitir que aquel andén polvoriento no estaba a la altura de sus expectativas. No había indios con su glorioso atuendo, ni forajidos enmascarados, ni sementales montados por gallardos vaqueros. De hecho, aquello parecía un pueblo pequeño del Este. Se sintió un poco decepcionada bajo el asfixiante calor y el sol abrasador de Texas, que caía sin piedad sobre su elegante sombrero.

Miró a su alrededor en busca de sus tíos. El tren había llegado tarde, así que quizá hubieran ido a tomar algo al restaurante que veía a poca distancia. Observó su equipaje, sus preciosas maletas de cuero y el baúl, preguntándose cómo iba a llevarlos hasta el rancho si no aparecía nadie a buscarla. Aquel tiempo de finales de verano iba a ser mucho menos agradable en Texas que en Virginia.

Nora llevaba uno de sus estilosos trajes de viaje, pero aquel vestido, que le había parecido tan cómodo cuando salía de casa, en aquel momento la estaba sofocando.

La tía Helen le había escrito contándole cosas sobre aquel lugar. Tyler Junction era un pueblo al sureste de Texas, pequeño y rural, no demasiado lejos de Beaumont. Allí, la mayoría de los cotilleos locales se distribuían a través de la oficina de correos y alrededor del caño de soda de la droguería, aunque también el *Beaumont Journal* daba cuenta de todas las noticias nacionales así como de las informaciones sociales e historias de interés local. Había un par de los pequeños automóviles negros de Henry Ford en las calles polvorientas, y el resto eran calesas, carretas y caballos. Era fácil darse cuenta de que los ranchos eran todavía una ocupación muy importante en aquella zona. Nora vio, a distancia, a varios hombres que llevaba botas, pantalones vaqueros y sombreros Stetson de ala ancha. Sin embargo, no eran hombres jóvenes y gallardos. En realidad, la mayoría eran viejos y estaban encorvados.

El tío Chester le había dicho una vez, cuando la tía Helen y él estaban de visita en Virginia, que en aquellos días la mayoría de los ranchos eran propiedad de grandes corporaciones. Incluso el rancho del tío Chester era de una gran empresa de Texas, y a él le pagaban un salario por dirigirlo. Los días de los fundadores de imperios ganaderos como Richard King, que había levantado el famoso King Ranch en el sureste de Texas, y el gigante de la ganadería Brant Culhane, del oeste de Texas e igualmente famoso, habían pasado.

En el presente, el dinero estaba en el petróleo y el acero. Rockefeller y Carnegie eran quienes controlaban aquellas industrias, al igual que J.P. Morgan y Cornelius Vanderbilt controlaban los ferrocarriles del país, y Henry Ford era el principal industrial del nuevo medio de transporte, el automóvil. Estaban en la era de los constructores de imperios, pero de los industriales, no de los agrícolas. Era el ocaso de los vaqueros y de los ganaderos. La tía Helen había escrito contando que en Beaumont había mucha gente haciendo prospecciones petrolíferas, porque algunos geólogos habían dicho, años antes, que el territorio que rodeaba el Golfo probablemente estaba sobre una gran bolsa de petróleo. Aquello le parecía gracioso. ¡Como si alguien pudiera encontrar petróleo en aquella exuberante tierra verde!

Mientras lo pensaba, Nora miraba distraídamente a un hombre alto y despampanante con zahones, botas y un Stetson negro que atravesaba la calle hacia la estación. ¡Aquello sí que era un vaquero de verdad! A Nora se le aceleró el corazón al pensar en el tipo de hombre que era aquél. ¡Qué pena que estuvieran, como los indios, en vías de extinción! ¿Quién iba a rescatar a las viudas y a los huérfanos y a luchar contra los pieles rojas?

Estaba tan absorta en sus pensamientos románticos que tardó unos instantes en darse cuenta de que aquel vaquero se dirigía directamente hacia ella. Arqueó las cejas con entusiasmo bajo el velo de su sombrero parisino, con el corazón acelerado.

De repente, se le ocurrió que aquel hombre no era más que un sirviente. Después de todo, un vaquero se encargaba de cuidar al ganado. Y, de repente también, descubrió que mirar a los vaqueros pintorescos, románticos e inmaculados de las páginas de un libro era muy diferente a ver cara a cara la realidad.

El vaquero, una figura tan altiva y atractiva vista desde el otro lado de la calle, le causó todo un choque de cerca. Aquel hombre no iba afeitado y estaba sucio. Ella tuvo que contener un fastidioso estremecimiento mientras veía las manchas de sangre que había en los zahones de cuero gastados que chocaban contra sus largas piernas al caminar. Sus espuelas tintineaban musicalmente a cada paso que daba. Las botas tenían la punta curvada hacia arriba, y estaban manchadas de una sustancia que no era precisamente barro. Si aquel hombre intentaba salvar a una viuda o un huérfano de una situación difícil, ¡probablemente saldrían huyendo de él! Tenía la camisa húmeda de sudor, y se le pegaba al cuerpo de un modo casi indecente, revelando unos músculos anchos y el vello negro del pecho.

Nora agarró con fuerza su bolso con ambas manos, intentando mantener la compostura. Qué raro que pudiera sentir un arrebato de atracción física hacia un hombre tan... incivilizado y tan necesitado de limpieza. Vaya, deberían usar lejía para la tarea, pensó con malicia. Tendrían que hervirlo en lejía durante días...

Él observó con cara de pocos amigos la sonrisita de Nora. Tenía el pelo negro y liso, y húmedo. Su rostro era delgado, y también estaba sudoroso y cubierto por una capa de polvo. Tenía los ojos estrechos y hundidos bajo las cejas prominentes, y escondidos bajo la sombra del ala del sombrero. La nariz recta, los pómulos altos, la boca ancha y bien dibujada, y la barbilla fuerte, algo que inmediatamente puso en guardia a Nora.

—¿Es usted la señorita Marlowe? —le preguntó con un marcado acento texano, y sin responder de ningún modo a su sonrisa de diversión.

Ella miró a su alrededor por el andén, con un suspiro.

—Si yo no fuera ella, señor, entonces ambos debemos prepararnos para recibir una sorpresa.

Él se quedó mirándola como si no entendiera. Nora decidió ayudarlo.

—Hace mucho calor —añadió—. Debería ir al rancho lo antes posible. No estoy acostumbrada al calor y a los... ejem... olores —añadió, arrugando involuntariamente la nariz.

Él hizo un esfuerzo por contener su respuesta. No dijo una palabra. Con una mirada, la catalogó como una mujer del Este con más dinero del que le convenía y con falta de inteligencia. En realidad, él no entendía por qué se había sentido insultado. Se limitó a inclinar la cabeza y miró el equipaje.

—¿Va a mudarse? —le preguntó.

Ella se quedó sorprendida.

—Son cosas de primera necesidad. Debo tener mis pertenencias —le dijo. No estaba acostumbrada a que los sirvientes cuestionaran sus decisiones.

Él suspiró.

—Menos mal que he traído la carreta. Con las provisiones que ya he comprado, todo esto va a rebosar.

Ella contuvo una sonrisa.

—Si eso sucede, puede usted correr con lo que rebose en la cabeza junto al carro. Los porteadores lo hacen así en África, en los safaris —le explicó amablemente—. Lo sé porque yo misma lo he hecho.

—¿Ha corrido junto al carro con el equipaje en la cabeza? —preguntó él.

—¡Claro que no! ¡He estado de safari! ¡Eso es lo que he dicho!

Él frunció los labios.

—¿De safari? ¿Una mujercita tan frágil como usted, en semejante situación? —preguntó, mirando con fijeza su vestido de viaje y el sombrero, a punto de echarse a reír—. ¡Y yo que pensaba que ya lo había visto todo!

Después se dio la vuelta y caminó al lugar desde el que se había acercado, hacia una carreta tirada por un precioso caballo, que estaba al otro lado de la calle.

Nora lo miró con desconcierto. Todos los hombres a quienes había conocido habían sido amables y protectores con ella. Aquél era imperturbable y no elegía las palabras para alabar su feminidad. Ella estaba dividida entre el respeto y la furia. Él tenía mucha arrogancia para ser un hombre tan sucio. No se había quitado el sombrero, ni siquiera se había tocado el ala a modo de saludo. Nora estaba acostumbrada a que los hombres hicieran ambas cosas, y a que le besaran el dorso de la mano al modo europeo.

Se dijo que era demasiado quisquillosa. Aquello era el Oeste, y el pobre hombre seguramente no había tenido oportunidad de aprender modales. Debía recordar que era un trabajador sin educación, cuya misión en la vida era servir para poder ganarse el pan.

Esperó pacientemente hasta que su benefactor acercó la carreta, bajó de ella y ató el caballo a un poste. Después, él comenzó a cargar las maletas con paciencia.

Ella se quedó a un lado, vacilando, pensando en que debería sentirse agradecida de que no le sugiriera que hiciera el trayecto en la parte trasera de la carreta, con el equipaje. Miró hacia arriba, esperando a que la ayudara a subir al pescante. No debería haberse sorprendido al verlo ya sentado, con las riendas en las manos y una expresión de impaciencia.

—Creía que tenía prisa —le dijo él.

Se echó hacia atrás el sombrero y le clavó la mirada más inquietante que ella hubiera soportado en su vida. Él tenía los ojos muy claros, cosa inesperada al ser tan moreno su rostro. Eran de un gris casi plateado, penetrantes como la hoja de un cuchillo, e insondables.

—Qué afortunada soy por tener habilidades atléticas —dijo ella, con altivez, antes de subirse a la rueda e impulsarse con finura hacia el asiento. Sin embargo, tomó demasiado impulso y terminó en el regazo del vaquero. El olor era repulsivo, aunque la sensación de sus muslos fuertes contra el pecho hizo que el corazón se le acelerara locamente.

Antes de que pudiera sentirse horrorizada por la intimidad de aquel contacto, él la levantó con unas manos de acero y la sentó con firmeza en el pescante.

—De eso nada —le dijo con una mirada severa—. Ya sé cómo son ustedes las mujeres de la ciudad, y yo no soy un hombre con el que se pueda jugar.

Nora ya se sentía lo suficientemente avergonzada por su torpeza sin que la hubieran llamado fresca. Se colocó el sombrero con una mano que, asombrosamente, olía como las botas del vaquero. Debía de haber rozado el bajo de sus pantalones.

—¡Oh, por el amor de Dios! —susurró mientras buscaba furiosamente un pañuelo, con el que intentó limpiarse aquel horroroso olor—. ¡Voy a oler como un establo!

Él la miró de reojo con antipatía, y después arreó al caballo para que se pusiera en camino. Después sonrió, y habló exagerando el acento texano. Podía ponerse a la altura de la imagen que ella tenía de él, pensó.

—¿Qué espera de un hombre que trabaja con sus manos y su espalda? —le preguntó amablemente—. Sepa que trabajar al aire libre es la mejor clase de vida. Los vaqueros no tienen que lavarse más que una vez al mes, ni vestirse a la moda, ni tener buenas maneras. Un vaquero es libre e independiente; sólo su caballo y él bajo el inmenso cielo del Oeste. Es libre para irse de juerga con mujeres ligeras de cascos, y para emborracharse todos los fines de semana. ¡Cómo me gusta la vida de libertad! —dijo fervientemente.

Todas las ilusiones de Nora sobre los vaqueros se evaporaron. Todavía se estaba frotando la mano cuando llegaron a un camino polvoriento que había a las afueras del pueblo, y había decidido que tendría que tirar a la basura sus preciosos guantes de cuero. Aquel olor nunca se disiparía.

Debido a las lluvias de aquella semana había profundos surcos en la carretera. La carreta se tambaleaba, y el viaje estaba resultando muy incómodo.

—No habla usted mucho, ¿verdad? —dijo él—. Tengo entendido que las mujeres del Este son listas —añadió, con una imitación rústica del acento.

Nora no se dio cuenta de que le estaba tomando el pelo.

—Si fuera inteligente —respondió de mal humor—, no me habría marchado de Virgina —dijo, y se frotó una mancha que tenía en el bajo del vestido—. Oh, Dios, qué va a pensar la tía Helen.

Él sonrió con malicia.

—Bueno, puede que piense que usted y yo hemos estado retozando durante el trayecto.

—¿Retozar yo con usted? Señor, antes besaría a... un minero del carbón. No, lo retiro. Un minero no olería tan mal. ¡Antes besaría a un buitre!

Él arreó al caballo con suavidad y se rió.

—Los buitres son muy apreciados por aquí. Limpian los cuerpos putrefactos de los animales, y así el mundo huele mejor para ustedes, las señoritas.

Aquello era, evidentemente, una burla.

—Es usted muy atrevido para ser un empleado —le dijo ella con indignación.

Él no respondió. Aquella mujer tenía una forma muy desagradable de situarse dos escalones por encima socialmente, como si quisiera recordarle que él era un sirviente y ella una dama. Le entraron ganas de echarse a reír ante la ironía.

Nora, que había desistido de intentar quitarse el repugnante olor de la mano, se dio aire con un abanico de cartón que le había proporcionado el mozo de estación.

Estaban a finales de agosto y el calor era insoportable. Además, había mucha humedad, y el corsé que llevaba bajo la falda y la chaqueta de manga larga le estaban robando el aliento.

Su compañero de trayecto también estaba muy acalorado. Tenía la pechera de la camisa empapada de sudor, y ella se quedó sorprendida al comprobar que miraba sin querer los músculos duros de los brazos del hombre y su pecho velludo. Era incompresible para ella que un trabajador pudiera provocarle atracción física. ¡Incluso la ponía nerviosa! Le temblaba la mano con la que sostenía el abanico.

—Trabaja para mi tío Chester, ¿no es así? —le preguntó, para intentar trabar conversación.

—Sí.

—¿Y qué hace?

Él volvió la cabeza lentamente para mirarla. Bajo la sombra del ala del sombrero, sus ojos de plata brillaban como diamantes.

—Soy vaquero, naturalmente. Cuido del ganado. Ya se habrá dado cuenta de que mis botas están llenas de... —él pronunció la palabra de argot ganadero para referirse a la sustancia que manchaba su calzado. La dijo con deliberación y para añadir más insulto a la palabra, sonrió.

Aquella respuesta hizo que Nora se ruborizara. Debería abofetearlo, pero no lo hizo. No iba a hacer lo que él esperaba, y enrabietarse por su falta de decencia y delicadeza. Se limitó a mirarlo con indiferencia; después se encogió de hombros y giró la cabeza hacia el paisaje, como si nadie hubiera dicho nada.

Como había atravesado una vez el oeste de Texas, aunque no hubiera hecho ninguna parada, conocía las diferencias de clima y vegetación de una parte y otra del estado. Allí no había desierto ni cactus. Había magnolios, cedros y pinos; la hierba todavía estaba verde y alta, pese a lo avanzado del año, y el ganado pastaba detrás de largas cercas blancas y vallados de alambre de púas. El horizonte se unía con la tierra en la distancia, y no había colinas ni montañas. Había una neblina calurosa que debía de surgir de los estanques o los depósitos de agua de los que bebía el ganado. Según le había contado por carta su tía, había dos ríos que discurrían en paralelo al rancho Tremayne, lo cual podía explicar la exuberancia de la vegetación.

—Esto es muy bonito —comentó Nora distraídamente—. Mucho más bonito que la otra parte del estado.

Él la miró con antipatía.

—Los del Este siempre piensan que una cosa tiene que ser verde para ser bonita —le dijo desdeñosamente.

—Claro —respondió ella, mirando su perfil—. ¿Cómo va a ser bonito un desierto?

—Bueno, a una petunia de invernadero como usted le parecerá duro, claro.

—Yo no soy una petunia de invernadero —replicó ella—. He cazado leones y tigres en África —dijo, refiriéndose a su safari de un día—, y...

—Y una sola noche en el desierto de Texas sería su ruina —la interrumpió él en un tono engañosamente agradable—. Una serpiente de cascabel entraría en su catre con usted, y ahí terminaría todo.

Ella se estremeció al pensar en el reptil. Había leído sobre aquellas viles criaturas en las novelas del señor Beadle.

Él percibió su reacción, aunque ella intentara disimularla. Echó hacia atrás la cabeza y se rió a carcajadas.

—¿Y dice que ha cazado leones?

—¡Bruto maloliente! —exclamó Nora.

—Bueno, hablando de olores —dijo él; se inclinó hacia ella para olisquearla y después hizo un gesto de repugnancia—, usted también huele a mofeta.

—Sólo porque usted se ha negado a ayudarme a subir al asiento, y me he caído sobre sus hediondas... —señaló los amplios zahones de cuero—. ¡Esas cosas! —dijo, aturullada.

Él se inclinó nuevamente hacia ella, con una expresión divertida.

—Piernas, querida —le dijo—. Se llaman piernas.

—¡Esas cosas de cuero! —respondió ella con rabia—. ¡Y yo no soy querida suya!

Él se rió.

—Oh, quizá quiera serlo algún día. Tengo algunas virtudes admirables.

—¡Déjeme bajar de la carreta! ¡Prefiero ir andando!

Él negó con la cabeza.

—Vamos, vamos, se haría ampollas en los pies y a mí me despedirían, y no queremos eso, ¿verdad?

—¡Sí, sí queremos!

Él sonrió al ver la cara enrojecida y la mirada de furia de la mujer. Sus ojos eran como dos llamas azules, y tenía la boca bonita, suave. Tuvo que obligarse a mirar de nuevo la carretera.

—Su tío no podría arreglárselas sin mí en este momento. Vamos, cálmese, señorita Marlowe, y no se enfade. Soy un buen tipo, cuando se llega a conocerme.

—¡No tengo intención de llegar a conocerlo!

—Vaya, vaya, se enfada usted con facilidad, ¿no? Y yo que pensaba que las señoritas ricas del Este tenían buen carácter —dijo él, y arreó al caballo para que acelerara el paso.

—¡Las que tienen buen carácter probablemente no lo han conocido a usted! —explotó ella.

Él volvió la cabeza, y algo brilló en sus ojos plateados antes de que mirara hacia el camino con una sonrisilla.

Nora no vio aquella sonrisa, aunque tenía la sensación de que él se estaba riendo de ella bajo el ala del sombrero. Aquel hombre había conseguido alterarla hasta dejarla sin capacidad de respuesta. Era una experiencia nueva para Nora, y no le gustó. Ningún hombre había conseguido que ella se pusiera a gritar como una verdulera. Se sentía avergonzada. Se acomodó en el asiento y le hizo caso omiso durante el resto del trayecto.

La casa del rancho era alargada y plana, pero blanca como la arena, con un porche delantero elegante y amplio. La edificación estaba rodeada por una valla blanca de madera, y el jardín estaba lleno de flores de la tía Helen. La tía estaba sentada en el porche cuando llegó la carreta, y se parecía tanto a su madre que Nora sintió una punzada de nostalgia.

—¡Tía Helen! —exclamó, y riéndose, bajó de la carreta sin ayuda, antes de que el hombre que la había acompañado pudiera demostrarle a su tía que carecía de la cortesía más básica.

Nora corrió hacia su tía y la abrazó.

—Oh, tía, ¡cuánto me alegro de verte! —dijo con entusiasmo. Se apartó el velo del sombrero y dejó a la vista su fino cutis y sus ojos azules, profundos y brillantes.

—Señor Barton, habría sido cortés que hubiera ayudado a Nora a bajar del carro —le dijo la tía Helen al hombre.

—Sí, señora, quería hacerlo, pero ella ha bajado corriendo como un pollo escaldado —respondió él, en un tono tan educado que resultó indignante.

Incluso se tocó el ala del sombrero e inclinó la cabeza ante la tía Helen, y sonrió de un modo encantador, mientras esperaba a que le abriera la puerta y le indicara la habitación que iba a ocupar Nora. ¡Bruto!, pensó ella. Tenía aquella palabra en los ojos cuando él pasó a su lado, y su mirada plateada la captó y respondió con un brillo de diversión perversa. Ella ladeó la cabeza con enfado.

Cuando él desapareció, Helen sonrió.

—Es el capataz de Chester, y sabe mucho del ganado y del negocio. Sin embargo, tiene un sentido del humor un tanto particular. Si te ha ofendido, lo siento.

—¿Quién es? —preguntó Nora de mala gana.

—Callaway Barton —respondió su tía.

—Me refiero a quién es su familia.

—No lo sabemos. Sabemos cómo se apellida, pero sabemos muy poco sobre él. Trabaja durante los días de diario, y desaparece el fin de semana. Ése es el contrato que tiene firmado con Chester. Nosotros no fisgoneamos en la vida de los que trabajan aquí —añadió con suavidad—. Es bastante misterioso, pero normalmente no es maleducado.

—No fue maleducado —mintió Nora, y se frotó las mejillas como si quisiera quitarse el polvo del viaje, para disimular el rubor.

Helen sonrió.

—Y tú no lo habrías dicho, aunque lo hubiera sido. Tienes mucha clase, querida —le dijo con orgullo a su sobrina—. Es evidente que por tus venas corre sangre azul.

—Y por las tuyas también —dijo Nora—. Mamá y tú

descendéis de la realeza europea. Tenemos primos aristócratas en Inglaterra. Yo visito una vez al año a uno de ellos.

—No se lo recuerdes a Chester —dijo Helen, riéndose—. Él viene de la clase trabajadora y, algunas veces, mi procedencia hace que se avergüence.

Nora tuvo que morderse la lengua para no responder. Ella nunca escondería una parte de su vida para aplacar el ego de un hombre. Sin embargo, la tía Helen y ella se habían criado en un tiempo distinto, con diferentes reglas. Ella no tenía derecho a juzgar y condenar por su mentalidad más moderna.

—¿Tomamos un té y unos sándwiches? —le preguntó Helen—. Le pediré a Debbie que lleve la comida al salón después de que hayas tenido un rato para arreglarte —dijo, y arrugó la nariz—. Nora, tengo que decirte que hueles un poco raro.

Nora enrojeció.

—Yo... me he caído contra el señor Barton al subir a la carreta, y he dado con la mano en... la sustancia que hay en esas cosas de cuero que lleva.

—Los zahones —dijo su tía.

—Oh, sí, los zahones.

La tía Helen se echó a reír.

—Bueno, es inevitable que los hombres se ensucien mientras trabajan. El olor se irá.

—Eso espero —respondió Nora con un suspiro.

El alto vaquero volvió junto a ellas después de haber dejado todo el equipaje en la habitación.

La tía Helen sonrió.

—Chester quería verlo cuando volviera, señor Barton. Randy y él están trabajando en el establo viejo, intentando arreglar el molino de viento —le dijo.

—Voy a guardar la carreta e iré a ayudar enseguida. Buenos días, señora —dijo, y se levantó el sombrero con cortesía para despedirse de Helen.

Después asintió amablemente hacia Nora, con los ojos brillantes al ver su expresión, y salió por la puerta mientras sus espuelas sonaban contra el suelo de una manera casi musical, dando pasos largos y elegantes.

Helen lo estaba mirando.

—La mayoría de los vaqueros son torpes en el suelo —comentó—, probablemente porque pasan mucho tiempo a caballo. Sin embargo, el señor Barton no es torpe, ¿verdad?

Nora lo observó con la esperanza de que se tropezara con una de las espuelas y se diera un buen golpe con la puerta. Sin embargo, aquello no sucedió. Después, ella se quitó el sombrero.

—¿Dónde está Melly? —preguntó.

Helen vaciló.

—Está en la ciudad, visitando a una amiga. Volverá esta noche.

Nora se quedó muy asombrada, y siguió extrañada mientras se cambiaba el traje de viaje por una falda larga y sencilla y una blusa blanca, y volvía a enrollarse la trenza alrededor de la cabeza. Melly sólo tenía dieciocho años y adoraba a su prima. Eran muy buenas amigas. ¿Por qué no estaba allí para recibirla?

Bajó al salón con su tía, donde tomaron té y galletas caseras de limón. Entonces, volvió a preguntar por Melly.

—Ha ido a montar a caballo con Meg Smith esta tarde, pero volverá pronto. Voy a decirte la verdad: estaba enamorada del hombre que se casó con su mejor amiga, y ha estado muy triste. Ni siquiera pudo negarse a ser la dama de honor en su boda.

—¡Oh, lo siento muchísimo! —exclamó Nora—. ¡Qué difícil para Melly!

—Todos nos hemos compadecido de ella, pero fue una suerte que el hombre no correspondiera a sus sentimientos. Tenía buenas cualidades, pero no es el tipo de hombre con el que queremos que se case nuestra hija —dijo con tristeza la tía Helen—. Además, estoy segura de que Melly pronto encontrará a alguien más digno de su cariño. Hay varios solteros que asisten a misa con nosotros todos los domingos. Quizá se anime y se una a algún grupo social.

—Exacto —dijo Nora—. Haré todo lo que pueda para ayudarla a superar esta experiencia tan triste.

—Sabía que lo harías —dijo su tía con satisfacción—. ¡Me alegro tanto de que hayas venido!

Nora sonrió afectuosamente a la tía Helen.

—Y yo me alegro muchísimo de estar aquí.

Melly volvió a casa una hora después de que hubiera llegado Nora, a caballo, con una falda de montar y un sombrero español de ala recta. Tenía el pelo oscuro, como Nora, pero sin los mismos reflejos rojizos que su prima, y tenía los ojos castaños, no azules. Estaba bronceada, al contrario que Nora, y era delicada y muy esbelta, como una muñeca. Al mirarla, Nora no entendía que un hombre no pudiera quererla como esposa.

—Me alegro muchísimo de que hayas venido —dijo Melly, después de saludar a su prima con afecto, aunque con un poco de tristeza—. He estado desanimada, y espero que tú me ayudes a recuperar el buen humor.

Nora sonrió.

—Claro que sí. Hace más de un año que nos vimos, cuando estuviste de visita en Virginia. Tienes que contarme las últimas noticias.

Melly hizo una mueca.

—Pues claro. Aunque debes saber que mi vida no es tan emocionante como la tuya. Tengo poco que contar.

Nora pensó en todos los días que había pasado postrada en la cama debido a la malaria, estremeciéndose de fiebre. Melly no sabía, ninguno de ellos sabía, cómo había terminado su aventura en África.

—Melly, no hagas que parezcamos tan aburridos —intervino su madre—. ¡Tenemos vida social!

—Tenemos bailes y visitas y concursos de ortografía —dijo Melly lacónicamente—. Y a ese abominable señor Langhorn y a su hijo.

—Cuando tenemos reuniones con los demás rancheros de la cooperativa, Melly ayuda a servir la comida y los refrescos —dijo la tía Helen—. El señor Langhorn es uno de los otros rancheros, y tiene un niño que es peor que un loco. El señor Langhorn no es capaz de controlarlo.

—Quien necesita control es el señor Langhorn —dijo Melly con una risita.

—Eso es cierto —dijo su madre—. Tiene cierta... reputación... y está divorciado —susurró, como si aquella palabra no pudiera pronunciarse ante compañía decente.

—Pero eso no es nada vergonzoso —dijo Nora.

—Nora, nuestro apellido es muy importante para nosotros —respondió su tía con firmeza—. Sé que en las ciudades del Este, y en Europa, una mujer tiene más libertades que aquí. Sin embargo, no debes olvidar que ésta es una comunidad pequeña, y que nuestro buen nombre es la posesión más preciada que tenemos. Melly no puede ser vista en compañía de un hombre divorciado.

—Entiendo —dijo Nora con gentileza, aunque se preguntó hasta qué punto era pequeña aquella comunidad. Ella, que provenía de una gran ciudad, tenía dificultades para comprender la vida de un pueblo.

Después de cenar, se sentaron en un silencio plácido, tan profundo que se oía el tictac del reloj de pared...

La pantalla mosquitera de la puerta se abrió de repente, y los pasos de unas botas resonaron contra el entarimado.

Cal Barton asomó la cabeza por la puerta con el sombrero en una mano.

—Disculpe, señora Tremayne, pero Chester quiere hablar con usted en el porche.

Nora se preguntó por qué no tintineaban sus espuelas, hasta que miró hacia abajo. Claro. Las llevaba cubiertas de... aquello. Igual que el resto de su persona, pensó, y la expresión de su rostro reveló con elocuencia su opinión al respecto, mientras permanecía sentada con elegancia en el sofá, tan habituada a la opulencia que hizo que Cal irguiera la espalda rápidamente.

Al ver la mirada de superioridad y desaprobación que ella le había dirigido, él se irritó sobremanera. En aquella ocasión no sonrió. La miró con desdén, con una altivez propia de un príncipe orgulloso. Asintió amablemente cuando Helen anunció que saldría enseguida, y él salió también, sin volverse a mirar más a Nora.

Ella se quedó muy ofendida, y se pasó el resto del día preguntándose por qué tenía que importarle la opinión de un asalariado. Después de todo, ella era una Marlowe de Virginia, y aquel sucio hijo del Oeste no era más que un lechero con pretensiones. Aquella idea estuvo a punto de hacer que se echara a reír, aunque ciertamente no podía compartir la broma con sus anfitriones del rancho.

CAPÍTULO 2

El tío de Nora llegó a casa a tiempo para la cena, polvoriento y cansado, pero tan robusto y agradable como siempre. Le dio la bienvenida a Nora con su viejo entusiasmo. Más tarde, cuando todos estuvieron sentados a la mesa, le contó a su familia algunas noticias preocupantes.

—Hoy he oído un rumor. Dicen que el grupo industrial del oeste de Texas no está satisfecho con mi gestión del rancho. Un hombre de negocios de El Paso dice que conoce a los Culhane, y que no han obtenido los resultados que esperaban de mí —les dijo Chester, e hizo una mueca de tristeza ante la expresión de su esposa—. Deben de acordarse de que habría perdido este rancho de no ser porque ellos lo compraron...

—A causa de los bajos precios que la gente pagaba por nuestra carne y los demás productos —dijo la tía Helen—. No hay suficiente dinero en circulación, y la gente no compra productos agrícolas en cantidad suficiente como para que nosotros podamos obtener beneficios. Los populistas han intentado hacer que las cosas cambien. Y después de todo, hemos leído que William J. Bryan ha sido propuesto por los populistas para que se presente frente a McKinley. Es un buen hombre, e incansable. Quizá él tome medidas para beneficiar a los agricultores.

—Quizá, pero eso no va a cambiar nuestra situación, querida —dijo Chester.

—Chester, no te habrían permitido dirigir el rancho durante tanto tiempo si no tuvieran confianza en ti. Tú no eres el responsable de que los precios de mercado sean tan bajos.

—Quizá una familia rica no lo vea de ese modo —dijo él, y después miró a su sobrina—. No me refiero a tu familia, querida. La familia que me preocupa es del oeste de Texas, y el padre y los hijos dirigen el grupo industrial. Los Culhane son una familia de rancheros de segunda generación. Tienen dinero desde siempre. Por Simmons he sabido que no están de acuerdo en que yo no haya comenzado a usar la maquinaria que ayuda con la plantación y la cosecha. Dicen que no llevo el ritmo del nuevo siglo veinte.

—Qué absurdo —dijo Nora—. Quizá esas máquinas sean maravillosas, pero también son muy caras, ¿no? Y si la gente necesita trabajo tan desesperadamente, ¿por qué hay que incorporar maquinaria? ¿Para acabar con puestos de trabajo?

—Tienes razón, querida, pero yo debo hacer lo que me dicen —respondió Chester con tristeza—. Y no sé cómo saben tanto del modo en que dirijo el rancho, si no han enviado a ningún representante a verme. Puede que pierda el puesto —dijo.

—Pero, ¿adónde íbamos a ir si te quedaras sin trabajo? —le preguntó su esposa quejumbrosamente—. Ésta es nuestra casa.

—Madre, no te preocupes —le dijo Melly con suavidad–. En este momento no pasa nada. No adelantes los problemas.

Sin embargo, parecía que la tía Helen estaba muy preocupada. Y también Chester. Nora dejó la taza de café en la mesa y les sonrió.

—Si ocurre algo malo, yo les pediré ayuda a mis padres —dijo.

La cólera de su tío la tomó por sorpresa.

—Gracias, pero no necesito la caridad de los parientes de mi mujer —dijo secamente.

Nora arqueó las cejas de la sorpresa.

—Pero, tío Chester, sólo quería decir que mis padres os ayudarían si vosotros lo desearais.

—Yo puedo mantener a mi familia —insistió Chester—. Sé que tienes buena intención, Eleanor, pero éste es mi problema. Yo lo resolveré.

—Claro —respondió ella, muy sorprendida por aquel repentino antagonismo.

—Nora sólo quería ofrecernos su apoyo —lo reprendió Helen, suavemente.

Él se calmó al instante.

—Sí, claro —dijo con una sonrisa tímida—. Te pido disculpas, Nora. No es un momento fácil para mí. Hablo por frustración. Perdóname.

—Por supuesto, tío. Ojalá pudiera ayudar —respondió ella con sinceridad.

Él negó con la cabeza.

—No, yo encontraré la manera de aplacar a los dueños. Debo hacerlo, aunque tenga que usar nuevos métodos de obtener beneficios —añadió.

Nora notó algo que no había notado antes: que su tío tenía arrugas de preocupación en el rostro. No estaba siendo completamente sincero con su esposa y su hija, estaba segura. Sería terrible que perdiera el control del rancho que había fundado su abuelo, como debía de haber sido el hecho de haber perdido el propio rancho a manos de un grupo industrial en primer lugar. Ella debía averiguar todo lo posible y ver si existía algún modo en que pudiera ayudar para que su tío y su familia no perdieran su hogar y su única fuente de ingresos.

Después, la conversación se centró en el Congreso de Granjeros que iba a celebrarse en Colorado Springs, y en la guerra de los Boer en Sudáfrica, en la que un general boer llamado De Wet se estaba haciendo más y más famoso por sus valientes ataques a las fuerzas superiores de los británicos.

Los siguientes días transcurrieron en calma. Los hombres pasaban la mayor parte del día fuera del rancho, y también parte de la noche, porque tenían que acercar los toros. En un par de semanas comenzarían el rodeo anual. La opinión que Nora tenía de los caballeros de la pradera sufrió una transformación radical a medida que ella veía más y más de ellos y de su vida.

Para empezar, había tantos vaqueros negros y mexicanos como blancos. Fuera cual fuera su color, todos estaban sucios y desarreglados, porque trabajar con el ganado no era un trabajo delicado. Los vaqueros eran corteses y amables con ella, pero también parecían tímidos. Al principio aquello la había sorprendido, y después la había divertido. Nora comenzó a coquetear con un chico muy tímido al que todo el mundo llamaba Greely, porque le encantaba ver cómo se ruborizaba y cómo tartamudeaba. El comportamiento rígido y aburrido de los hombres europeos conseguía que Nora se sintiera insegura con ellos, pero aquel joven hacía que se sintiera anciana y venerable. No pensaba en el ridículo. Lo que la conmovía era la novedad de su reacción. Sin embargo, cuando había coqueteado con él delante de Melly, su prima se había avergonzado.

—No deberías hacer eso —le dijo con firmeza a Nora cuando Greely se había alejado—. A los hombres no les gusta que se rían de ellos, y Cal Barton no lo tolerará. Tampoco tendrá reparos en decirte que lo dejes si te pilla.

—Pero si no quería insultarlo. Es sólo que me encanta cómo tartamudea cuando hablo con él —respondió Nora, sonriendo—. Este joven me resulta algo muy nuevo. Además, el señor Barton no tiene autoridad para decirme lo que debo hacer, aunque me pille —le recordó Nora.

Melly sonrió.

—Eso ya lo veremos. Incluso le dice a papá lo que tiene que hacer.

Nora no creyó aquello al pie de la letra, pero dejó de coquetear con el pobre Greely. Por mala suerte, sin embargo, le comentó a su tía el motivo por el que le resultaba tan divertido justo cuando Greely estaba cerca, y el muchacho lo oyó. Después de eso, Nora ya no tuvo oportunidad de hablar más con él. Era evidente que quería estar lejos de ella, y además, el muchacho tenía una mirada sombría y triste que hizo que Nora se sintiera culpable. Finalmente, Greely desapareció por completo.

Melly llevó a Nora a ver el trabajo de los vaqueros a un corral pequeño que había junto a la casa. Le explicó cómo era el largo proceso de contar y marcar el ganado, y de cómo se separaban los terneros de sus madres. Nora, que no sabía nada de aquello, se quedó espantada.

—¿Separan a los terneros de sus madres y los marcan a fuego? —preguntó—. ¡Oh, es una crueldad!

Melly vaciló.

—Vamos, Nora. Es una práctica muy antigua. ¿Es que no has visto a gente trabajando con el ganado en ninguno de tus viajes?

Nora se acomodó en la montura. No era capaz de montar a horcajadas, como Melly, porque tenía la sensación de que no era propio de una señorita.

—He visto granjas, por supuesto, en el Este.

—Aquí es distinto —dijo Melly—. Aquí tenemos que ser duros, o no sobreviviríamos. Y eso que aquí, en la parte este de Texas, la vida es mucho mejor que en las llanuras o en el desierto, que está más al oeste.

Nora observó a un vaquero montando a un caballo sudoroso que relinchaba, y tuvo ganas de gritar al ver la lucha de la pobre criatura. Se le llenaron los ojos de lágrimas.

Cal Barton había visto a las dos mujeres, y se acercó galopando a saludarlas.

—Señoritas —dijo.

Nora, que estaba muy pálida, lo miró fijamente.

—Nunca había visto semejante crueldad. Ese hombre está atormentando al caballo. ¡Haga que se detenga ahora mismo!

Cal arqueó las cejas.

—¿Disculpe?

—¡Que pare! —dijo ella, ciega a los gestos de Melly—. ¡No es civilizado tratar así a un caballo!

—¿Que no es civiliz...? ¡Dios Santo! —estalló Cal—. ¿Y cómo demonios piensa que se doma a un caballo para poder montarlo?

—No torturándolo, desde luego. ¡Al menos, no en el Este!

Él ya se estaba hartando de aquella actitud condescendiente.

—Tenemos que hacerlo así. No le está haciendo daño al caballo. Jack sólo lo está cansando. No es una práctica cruel.

Nora se secó la cara con un pañuelo.

—El polvo es repugnante —estaba diciendo—. ¡Y el calor, y el olor...!

—Entonces, ¿por qué no va al rancho, donde estará más fresca y podrá tomar una bebida fría?

—Buena idea —dijo Nora con firmeza—. Vamos, Melly.

Melly intercambió miradas de impotencia con Cal, y se marchó detrás de su prima.

Nora fue murmurando durante todo el camino de vuelta a casa.

—¡Los vaqueros son terribles! Son crueles y huelen mal. No son como en mis libros, Melly. ¡Es un país horrible!

—Vamos, vamos, dale una oportunidad —le dijo Melly—. Llevas aquí muy poco tiempo. Poco a poco lo entenderás, de veras.

—No puedo imaginarme viviendo aquí —dijo Nora—. ¿Cómo lo soportas tú?

—A mí me encanta —dijo Melly con sencillez, con el placer reflejado en la mirada—. Tú has llevado una vida muy distinta, Melly, muy protegida. No sabes lo que es trabajar para vivir.

A Nora se le hundieron los hombros.

—Nunca lo he necesitado. Mi vida fue fácil hasta el año pasado. Sin embargo, sí sé una cosa: no podría vivir aquí.

—No querrás volver ya a casa, ¿verdad? —le preguntó Melly con preocupación.

Nora vio la angustia de su prima y se obligó a calmarse.

—No, claro que no. Sólo tendré que mantenerme alejada de los hombres, eso es todo. Echo de menos a Greely. Él era distinto de todos estos bárbaros.

—Hace tiempo que no lo veo —dijo Melly, asintiendo—. Me pregunto por qué.

Nora tampoco conocía el motivo de la ausencia de Greely. Pasaron los días, y los vaqueros empezaron a dejar de parecerle vagabundos sucios y comenzaron a parecerle más hombres. Las primeras impresiones de Nora se desvanecieron. Comenzó a reconocer las caras, aunque estuvieran llenas de polvo y suciedad. Comenzó también a reconocer las voces, sobre todo la del señor Barton. Era grave y profunda, y cuando se enfadaba, era más grave todavía. Ella se maravillaba de cómo usaba la inflexión para controlar a los hombres, y de cómo respondían ellos incluso a la más suave de sus palabras. Barton proyectaba la autoridad de un modo que hacía que Nora se preguntara por su pasado. Quizá hubiera estado en el ejército. Era posible, con aquella actitud.

La tarde del último viernes de agosto, él se acercó al rancho a caballo. Nora estaba en el porche, y él la miró con una ira fría al subir los escalones. Desde sus comentarios en el corral, Cal había estado esperando tener la oportunidad de decirle lo mucho que le irritaba su actitud de superioridad.

—¿Dónde está Chester? —le preguntó secamente cuando llegó a su lado.

—Mi tío ha ido a llevar a Melly y a mi tía al pueblo en el coche —dijo ella—. ¿Puedo ayudarlo en algo?

Él frunció los labios, y observó su figura esbelta, vestida con un traje gris claro.

—¿Siempre se viste así? —le preguntó con desprecio—. ¿Cómo si fuera a un restaurante de lujo en uno de los automóviles del señor Ford?

Ella se irritó.

—El automóvil es más civilizado que un caballo —le dijo con altivez—. Y en el Este también hay tranvías eléctricos, además de automóviles.

—Qué esnob es usted, señorita Marlowe —le dijo él, con una sonrisa que no le llegaba a los ojos—. Me pregunto por qué ha venido aquí, si nos encuentra tan desagradables. No me gusta su actitud condescendiente —añadió—, y lo que menos me gusta de todo es que coquetee con mis hombres y los avergüence.

Ella se ruborizó.

—No quería...

—No me importa lo que quisiera —respondió él—. Greely sólo es un muchacho, pero cuando usted empezó a tomarle el pelo, él comenzó a adorarla. Entonces la oyó hablando de él, confesando que sólo se acercaba a él para verlo ruborizarse y tartamudear. Se quedó destrozado —prosiguió, observando el rostro enrojecido de Nora con frialdad—. Ninguna mujer decente le hace eso a un hombre. Es peor que el desprecio.

Ella sintió aquellas palabras como un cuchillo que le atravesara la piel. Alzó la barbilla.

—Tiene razón —confesó. No añadió que ella estaba tan acostumbrada a los hombres sofisticados que flirteaban para ver sonrojarse a las mujeres que, en secreto, le había encantado conocer a un hombre tan vulnerable a las atenciones de una mujer—. De veras, no quería hacerle daño.

—Bien, pues de todos modos se lo hizo —respondió Cal secamente—. Se ha marchado. Se ha ido a Victoria a buscar otro trabajo, y no va a volver. Era uno de los mejores hombres que tenía, y ahora tendré que sustituirlo, por su culpa.

—¡Pero no ha podido tomárselo tan en serio! —exclamó Nora, horrorizada.

—Aquí, los hombres se toman las cosas en serio —dijo él—. Manténgase alejada de mis vaqueros, señorita Marlowe, o haré que su tío la mande a casa en el próximo tren.

Ella soltó un jadeo.

—¡Usted no puede darle órdenes a mi familia!

—Le sorprendería saber todo lo que puedo hacer —respondió él—. No me tiente a demostrárselo.

—¡Usted sólo es un asalariado! —dijo Nora—. ¡Poco más que un sirviente!

De repente, la expresión de Cal Barton se hizo peligrosa. Apretó el puño a un costado, y los ojos le brillaron de un modo que tuvo el mismo efecto en ella que el sonido de una serpiente de cascabel.

—Mientras que usted, señorita, es una completa esnob que tiene dólares en vez de sangre y modales de salón en lugar de corazón.

Nora se puso como la grana. Impulsivamente, alzó la mano para golpearlo, pero él la agarró por la muñeca antes de que ella pudiera abofetearlo. La sujetó sin ningún esfuerzo hasta que los músculos de Nora se relajaron. Bajo los dedos, él notó que se le incrementaba el pulso de repente. Y cuando la miró a los ojos, percibió un ligero brillo de atracción que ella no pudo disimular. Él sonrió con astucia, lentamente. ¡Vaya, era vulnerable! La mente de Cal se llenó de posibilidades oscuras.

Con una carcajada de triunfo, él se posó la mano de Nora en el pecho húmedo y se la apretó contra los músculos. Ella jadeó, y Cal supo que no lo encontraba desagradable.

—¿Acaso los hombres del Este soportan que los abofeteen? —le preguntó—. Aquí las cosas son distintas.

—Sin duda, un hombre como usted encuentra aceptable devolverme el golpe —dijo ella con valentía. Sin embargo, bajo la falda larga le temblaban las rodillas.

Cal miró sus ojos azules, grandes, con confianza. O ella sabía mucho menos de los hombres de lo que él sabía de las mujeres, o era una buena actriz. Chester le había dicho que era una aventurera, una mujer moderna y viajera. Se preguntó hasta qué punto era moderna, y se propuso averiguarlo por sí mismo.

—Yo no pego a las mujeres —dijo. Entornó los ojos y, lentamente, se acercó un poco más a ella. No fue un movimiento descarado ni vulgar, pero con aquella sencilla acción, él consiguió que ella fuera consciente de su estatura, su tamaño y su fuerza, y de su propia vulnerabilidad—. Tengo... otros modos de terminar con la hostilidad de una fémina.

Nora no tuvo ninguna duda de lo que él quería decir, porque él le estaba mirando la boca mientras hablaba. Increíblemente, se sintió débil, y se le separaron los labios sin que pudiera evitarlo. Desde el incidente con el odioso Edward Summerville, a ella nunca le había gustado estar cerca de un hombre. Sin embargo, a su cuerpo traidor sí le gustaba estar cerca de aquél, quería incitarlo para que se acercara más, quería conocer su fuerza cálida en un abrazo.

Como aquellos pensamientos la estaban dejando estupefacta, Nora dio un tirón con la mano.

—¡Señor, huele a establo! —tartamudeó con enfado.

Él se rió, porque vio desde la ira hasta la excitación disimulada.

—Un vaquero se pasa la mayor parte del tiempo con animales. ¿No le parece natural?

Ella se tiró de la manga del vestido, sin responder. No recordaba haber estado nunca tan aturullada.

Él sonrió. Le complacía tener aquel efecto en su papel de curtido vaquero en una aventurera que había estado de safari y que había vivido una vida moderna. Ninguna de las mujeres a quienes él había conocido se había atrevido a desobedecer las convenciones. Aquella mujer le resultaba muy excitante, y la idea de embaucarla con aquel disfraz le resultaba apetecible. Como mínimo, eso le enseñaría a no sacar conclusiones apresuradas sobre la gente. El hecho de juzgar a un hombre tan sólo por su apariencia no era propio de una aristócrata que había viajado tanto. Sin embargo, ella carecía del barniz brillante que podría esperarse en una aventurera. En aquel momento, mirándole el rostro ruborizado, Cal se dio cuenta de que no era más que una niña azorada.

—Es muy bella —le dijo con gentileza.

De hecho, lo era. Tenía una cabellera espesa, de color castaño brillante, y unos enormes ojos azules.

Ella carraspeó.

—Debo entrar.

Él se quitó el sombrero y se lo posó sobre el corazón.

—Contaré las horas que quedan hasta que volvamos a encontrarnos —le dijo con un exagerado suspiro.

Nora no supo si lo decía en serio, o si se estaba burlando de ella. Emitió un sonido raro, como una risa ahogada, y entró rápidamente en la casa. Se sentía como si fuera a ahogarse.

Cal la vio marcharse con una sonrisa de satisfacción y con una mirada especulativa. Aquélla iba a ser una presa interesante, pensó, mientras volvía a ponerse el sombrero y se lo inclinaba sobre los ojos. Cuando terminara con ella, aquella mujer iba a pensárselo dos veces antes de mirar con desprecio a un hombre, pese a cómo pudiera oler.

Después de aquello, parecía que Cal Barton estaba en todas partes. Era descaradamente atento con Nora, y la miraba con unos ojos de adoración tales que Melly comenzó a tomarle el pelo acerca de la devoción del capataz.

Nora no estaba convencida del todo de que no fuera una broma monumental. No respondía a sus muestras de interés, cosa que las hacía más evidentes. Él se esforzaba en hablarle con calidez, estuvieran solos o en compañía de otros. Y cuanto más la perseguía, de un modo caballeroso y burlón, más inquieta se sentía Nora.

Se preocupaba tanto por Cal Barton que no podía dormir por las noches. Y para empeorar las cosas, los vaqueros habían vuelto del rodeo. El ruido que hacían en el barracón aquella noche era ensordecedor. Nora sabía que el alcohol estaba prohibido, salvo los fines de semana, cuando los vaqueros iban al pueblo y volvían sonoramente embriagados. Nora estaba acostumbrada al ruido de la ciudad, pero era agobiante oír voces de hombres junto a su ventana. Aquellos dos no estaban borrachos, lo cual era tranquilizador, pero de todos modos hablaban muy alto.

—¡No voy a hacerlo! ¡No estoy dispuesto! No me va a

poner a cavar agujeros para los postes con este reumatismo. ¡Antes me despido!

—Dan, tu reumatismo es de lo más oportuno —respondió otro hombre en tono divertido—. Sólo te duele cuando tienes que trabajar. Será mejor que no enfades a Barton. Acuérdate de lo que le pasó a Curtis.

Hubo una pausa, y Nora esperó aquella nueva información sobre Barton con miedo.

—Supongo que me gusta más esto desde que llegó Barton —dijo el primer hombre con un suspiro—. Nos ha conseguido un sueldo mejor, y ha hecho que el jefe reemplazara aquellos caballos tan viejos. Era difícil cuidar el ganado con un caballo que se tambaleaba.

—Claro. Y también ha cambiado al cocinero. A mí ya no me importa comer en el barracón, últimamente.

—A mí tampoco. Me hace gracia lo de Curtis. Allí estaba él, jactándose de su reputación de pistolero, intimidando a los chicos nuevos. Y cuando intentó sacarle aquella pistola a Barton, se vio en el suelo de un puñetazo antes de que pudiera darse cuenta.

—Barton dispara muy bien. Estuvo en Cuba con Teddy Roosevelt. Era uno de los Rough Riders.

—Bueno, eso no significa que conozca a Teddy personalmente —dijo el otro hombre, riéndose—. Vamos. Tenemos cosas que hacer antes de acostarnos. El rodeo empezará a mediados del mes que viene. Parece que el trabajo de un vaquero no acaba nunca, ¿eh?

Las voces y el tintineo de las espuelas se alejaron en la noche. Nora se acurrucó en la cama con una sensación de inquietud. Le horrorizaba pensar en el señor Barton con una pistola humeante en las manos, y de repente recordó una de sus miradas frías y se dio cuenta del adversario tan formidable que debía de ser con una pistola. Sin embargo, con ella no era así. Era cortés, atento, y le sonreía de una manera que hacía que se le acelerara el corazón.

Sintió impaciencia por aquellos encuentros casuales, demasiado frecuentes, porque su sonrisa hacía que se sintiera muy bien. Sin embargo, se dio la vuelta bruscamente y se obligó a pensar en otra cosa. ¿De qué servía soñar, si no había ninguna esperanza para el futuro? Ella no tenía nada que darle a Cal Barton, pero saberlo no impedía que el pulso se le acelerara cada vez que pensaba en él.

Ya había empezado la segunda semana de su visita, y a medida que veía más del enigmático señor Barton, Nora comenzó a entender más el cotilleo que había oído aquella noche fuera de su ventana. Ver cómo enviaba a los hombres a encargarse de sus tareas era muy revelador. Nunca levantaba la voz, ni siquiera cuando le llevaban la contraria. De hecho, su tono se volvía más suave, y sus ojos se convertían en una línea de acero brillante a la luz del sol. En cambio, cada vez que veía a Nora, sonreía y parecía que todo le era ajeno, salvo ella.

—Buenos días, señorita Marlowe —le dijo cuando pasaba junto a ella, de camino al establo, con un par de guantes de trabajo manchados entre los dedos largos. Miró los pequeños guantes de encaje de Nora. Ella se los estaba quitando, porque acababa de llegar con Melly del pueblo—. Qué delicada es usted —murmuró—. Y siempre tan impecable —dijo.

Le pasó la mirada por el cuerpo; ella llevaba una blusa de cuello alto y una falda oscura que le llegaba hasta los tobillos. La intensidad del interés del capataz le resultó inquietante, como siempre. Hacía que le temblaran las rodillas.

—Me corta la respiración —añadió él con suavidad.

Ella se estaba ahogando en su voz grave, y en la mirada de sus ojos, tan hambrienta.

—Por favor, señor, esto no es adecuado —dijo ella.

Él se acercó lentamente, paso a paso, consciente de que estaban a la vista de todo el mundo.

—¿Por qué no es adecuado? —le preguntó—. ¿Es que un hombre no puede decirle a una mujer lo guapa que está con su ropa de encaje?

Ella tragó saliva.

—Sus atenciones podrían ser... malinterpretadas —susurró Nora.

Él arqueó una ceja.

—¿Por otra persona? ¿O por usted? —preguntó Cal. Le apartó un mechón de pelo de la mejilla, y a Nora aquello le provocó sensaciones increíbles en los nervios. Él bajó todavía más la voz—. La encuentro fascinante, señorita Marlowe. Una orquídea que apenas ha florecido.

Ella abrió los labios. Nunca le había dicho nadie semejantes cosas. Estaba embelesada por su voz, por su mirada, por su presencia. Ni siquiera notó el olor a caballo, a cuero y a cigarro en aquel estado de excitación. Sin que pudiera evitarlo, su mirada pasó por sus ojos, su nariz recta y sus pómulos altos, y por las líneas perfectas de su boca. Notó que el pulso se le aceleraba y se preguntó, desvergonzadamente, cómo sería besarlo.

Él percibió aquella mirada y sonrió.

—Está muy callada, señorita Marlowe. ¿No tiene ningún comentario hiriente que hacer sobre el estado de mi ropa?

—¿Qué? —ella lo miró, confusa, como si no hubiera entendido la pregunta.

Entonces, Cal se inclinó hacia ella y de repente le acarició la mejilla y pasó el dedo pulgar por sus labios, mirándola fijamente a los ojos.

—Sé lo que está pensando —le susurró con la voz ronca—. ¿Quiere que lo diga con palabras, o es suficiente que yo lo sepa?

Nora estaba demasiado abstraída como para oírlo. Él siguió jugando con sus labios, y ella se lo permitió, hipnotizada por su mirada, por su cercanía. Cal le apretó los labios contra los dientes, en su fervor, y ella lo miró a los ojos con un deseo evidente. Durante un instante, el tiempo dejó de existir...

De repente, Nora se dio cuenta de lo que le estaba ocurriendo, y se atemorizó. Con un sonido muy débil, se apartó de él y salió corriendo hacia la casa sin mirar atrás.

Entró en el salón ruborizada y se encontró con su tía, que la miró divertida.

—El señor Barton está otra vez persiguiéndote, ¿eh? —preguntó con ironía.

Nora asintió.

—Es... inquietante.

—Es muy cortés con las mujeres, pero nunca lo había visto tan atento. Es un joven muy agradable e inteligente, y sabe dirigir el rancho. Chester no podría llevar esta propiedad tan grande sin su ayuda. Antes era muy sombrío y formal, pero tengo que admitir que ha cambiado desde que tú llegaste —dijo la tía Helen, y titubeó después—: Claro que nunca podría convertirse en un pretendiente de verdad, ya sabes.

Al principio, Nora no lo entendió. Frunció el ceño.

—Es un joven estupendo, hija, pero está muy por debajo de ti socialmente —continuó la tía Helen—. No debes verte involucrada con un hombre de tan baja clase social. Tu madre nunca me perdonaría que no te lo advirtiera. Es divertido que el señor Barton te encuentre irresistible, pero no es adecuado para optar por tu mano.

Nora se quedó horrorizada. Debería haberse dado cuenta de que su tía, tan descendiente de la realeza europea como su propia madre, consideraría poco apropiado que Cal Barton le prestara tanta atención. Y tenían razón. Un sucio vaquero no era pareja para una dama de la alta sociedad con una gran fortuna.

—Oh, a mí no me interesa el señor Barton en ese sentido —dijo Nora rápidamente, con una carcajada para disimular su sorpresa—. Pero me he dado cuenta de que los demás vaqueros lo respetan. El señor Barton ha tenido que calmar a sus vaqueros todas las noches.

—Son muy excitables —dijo su tía con una sonrisa—. Y tú te habrás acostumbrado al ruido en tus viajes.

—En realidad, no. Estaba protegida de todo aquello que fuera desagradable de verdad, incluso de los olores y los sonidos de la vida del campamento. Y siempre estaba entre parientes.

—¿Entre parientes, y no pretendientes?

Nora suspiró.

—Me temo que soy... poco corriente en ese sentido. No animo a los hombres a que se insinúen, aunque me gustan como amigos.

—Pero, querida, tú eres tan guapa que... seguramente, querrás casarte algún día, y tener hijos...

Nora se dio la vuelta bruscamente.

—Melly y yo vamos a ir a una comida campestre mañana junto al río —le dijo a su tía—. Tengo... miedo de los ríos, pero Melly dice que éste no es profundo, y que no hay nada que temer.

—Y tiene razón. Será agradable para vosotras dos, y como está cerca de casa, podéis ir sin compañía. El calor y el polvo son terribles en esta época del año, pero junto al río hace fresco. Lo único malo son los mosquitos —dijo Helen con una mueca de repugnancia.

Mosquitos. Nora se sintió mareada.

—Vamos, no te preocupes —le dijo su tía al darse cuenta—. Los mosquitos son peores al anochecer. No tengas miedo.

Nora se dio la vuelta y supo que su madre se lo había contado todo a su tía. Era casi un alivio que alguien supiera la verdad. Se mordió el labio inferior.

—Me da miedo.

Helen le acarició suavemente el hombro.

—Lo has pasado mal, pero aquí estarás bien. Ve con Melly y pásalo bien. Todo irá perfectamente, querida, de veras. Los médicos se equivocan muy a menudo, así que debes tener esperanza. Es Dios quien decide nuestro destino, no los doctores. Al menos, no siempre.

—Recordaré eso —dijo Nora, y sonrió—. Supongo que hay cosas peores que los insectos —añadió, y salió solemnemente de la habitación.

CAPÍTULO 3

Melly no le había dicho que a la comida campestre iban a acudir más personas. Era una comida de la parroquia. Y no iba a ser junto a un río que hubiera cerca de la casa. Era un pequeño riachuelo. Cuando Nora se enteró, se relajó mucho.

La tía Helen se rió cuando Melly le recordó que era una comida organizada por la iglesia.

—¡Oh, cómo es posible que se me hubiera olvidado! —dijo, mirando con una disculpa a Nora—. No estoy en lo que tengo que estar. Te pido perdón, Nora. Te he confundido. Sé que vas a disfrutar mucho en esta reunión. Hay varios jóvenes que son buenos partidos entre la congregación.

—Incluido el señor Langhorn —dijo Melly, con una extraña expresión—. Su hijo Bruce y él nos acompañarán, seguramente, porque es sábado. Aunque quizá sea menos... antipático de lo común. Y con suerte, Bruce se portará mejor de lo que suele portarse.

Nora se preguntó por qué su prima se refería de un

modo tan raro al señor Langhorn. Esperaba que Melly confiara en ella algún día.

Después de que la tía Helen se marchara a hablar con la cocinera, las dos primas se sentaron en el porche.

—¿Va a ir alguno de los hombres del rancho a la comida? —le preguntó Nora a Melly.

Melly sonrió.

—El señor Barton no, si te refieres a él. Esta tarde se va a Beaumont.

—Ah —dijo Nora. Se ruborizó un poco y se sintió decepcionada—. ¿Tiene familia allí?

—Nadie lo sabe. Nunca habla de sus visitas del fin de semana. El señor Barton es muy misterioso.

—Sí, ya lo veo.

Melly notó la desilusión de Nora y le acarició con dulzura el brazo.

—Mamá es muy anticuada. No dejes que interfiera demasiado. El señor Barton es un buen hombre, Nora, y la posición social no lo es todo.

—Ay, Melly —dijo su prima—. Para mí sí lo es. Mi madre es exactamente como la tuya. Nadie de mi familia consideraría que el señor Barton es un pretendiente adecuado para mí —se mordió el labio y continuó—: Oh, Dios... ¿por qué tengo que ser tan convencional? Me siento como una oveja que sigue al rebaño a todas partes. Sin embargo, es muy difícil separarse del pasado y contravenir las normas de la sociedad.

—Si quieres a alguien, a veces eso se convierte en algo necesario.

Nora la miró.

—¿De veras? No me imagino que un amor pueda ser lo suficientemente intenso como para enfrentarme a mis padres.

Melly no respondió. Se quedó silenciosa, con una mirada lejana.

Nora estuvo inquieta por la situación durante todo el día y, finalmente, decidió que iba a decirle adiós a Cal. No había nada malo en ello. Fue a buscarlo por la tarde, cuando se acercaba la puesta de sol. Él estaba en el establo, con las alforjas cargadas sobre el caballo, un gran animal de color castaño y muy brioso.

—¿Es éste su caballo? —le preguntó Nora a Cal desde la puerta del establo, que estaba vacío.

Él la miró y sonrió.

—Sí. Le puse de nombre King, porque me recuerda a un hombre que conozco, uno tan impaciente e igual de desagradable cuando está enfadado.

No añadió que aquel apodo era el de su hermano mayor.

—Es muy... alto.

—Yo también. Necesito un caballo alto.

Cuando terminó sus tareas con la silla del animal, Cal se dio la vuelta y se acercó a Nora. Estaba limpio y recién afeitado, y olía a jabón y a colonia. Llevaba ropa que parecía nueva, una camisa de manga larga y unos pantalones de pana, y unas botas negras relucientes. Tenía un aspecto muy masculino, y la intensidad de su mirada hizo que se sintiera nerviosa.

—¿Va a estar mucho tiempo fuera? —preguntó ella, sin querer demostrar demasiado interés.

—Sólo el fin de semana, quizá un día más, dependiendo de los horarios del tren —dijo él—. ¿Me va a echar de menos? —le preguntó para tomarle el pelo.

Ella negó con la cabeza.

—Señor, apenas nos conocemos.
—Eso puede remediarse rápidamente.

Entonces, él se inclinó de repente, la levantó del suelo en brazos como si se tratara de un bebé y se la llevó detrás de la puerta del establo, fuera de la vista de los demás.

Nora había abierto la boca para protestar por aquel tratamiento tan inaceptable, cuando él la besó suavemente, jugueteando con la carne blanda hasta que lo admitió. Detrás de la cabeza, Nora sintió los músculos de su brazo, mientras él se la acercaba más para poder progresar con el beso. Los pechos de Nora se aplastaron ligeramente contra los músculos duros del pecho amplio de Barton, y ella notó que su corazón se aceleraba contra su torso.

Fuera comenzó a soplar el viento, y ella percibió el sonido metálico de las aspas del molino de viento cuando empezaron a girar. Sonó también el estruendo de un trueno entre las nubes oscuras. Sin embargo, ella estaba entre los brazos de Cal, flotando dichosamente entre sentimientos que nunca había experimentado. La boca de Cal era cálida e insistente. Ella no tenía intención de luchar ni de protestar. Y él debía de saberlo, porque fue gentil, casi tierno con ella. Cuando finalmente levantó la cabeza, ella estaba aturdida, fascinada. Sus enormes ojos azules buscaron los de él en un silencio que sólo rompían los suaves movimientos del caballo.

A él le brillaron los ojos mientras le miraba los labios, y después, cuando se fijó en sus ojos llenos de asombro.

—Eres muy dócil para ser una aventurera —le susurró profundamente—. ¿Te gusta estar entre mis brazos?

Nora no se había dado cuenta de que seguía así. Él todavía la tenía alzada del suelo. Ella le había rodeado el cuello con los brazos para sujetarse, y no quería moverse.

Fue una sorpresa descubrir que le parecía natural dejar que la besara.

—Estás aturdida, ¿no? —murmuró él en tono de diversión, mientras observaba su rostro—. Me halagas.

—Debes... dejarme en el suelo —susurró ella.

Él sacudió la cabeza muy lentamente.

—No hasta que te haya besado de nuevo.

La acarició con los labios otra vez, jugueteó con su boca, la tentó. Le mordisqueó el labio inferior y oyó su jadeo.

—Sabes a nata montada —le susurró, empujándole el labio superior con la punta de la lengua—. Me produces hambre, Nora, hambre de cosas que ningún caballero debería admitir ante una dama...

Él presionó con su boca sobre la de Nora e hizo que la abriera para darle el beso más íntimo que ella hubiera experimentado en toda su vida. Nora gimió y lo empujó, asustada no sólo por la intimidad del beso, sino por lo que le hacía sentir.

Él levantó la cabeza y se rió suavemente al ver la mirada de sus ojos.

—Creía que eras más sofisticada —le dijo.

Ella se ruborizó.

—¡Bájeme! —murmuró mientras forcejeaba.

Él la posó en el suelo y la sujetó hasta que ella recuperó el equilibrio. Nora se colocó el pelo y se alejó rígidamente de él. Nunca le había parecido más alto, más amenazante, que en aquel momento.

En cuanto a Cal, él se sentía complacido con las reacciones de Nora. No estaba tan altiva en aquel momento, y a él le encantaba verla en desventaja. Iba a ser muy divertido bajar a la señorita Marlowe, que se creía tan superior, al nivel de una mujer normal. Quizá ella misma disfrutara de ser humana, para variar.

Le tocó la punta de la nariz con un dedo y se rió de nuevo, mientras ella miraba con preocupación a su alrededor.

—No nos ha visto nadie —le dijo—. Nuestro secreto está a salvo.

Ella se mordió el labio y lo miró a los ojos. Su mirada estaba llena de temores.

—¿Qué quieres que te traiga de Beaumont? —le preguntó Cal.

—No, no necesito nada. Tengo que entrar en la casa. Yo... que tenga buen viaje.

—Pensaré en ti cuando esté lejos —le dijo él, con una voz lenta, profunda—. Cuando mire a las estrellas esta noche, te imaginaré mirándolas y pensando en mí también.

Nora se ruborizó.

—¡No debe hacerlo!

—¿Por qué? —le preguntó él razonablemente, y sonrió—. Tú no tienes prometido. Yo no tengo novia. ¿Por qué no podemos interesarnos el uno en el otro?

—No quiero —respondió ella.

Cal arqueó una ceja.

—¿Porque soy un vaquero pobre? ¿No soy lo suficientemente bueno para una Marlowe de Virginia?

Ella hizo una mueca, y él leyó la verdad en su rostro. No, un vaquero pobre no era una pareja adecuada para una mujer rica del Este. Le molestó que ella pensara de aquel modo, que estuviera tan atada por las convenciones, cuando era tan moderna y tan franca y había viajado tanto. En realidad, nada de aquello era cierto. No era más que otra prisionera de las convenciones sociales. Otra mujer rica y aburrida que jugaba con los hombres para entretenerse. Cal se dijo que no debía olvidar al pobre Greely.

—Por favor —dijo ella nerviosamente—. Debo irme.
Él tenía una expresión dura.
—Pues vete —le dijo—. No es beneficioso para ti que te vean en compañía de alguien que está tan por debajo de tu estatus.

Ella lo miró con preocupación, como si se sintiera culpable, pero no lo negó. Y aquello fue lo que terminó de convencerlo de que debía demostrarle que los sentimientos eran más importantes que las normas sociales. Y lo haría. La cortejaría y la conquistaría como vaquero itinerante. Y cuando hubiera terminado, ella ya no volvería a juzgar a un hombre por su ropa ni por su posición en la vida. Él sería la espada vengadora para Greely y todos los otros hombres a los que aquella señorita caprichosa hubiera podido herir con su desconsideración. Se giró con enfado hacia su caballo.

Entonces, Nora volvió a casa con el corazón en un puño. Lo había alejado, y lo lamentaba mucho. Sin embargo, ella no tenía nada que darle. Si él pensaba que era por su estatus y no por el miedo que Nora le tenía a su enfermedad, mejor. Así, ella se ahorraría un cortejo más tarde. Aquella idea, que debería haberle servido de consuelo, la desalentó vagamente.

Apenas había llegado a los escalones del porche cuando oyó los cascos de un caballo que se acercaba y se alejaba rápidamente. Se volvió a tiempo para ver a Cal saliendo por la puerta, alto contra el cielo oscuro, tan violento como la misma tormenta.

La comida campestre de la iglesia fue una sorpresa. Nora no creía que fuera a disfrutar de la excursión, pero se lo estaba pasando muy bien. La única pega era, tal y como le había contado Melly, el hijo del señor Langhorn, Bruce. El pequeño era terrorífico. Tenía el pelo rubio y era menudo y muy travieso. Nada más llegar, le puso un sapo en la espalda a una chica y le tiró la limonada sobre los pantalones al predicador.

Su padre se limitaba a sonreír y a mirarlo; parecía que aprobaba sus acciones. Melly lo miró con frialdad, pero él la ignoró. Parecía que estaba embelesado con otra mujer un poco mayor, una morena que llevaba una fuente de bizcocho y tenía una sonrisa dulce.

—Ahí está otra vez, flirteando con la señora Terrell —dijo Melly con irritación—. A mí no me importa, pero ella tiene cinco años más que él, y tres niños. Es viuda. Una viuda rica —añadió con un siseo.

Como si la hubiera oído, el señor Langhorn, un hombre moreno de ojos oscuros, miró a Melly. Arqueó una ceja y le lanzó una mirada perezosa, de desdén, y tomó un pedazo del bizcocho de la viuda.

—Me está desafiando para que le diga algo —murmuró Melly—. ¡Míralo! ¡Es un... canalla, un grosero incivilizado! Ella se lo merece.

—Pero la viuda es amable —le dijo Nora.

—Es una viuda negra —respondió Melly con tirantez—. ¡La desprecio!

Nora estaba sorprendida del tono venenoso que estaba usando su dulce prima. No era propio de su carácter.

—Él me dijo que yo era demasiado joven para darle lo que un hombre necesita de una mujer —dijo Melly, y se ruborizó—. A mamá le daría un ataque si supiera que él me ha hablado en ese tono. Yo fingí que era otro hombre quien me había roto el corazón, el nuevo marido de mi mejor amiga, pero no era cierto. Fue... él —dijo

Melly con tristeza—. Mis padres nunca me habrían permitido ese interés en él, porque está divorciado. ¿Qué voy a hacer? ¡Me está matando verlos juntos! Él dice que probablemente se casará con ella, porque Bruce necesita una madre —prosiguió la muchacha, y apretó los puños—. Yo lo quiero, pero él no siente nada por mí, nada en absoluto. Nunca me ha tocado, ni siquiera me ha estrechado la mano...

Hubo un suspiro desgarrador, y Nora sintió mucha pena por su prima.

—Lo siento —le dijo con suavidad—. La vida tiene sus tragedias, ¿no? —añadió distraídamente, pensando en África y en los cambios terribles que había provocado en su existencia.

—La tuya ha sido muy diferente de la mía, y desde luego no ha sido trágica —replicó su prima—. Eres rica y tienes buena posición, y has viajado mucho. Eres sofisticada. Lo tienes todo.

—No todo —dijo Nora con aspereza.

—Pero podrías tenerlo. Al señor Barton le gustas —bromeó Melly—. Podrías casarte con él.

Nora no podía olvidar el frío y duro adiós que le había dado el señor Barton. Se sintió indignada.

—¡Casarme con un vaquero! —exclamó con altivez.

Melly la miró con cara de pocos amigos.

—¿Y qué tiene de malo un hombre trabajador? Ser pobre no es un pecado.

—No tiene ambición. Va siempre sucio y desarreglado. Lo encuentro... ofensivo —mintió.

—Entonces, ¿por qué te estabas besando con él en el establo antes de que se fuera?

—le preguntó Melly razonablemente.

A Nora se le escapó un jadeo.

—¿A qué te refieres?

—Os vi por la ventana —dijo Melly con una risita—. No te quedes tan horrorizada, Nora, sabía que eres humana. Él es muy atractivo, y cuando se afeita y se lava, puede estar a la altura de cualquiera de tus amigos europeos.

Nora se movió con incomodidad.

—Es incivilizado.

—Deberías pasar más tiempo por ahí. Si lo hicieras, te darías cuenta de que la ropa y la buena educación no siempre hacen un caballero —le dijo Melly suavemente—. Aquí en Texas hay hombres que no tienen dinero, pero que son valientes, buenos y nobles, a su manera.

—El señor Barton no es así —replicó Nora—. Él... me importunó.

—Te besó —la corrigió Melly—, que no es lo mismo. Deja que te diga que muchas de las mujeres solteras de nuestra parroquia darían cualquier cosa por que el esquivo y estoico señor Barton las besara.

—Pues por mí puede besar a todas las que quiera. No tengo ganas de convertirme en la novia de un vaquero.

—Parece que de ningún hombre —murmuró Melly con una mirada significativa—. Eres muy reticente a hablar del matrimonio y de la familia, Nora.

Nora se abrazó a sí misma.

—No deseo casarme.

—¿Por qué?

—Eso es algo de lo que no puedo hablar. Nunca me casaré —repitió con amargura.

—Quizá quieras casarte con el hombre adecuado.

Nora pensó en los besos ardientes de Cal Barton, y se le aceleró el corazón. Sin embargo, no debía recordar, no debía. Se dio la vuelta justo para ver al joven Bruce

Langhorn corriendo en línea recta hacia otro niño que estaba subido en una roca, en equilibrio precario, riéndose.

—¡Oh, no! —gimió Melly, y antes de que Nora pudiera abrir la boca, su prima echó a correr hacia el niño.

No se había dado cuenta de lo que estaba ocurriendo, hasta que Bruce empujó al otro niño, que iba impecablemente vestido, y lo tiró al riachuelo.

—¡Tú, pequeño pagano! —le gritó la madre del niño a Bruce, haciendo que todos fijaran su atención en él—. ¡No deberías tener permitido estar en compañía de gente decente! ¡El hijo de un hombre divorciado! —añadió con puro veneno, mientras sacaba a su hijo empapado del agua y comenzaba a consolarlo.

Langhorn lo oyó. Se puso en pie y se acercó a su hijo, que estaba entre las lágrimas y la vergüenza.

—Intenté detenerlo —dijo Melly, mirando de forma elocuente a Langhorn.

Él no la miró, ni se dio por aludido. Puso la mano sobre el hombro de Bruce.

—Es tan bueno como su hijo, señora Sanders —le dijo a la aturullada madre—. Claro que a veces se comporta como un niño, y no como una estatua.

La cara de la señora Sanders, que ya estaba roja, enrojeció todavía más.

—Él no tiene ejemplo moral que seguir, señor Langhorn.

Langhorn la miró fijamente.

—Creía que esto era una fiesta de la iglesia, donde la gente cristiana se reúne para pasar un buen rato.

La mujer se quedó helada, y de repente se dio cuenta de que la gente la estaba mirando, y no de una manera muy aprobatoria.

—A mí me parece —dijo Nora con aplomo— que ninguno de nosotros es tan perfecto como para ponerse a juzgar a los demás. ¿No es eso lo que nos enseña la iglesia? —añadió con una sonrisa fría.

La señora Sanders se mordió el labio.

—Le pido disculpas, señor Langhorn. Estaba asustada por Timmy...

Langhorn no se ablandó. Hizo que Bruce se diera la vuelta.

—Ve a buscar a otro niño para jugar —dijo—. Quiero que estés con niños que no sean de cristal.

Timmy se secó los ojos con la manga y se separó de su madre con una mirada de furia.

Melly contuvo una sonrisa y siguió a Nora a la zona donde estaban comiendo.

Poco después, el señor Langhorn y Bruce se acercaron a ellas. Los dos sonreían, y Melly se puso muy nerviosa, más de lo que nunca hubiera visto Nora.

—Es usted muy altanera —le dijo Langhorn a Nora con los labios fruncidos—. No sé si me gusta que me defiendan los aristócratas del Este, de nariz exquisita.

A Nora le cayó bien al instante. Sonrió.

—Y yo no sé si me gusta relacionarme con los paganos —replicó.

Él arqueó las cejas y miró a Melly, que se sonrojó dulcemente.

—Ya veo que mi reputación me precede —dijo él. Se sentó en el mantel y se apoyó sobre un costado—. ¿Estoy invitado a comer? —le preguntó suavemente a Melly.

A la muchacha le temblaban las manos mientras preparaba unos rollitos de pollo.

—Si quiere... —dijo, tartamudeando—. Hay mucha comida.

No era nada tangible, pero Nora sintió la tensión que había entre aquel hombre y su prima. Melly le había dicho a Nora que él no estaba interesado en ella; sin embargo, el señor Langhorn la miraba durante más tiempo del que podía considerarse cortés, y ella estaba muy nerviosa tan sólo por su presencia. Claramente, aquel hombre sí se sentía atraído por su prima, pero era evidente que no iba a permitir que las cosas llegaran más lejos que hasta aquel punto.

—Yo también, Melly —le rogó Bruce a su prima con una sonrisa—. ¿Ibas a detenerme? Vi que corrías hacia mí.

—No fui lo suficientemente rápida —murmuró Melly—. Eres imposible, Bruce, de veras.

—Timmy me empujó a mí la última vez que fuimos de excursión —le explicó el niño—. Yo sólo iba a vengarme, eso es todo. Su madre no dijo nada cuando fui yo el que estaba chorreando agua. No me cae bien. Dice que no soy lo suficientemente bueno para jugar con su hijo.

—Y un cuerno que no —dijo Langhorn—. Disculpen mi lenguaje —les dijo a las señoritas, y después volvió a mirar a su hijo—. No se juzga a una persona por su familia.

—No, no debería hacerse, pero, por desgracia, la gente sí lo hace —corrigió Nora.

Langhorn observó a Melly cuidadosamente mientras tomaba el plato que ella le ofreció con las manos temblorosas y le daba las gracias con un asentimiento.

—Fue usted a defender a Bruce como un ángel vengador. Gracias.

Melly se encogió de hombros.

—La señora Sanders es... un poco autoritaria algunas veces. Además es demasiado protectora. Un día, Timmy va a desear que su madre no lo hubiera sido.

Él sonrió.

—Quizá no. Sus padres la han protegido a usted, y eso no le ha hecho ningún mal.

—¿No? —preguntó ella, sin mirarlo.

Melly sintió una profunda amargura, porque si sus padres no la hubieran protegido tanto, quizá en el presente tuviera alguna esperanza de poder compartir su vida con Langhorn. Sin embargo, aquello era el pasado. Él pensaba que ella era demasiado joven, y quizá fuera cierto.

Un minuto después de que el señor Langhorn terminara su comida, la señora Terrell se acercó, sonriendo bajo su parasol.

—No quiero molestarlo, Jacob, pero me siento un poco mareada. ¿Le importaría mucho llevarme a casa?

—¡Pero si acabamos de llegar! —protestó Bruce—. No he podido jugar con los otros niños. ¡Y hay una carrera de sacos!

—Puede quedarse con nosotras, y después lo llevaremos a casa, de camino al rancho —dijo Melly, que se sentía irritada con la viuda, la cual, a su vez estaba celosa.

—Oh, deje que se quede —insistió Melly al verlo titubear.

Él miró a su hijo.

—Obedécela.

—¡Sí, señor! —exclamó Bruce con una gran sonrisa.

Langhorn miró a Melly con una expresión impenetrable y se inclinó para recoger su sombrero.

—Lo espero en casa antes de que oscurezca —le dijo a Melly—. No tiene por qué estar por el campo en el carro a oscuras.

—Sí, señor —murmuró Melly recatadamente, pero mirándolo con picardía.

El señor Langhorn se quedó helado, como si su broma

hubiera tenido un efecto que no deseaba en él. Se dio la vuelta y tomó con fuerza del brazo a la señora Terrell para guiarla por el camino.

—¡Gracias, Melly! —gritó Bruce con entusiasmo, y tomó un pedazo de tarta de manzana recién hecha—. ¡Eres estupenda! Me has salvado la vida dos veces. De verdad, ¿no te parece que la señora Terrell es muy seria? Quiere que papá se case con ella, pero a él no le gusta de esa manera. He oído cómo hablaba consigo mismo sobre ella.

Melly sonrió para sí. Era agradable saber algo íntimo sobre Jacob Langhorn, aunque sólo fuera que hablaba solo. Miró a Nora y suspiró al ver la simpatía y el cariño de sus ojos azules. Nora sonrió y se encogió de hombros.

El resto de la excursión fue muy divertido. Melly y Nora animaron a Bruce en las carreras de sacos, y vieron cómo ganaba en el concurso de trasladar un huevo. Hubo carreras de caballos entre los hombres, y Bruce comentó que era seguro que su padre lamentaba habérselas perdido. También hubo música, porque dos de los hombres habían llevado la guitarra.

Si Cal Barton hubiera estado allí, a Nora le habría parecido el picnic perfecto. Se preguntó qué estaría haciendo, qué motivo tenía su misteriosa ausencia de los fines de semana.

Cerca de Beaumont, Texas, Cal Barton, que estaba verdaderamente sucio, ayudaba al capataz de su exploración petrolífera a darle los toques finales a la nueva torre de perforación, mientras su hermano Alan miraba. Alan iba, como siempre, inmaculado de traje y cortaba, y no estaba dispuesto a mancharse. Con ofuscación, Cal pensó que su hermano sería un ídolo para la estirada señorita Marlowe.

—Bueno, ya está. Vamos a empezar —le dijo al otro hombre, y bajó de la torreta para unirse a su hermano en el suelo firme.

—La primera vez diste con un agujero seco —le advirtió Alan—. No guardes demasiadas esperanzas.

—Es mi dinero, hijo —le recordó Cal con una sonrisa—. En realidad, el dinero de la tía Grace, pero yo era su favorito, y ella tenía pasión por el petróleo. Por eso os dejó fuera a King y a ti. Pensaba que yo tenía el don para esto.

—Y quizá lo tengas. Sólo espero que no se te acabe el dinero antes de que des con una buena bolsa.

—El geólogo dijo que aquí hay petróleo —le recordó Cal—. Habría venido hace tres años si hubiera tenido apoyo, pero ninguno de vosotros creía que yo supiera lo que estaba haciendo. El que menos, King. Me dejó muy clara cuál era su opinión de las empresas arriesgadas antes de que saliera de casa.

—King se ha dulcificado mucho últimamente, gracias a Amelia —dijo Alan—. Tienes que venir a conocerla. Es una chica estupenda.

—Debe de tener un carácter muy fuerte para soportar a nuestro hermano —dijo Cal sin ambages.

—Le tiró una cafetera.

Cal abrió unos ojos como platos.

—¿A King?

—Sí. Él todavía se está riendo del incidente. Ella es buena pareja para él. A mí me da escalofríos pensar en qué tipo de hijos tendrán. Quiero mudarme a un lugar seguro antes de que llegue el primero.

Cal se rió.

—Bueno, yo sí estaré lejos —dijo. Después se puso serio y miró a Alan con curiosidad—. Recibí una carta de mamá sobre ella. Ella pensaba que tú eras el que tenías el matrimonio en mente.

Pareció que Alan se sentía incómodo.

—Y lo estaba, cuando ella parecía dulce y necesitada de protección. Después de la muerte de su padre, cambió. Era más mujer de lo que yo podía manejar —dijo, y sonrió con culpabilidad—. Yo no soy como King y tú. Quiero una chica dulce, suave, no una valquiria guerrera.

—Yo no —dijo Cal, mirando la torreta de perforación—. No querría casarme con una mujer a la que pudiera doblegar. Tiene que ser enérgica y aventurera para soportar el tipo de vida que yo quiero llevar. Si encuentro algo aquí, me vendré a este lugar y nunca me marcharé.

—¿Quieres decir que vas a acampar aquí?

—Algo así. No quiero una mujer de ciudad con actitudes de esnob.

—Eso se parece sospechosamente a que has conocido a una.

—¿Quién, yo? Vete a casa, Alan. No eres el más idóneo para estar en una perforación petrolífera. Lo único que harás es estorbar. No sé por qué has venido.

—Estoy de camino a Galveston para pescar. He parado sólo para verte —dijo, sonriendo—. Tengo que tomar un tren.

—¿Y cuándo vas a volver?

—No lo sé. Quizá el próximo fin de semana, quizá un poco más tarde —dijo, y frunció el ceño—. Quiero ver a un hombre de Baton Rouge, para hablar con él sobre un rancho. Quizá vaya al este primero, y después vuelva. Te enviaré un telegrama.

Cal le dio unas palmadas en la espalda a su hermano.

—Ten cuidado, Alan. Puede que seamos como el agua y el aceite, pero somos familia. Que nunca se te olvide.

—No —respondió Alan con una sonrisa—. Buena suerte.

—Gracias. La necesitaré.

Alan montó sobre su caballo alquilado y se despidió de Cal. Después se puso en camino hacia Beaumont. Cal observó cómo se alejaba su hermano con una sensación rara en el pecho, con un sentimiento de pérdida. Después se rió de su tonta nostalgia y volvió a su trabajo. Le quedaba poco tiempo antes de tener que volver a Tyler Junction, al rancho Tremayne. Envidiaba a Alan por aquel viaje de pesca. Aquellas prospecciones petrolíferas eran una ocupación cara, agotadora y peligrosa. La semana anterior, una torreta se había volcado sobre una caseta y un buscador de petróleo había muerto.

Además, cabía la posibilidad de que sólo hubiera un pozo seco, y dar con algo así después de días de búsqueda era algo amargo. Cal esperaba tener suerte en aquella ocasión. No quería marcharse de allí y dejar solos a los trabajadores de la perforación, pero no podía evitarlo. Estaba invirtiendo todo su capital en aquella empresa y necesitaba el sueldo que ganaba en el rancho para suplementar sus ingresos.

Además, aquello le proporcionaba la oportunidad de vigilar la gran inversión que había hecho su familia en el rancho Tremayne. Detestaba el hecho de espiar a Chester, pero no podía hacer otra cosa. Por mucho que hubiera pagado por aquel rancho el grupo industrial de su familia, los Tremayne daban pérdidas. En aquellos días de inseguridad, era mejor cubrirse las espaldas. Tenía que conseguir que Chester produjera beneficios, por el bien de su familia y también por el bien de la familia del ranchero. Ojalá pudiera convencer al hombre para que tuviera unas ideas más modernas. Tendría que trabajar duramente en aquel sentido cuando volviera.

CAPÍTULO 4

A la semana siguiente, Cal recibió un telegrama de Alan desde Galveston, en el que mencionaba el buen tiempo y le preguntaba por los progresos de las perforaciones petrolíferas. Cal le respondió diciéndole que había encontrado la bolsa de petróleo más grande de la historia de Texas y que esperaba que Alan no lamentara haberse perdido la oportunidad.

Ojalá pudiera ser testigo invisible del momento en que su hermano recibiera aquella noticia, aunque Alan lo conocía muy bien y no era probable que sucumbiera a la broma.

Cal volvió a trabajar, aunque no consiguió concentrarse mucho. Estaba pensando en su nueva empresa, y preocupándose por todo el capital que estaba invirtiendo en ella. Quizá estuviera intentando construirse una vida sobre los sueños, después de todo. Eso era lo que le había dicho King cuando él había anunciado su intención de ir a buscar petróleo cerca del Golfo. Pero claro, King era práctico y realista. Se contentaba con dirigir el rancho y supervisar el grupo industrial con su padre. No era de los que arriesgaban.

Nora estaba dando un paseo cuando él iba hacia el barracón aquella noche. Cal tenía un aspecto inusualmente solemne.

—Hola —le dijo ella con amabilidad cuando se encontraron—. Dios Santo, tiene una expresión muy sombría. ¿Ocurre algo malo?

—No, no es nada que pueda contarte —le dijo él—. Es un... asunto personal.

—Oh, entiendo —dijo Nora—. La vida no es lo que nosotros quisiéramos, ¿verdad, señor Barton?

Él frunció el ceño al oír que ella lo trataba de usted y lo llamaba por su apellido.

—Te he besado —le recordó sin miramientos—. ¿Cómo puedes seguir siendo tan formal conmigo?

Ella carraspeó.

—Me causa azoramiento.

—Me llamo Callaway —insistió él—. Normalmente me llaman Cal.

Ella sonrió.

—Le pega.

—¿De qué nombre viene Nora?

—De Eleanor.

—Eleanor —dijo Cal, y sonrió mientras la observaba a la luz tenue del atardecer—. No deberías estar aquí. Los Tremayne son una gente muy convencional, y creo que tú también.

Ella lo miró fijamente.

—Usted no.

Cal se encogió de hombros.

—He sido un vividor, y en muchos sentidos, todavía lo soy. Yo hago mis propias normas —dijo, y entrecerró los ojos al darse cuenta de que había hablado involuntariamente—. Mientras que tú eres esclava de las convenciones sociales, Eleanor.

—Tengo que irme —dijo ella con inseguridad ante aquel ataque velado—. A mi familia no le gustaría verme con usted así.

Entonces, Cal la tomó de la mano y entrelazó sus dedos con los de ella. El contacto fue impresionante. Él emitió un gemido ronco y tuvo que contenerse para no abrazarla y besarla. Y aquella tremenda necesidad se le reflejaba en los ojos. Hacía mucho tiempo que no estaba con una mujer; ¡ése debía de ser el motivo por el que reaccionaba con tanta vehemencia hacia ella!

Le soltó la mano y, bruscamente, se alejó.

—Es tarde.

—Sí. Buenas noches, señor Barton.

Él asintió. Se dio la vuelta y se marchó; Nora se quedó mirándolo fijamente.

La tía Helen estaba esperándola en el porche, y cuando Nora subió los escalones, la miró con preocupación.

—Nora, no deberías estar fuera tan tarde —le dijo con suavidad—. No da buena impresión.

—Sólo estaba tomando el aire —le dijo Nora, evitando la mirada de su tía—. Hace tanto calor...

—Ya veo —dijo Helen con una sonrisa—. Sí, es cierto que hace mucho calor. Querida, hoy he leído una historia tremenda en el periódico, sobre una familia de misioneros que han asesinado en China, con sus niños pequeños. ¡Qué mundo más terrible éste!

—Sí, verdaderamente —respondió Nora—. Qué suerte tenemos de estar a salvo en el sur de Texas.

Aquel sábado hubo una tormenta. Cal y los demás hombres estaban fuera atendiendo al ganado mientras el agua ascendía a un nivel increíble y derribaba vallados.

Todos estuvieron muy ocupados durante aquel día, y cuando volvieron al rancho por la tarde, parecían hombres de barro.

Hasta el lunes no llegó a Tyler Junction la noticia de que había sucedido una tragedia espantosa en Galveston. Un huracán había entrado en la ciudad costera desde el mar a media mañana el sábado anterior y la había sumergido completamente bajo el agua. Galveston estaba arrasada, y se estimaba que el número de fallecidos sería de miles.

Cuando Cal se enteró de la noticia, montó a caballo y se marchó antes de que nadie pudiera preguntarle nada. Todos supusieron que iba a Galveston a ayudar en el rescate. Nadie sabía que un hermano suyo estaba allí, ni que él estaba aterrorizado por si Alan había muerto. No avisó a su casa durante el camino; si nadie de El Paso se enteraba de la tragedia en unos días, quizá él tuviera algo que contarle a su familia antes de que supieran que Alan estaba en peligro.

Consiguió tomar un tren hacia Galveston, pero cuando llegó a las afueras de la ciudad descubrió que todas las vías estaban destruidas. Tuvo que pedir prestado un caballo de un rancho para entrar en la ciudad. Lo que vio le provocó pesadillas durante varios de los años siguientes de su vida.

Hasta que no vio toda aquella devastación no se dio cuenta de lo difícil que sería encontrar a su hermano entre los muertos. Entre los edificios arrasados y aplastados de la ciudad, había más cuerpos rotos y mutilados de los que él hubiera visto en su vida, ni siquiera en la guerra entre España y Estados Unidos. Durante unas horas participó en las labores de rescate y ayudó en todo lo que pudo, pero después ya no pudo soportarlo más. No podía soportar el pensamiento de que su hermano estuviera entre aquellos muertos. Salió de la ciudad sin mirar atrás, con el corazón encogido, con el alma en un puño.

Horrorizado, atenazado por la pena, supo que no podía volver todavía al rancho de los Tremayne. Cabalgó hasta que encontró una estación desde la que salía un tren para Baton Rouge, sin tener una idea clara de dónde podía ir después.

Reservó una habitación en el hotel donde se hospedaba normalmente su familia cuando viajaban allí para hacer negocios, y se desplomó sobre la cama. Se quedó allí tendido hasta el amanecer, y bajó a desayunar exhausto, con los ojos enrojecidos. Se preguntó si sería capaz de volver a conciliar el sueño alguna vez.

Los recuerdos de su hermano y de su vida juntos lo habían atormentado durante todo el tiempo. Alan y él nunca habían estado tan unidos como King y él, pero Alan era muy especial para Cal de todos modos. Había sido Alan quien lo había animado para que emprendiera el negocio del petróleo, aunque le tomara el pelo con los pozos vacíos. El chico lo había inspirado para hacer las cosas que quería hacer, y Cal iba a echarlo de menos horriblemente.

En aquel estado de tristeza, no oyó que la puerta de su habitación se abría, y apenas notó que alguien le daba una palmada en el hombro.

—Pero bueno, ¿qué estás haciendo aquí? Acabo de llegar de un pueblecito de los pantanos, y he visto tu nombre en el libro de registro. Estaba visitando a la familia de una joven que... ¿Cal?

Cal se había levantado y se había abrazado a su hermano con fuerza. El alivio que sintió era tan fuerte que tuvo que cerrar los ojos y estuvo a punto de soltar un sollozo.

—Gracias a Dios —murmuró—. ¡Gracias a Dios!

Alan se apartó y miró a su hermano con curiosidad.

—¿Es que no te has enterado?

—¿De qué?

—De lo que ha pasado en Galveston —dijo Cal—. La ciudad está devastada. Completamente destrozada. Había cadáveres por todas partes...

Alan se quedó pálido.

—No he visto ningún periódico ni he hablado con otra persona que no fuera Sally durante días. ¿Cuándo?

—Ocurrió el sábado, pero la noticia no llegó a Tyler Junction hasta el lunes. Yo pensaba que estabas allí. Fui a Galveston rápidamente —dijo Cal, y se pasó la mano por el pelo con desesperación—. Casi me vuelvo loco al ver lo que había ocurrido. No te lo puedes imaginar. Yo he vivido una guerra, pero esto era peor. Dios mío, no te imaginas qué destrucción...

—¡Y pensar que podría haber estado allí! ¡Dios mío! El viernes decidí salir de Galveston y venir aquí, y tomé un tren esa misma noche. El tiempo era peor de lo normal el sábado, y por supuesto, hubo una crecida. Pero ¡no pensé que pudiera suceder semejante tragedia! ¿Han identificado a los muertos, Cal?

—Nunca podrán identificarlos a todos —dijo Cal—. Tengo que enviar un telegrama al rancho. Quizá se enteren de lo del huracán, y debemos decirles que estás bien.

—¿No les avisaste desde Galveston?

A Cal se le oscureció la mirada.

—No. Las líneas están destrozadas —dijo evasivamente—. Iré a la oficina de Western Union y lo haré ahora mismo. Volveré en un minuto —añadió, y sonrió con afecto a su hermano—. Me alegro de que estés vivo.

Alan asintió.

—Yo también.

Y le devolvió la sonrisa a su hermano, porque era agradable saber que le importaba tanto a Cal. Como King, Cal no demostraba muy a menudo sus sentimientos.

Alan se quedó en Baton Rouge, y Cal tomó el tren siguiente hacia Tyler Junction. Durmió durante casi todo el trayecto, intentando olvidar todo lo que había visto y oído en Galveston. Tenía que trabajar en el rancho Tremayne, para asegurarse de que no se hubieran perdido cabezas de ganado. Había noticias de inundaciones graves por todo Texas, y rezó por que la desgracia de Galveston no se repitiera.

Pese al alivio que había sentido al ver a su hermano sano y salvo, llegó al rancho pálido y deprimido. No dijo nada de lo que había visto, aunque Chester había oído noticias suficientes, noticias que no se había atrevido a compartir con las mujeres.

Cal tuvo mucho que hacer durante los dos días siguientes a su vuelta, asegurándose de que el ganado de Tremayne estaba bien. Había enviado un telegrama a Beaumont para saber si la torre petrolífera había sufrido algún daño, y enterarse de que todavía estaba en pie fue un alivio. No quería pensar que el viento hubiera podido dar al traste con su inversión. Quizá aquello fuera un augurio de que estaba en el camino correcto.

Sin embargo, su melancolía era evidente para todo el

mundo. Unos días más tarde, cuando iba a hablar con Chester a la casa, se encontró con Nora, que estaba sentada en el porche, a solas.

Al verlo, ella se levantó con elegancia del sofá, y se acercó justo cuando él estaba a punto de llamar a la puerta de la casa.

—Todavía estás sufriendo por lo de Galveston, ¿no? —le preguntó con suavidad—. Hubo un huracán terrible en la Costa Este el año pasado. Yo perdí a un primo muy querido. Y he visto inundaciones, aunque no a tan gran escala. No es difícil imaginarse el desastre.

A él le sorprendió que fuera tan perceptiva. Entornó los ojos y escrutó con atención su rostro.

—Es algo de lo que no voy a hablar nunca —le dijo con tirantez—. Y menos con una mujer.

Ella arqueó las cejas.

—¿Acaso estoy hecha de cristal?

—Eso me pregunto, teniendo en cuenta el camino abrasado que han dejado algunas de tus contemporáneas en los salones con hachas.

Nora se rió suavemente de aquella referencia a las fanáticas de las ligas contra el alcohol.

—¿No me quedaría bien un hacha en las manos?

Él sacudió la cabeza.

—No.

Después, frunció el ceño y añadió:

—Has estado apagada desde que llegaste. Chester me dijo que sabes cazar aves. No te he visto practicar nada.

Ella sabía disparar, pero no muy bien.

—Hace demasiado calor para eso —le dijo.

—Al contrario, últimamente ha hecho un tiempo demasiado fresco para esta época del año.

Nora carraspeó.

—Está bien. No me gustan las armas, y me resultan demasiado pesadas. Fallo los disparos.

Él se rió suavemente.

—Pero sé disparar, si es que se le puede llamar así.

—¿Y el safari en África?

Ella palideció y apartó la mirada.

—No me gusta hablar de África. Es... un recuerdo estropeado.

Él se preguntó qué quería decir. Aquella mujer se estaba convirtiendo en un misterio.

—El Club de Mujeres celebra un baile el sábado por la noche —recordó Cal—. Me ha invitado una de las organizadoras. ¿Querrías ser mi acompañante?

A ella se le paró el corazón un instante, y después comenzó a latir aceleradamente.

—¿Ser tu acompañante? —le preguntó, mirándolo con emoción.

—Bailo bastante bien para ser vaquero —le dijo él, divertido—. Y te prometo que llevaré mis mejores botas y me echaré mucha colonia. Puedes estar segura de que seré muy discreto.

Ella se ruborizó, porque su tía Helen le había señalado repetidamente las diferencias sociales que había entre ellos. El hecho de que la vieran con un capataz de rancho en público la avergonzaría a ella y a su familia.

Él percibió sus dudas, y su expresión se cerró.

—Quizá sea mejor que me acompañe una de las chicas del pueblo, después de todo —dijo con tirantez—. Alguien que no esté tan por encima de mí en la escala social.

Antes de que Nora pudiera reaccionar, él llamó a la puerta y pasó. Cuando se marchó, ni siquiera la miró. Estaba furioso. En el Oeste de Texas, las mujeres se morían por sus atenciones. Él estaba tan acostumbrado a la riqueza y la buena posición como Nora, pero estaba haciéndose pasar por otro hombre. No podía decirle la verdad.

Y, cuanto más pensaba en ello, más se enfadaba. Era una buena cosa haberla conocido en aquella situación y ver cómo era de verdad. De haberla conocido en circunstancias normales, quizá nunca hubiera sabido lo espantosamente esnob que era.

Aquel baile lo había organizado el Club de Mujeres local, del que la tía Helen era secretaria. El salón estaba decorado en colores verde y blanco, los colores del club. Nora se puso un sencillo traje negro de seda con un ribete de encaje, y diamantes. Melly fue vestida de organdí blanco, y la tía Helen de tafetán negro, pero sus joyas eran de bisutería. Estaban elegantes, a su manera. Sin embargo, ninguna mujer le llegaba a los talones a Nora, que iba tan a la moda que atraía todas las miradas.

Cal Barton acudió al baile en compañía de una joven muy bella, que era hija de una de las organizadoras del evento. Fue atento con la muchacha, y una vez, mientras bailaba con ella, le lanzó a Nora una mirada fulminante. Su dignidad y su posición sociales no fueron suficientes para compensar el desprecio que vio en sus ojos pálidos. Él no podía saber que su tía Helen había sido muy firme acerca de la conducta que debía tener en el baile. Aunque Nora hubiera querido desafiar las convenciones, no podía avergonzar a su tía y a su tío ni estropear la oportunidad de Melly de hacer un buen matrimonio. Se resignó a perder la compañía de Cal Barton, aunque de mala gana.

Un político de mediana edad que estaba de visita en el pueblo le pidió un baile, y ella aceptó con gracia y sonrió con todo su encanto mientras bailaban. Parecía que él estaba fascinado con ella y la monopolizó durante tres bailes más, hasta que la tía Helen le rogó que no permitiera que un solo hombre mostrara tanta familiaridad con ella. Azorada, Nora se retiró hacia la mesa del bufé. Parecía que no podía hacer nada para satisfacer a su tía.

—¿Está enfadado el señor Barton contigo? —le preguntó Melly cuando las dos estaban juntas.

—Parece que en mi vida hay muchas cosas que se merecen su ira, cuando no estoy creando escándalos involuntariamente —dijo Nora con resignación.

—No le hagas caso a mamá —le dijo Nelly comprensivamente—. Tiene buena intención, pero aquí la vida ha sido muy dura para ella. Como tu madre, ella es una señora de alta alcurnia, y ahora siente mucho su pérdida de estatus. Es sólo que quiere para mí una vida mejor que la que han tenido que soportar mi padre y ella. Por eso se preocupa tanto por las convenciones. No sabe que tú... sientes algo por el señor Barton. Y yo no se lo voy a decir, claro. Pero lo siento por ti.

—No tiene ninguna importancia —dijo Nora con tirantez—. No se puede esperar que salga nada de todo esto, teniendo en cuenta nuestra diferencia de estatus —dijo, con el corazón encogido, y para distraer a su prima de aquel tema, miró a su alrededor y dijo rápidamente—: ¿No es aquél el señor Langhorn?

A Melly le temblaron las manos y estuvo a punto de derramar el café.

—Cuidado —le dijo Nora—, no sea que la tía Helen sospeche algo y te regañe a ti también.

—Gracias —respondió Melly—. Me parece que las dos

estamos en peligro con mamá esta noche. Y además me parece que tú eres una de las preocupaciones del señor Barton.

—No. Eso es improbable, porque he tenido que rechazarlo.

—¿De veras? Pues mira qué cara de pocos amigos tiene —le susurró su prima mientras Cal se acercaba a ellas.

—Está muy elegante, señor Barton —le dijo Melly con una sonrisa.

—Gracias, señorita Tremayne —respondió él con cortesía—. Usted también.

Nora intentó no mirarlo. Le dio un sorbito a su café.

—¿Lo está pasando bien, señor Barton? —le preguntó—. Supongo que estos eventos sociales no son su entretenimiento usual.

Él sonrió con frialdad.

—Bueno, señorita Marlowe, tengo que admitir que prefiero una buena partida de póquer que una mujer fría.

A ella se le cortó el aliento durante un instante, pero él no le prestó atención. Le tendió la mano a Melly y le sonrió tan encantadoramente que ella ni siquiera pensó en Nora y dejó que él la condujera hasta la pista de baile.

Se movían bien juntos, pensó Nora con furia. Y no parecía que ella fuera la única que se había irritado al verlos. El señor Langhorn estaba con otros dos hombres y la mirada que tenía clavada en Melly podría haber hervido la leche. Era evidente que estaba celoso, pero no iba a permitir que Melly se diera cuenta. Nora no sabía por qué, hasta que se dio cuenta de que su situación de divorciado lo alejaba de Melly tanto como su riqueza la alejaba a ella de Cal. Sintió una extraña solidaridad hacia él, y dolor por lo que nunca podría tener.

Tomó otro sorbito de café y, al ver que el político se acercaba a ella para conversar, esbozó una sonrisa forzada.

Melly sólo bailó una vez con Cal, y disfrutó de su compañía relajada y de su sonrisa. Por supuesto, era consciente de que su madre desaprobaba aquel baile, así que se separó de él en cuanto terminó el vals. Al darse la vuelta, se encontró cara a cara con un señor Langhorn muy serio.

—¿Coqueteando con el capataz, señorita Tremayne? —le dijo con una sonrisa venenosa—. Su madre no está complacida, ¿o es que no se ha dado cuenta?

—Sólo era un baile, y el señor Barton baila muy bien —respondió ella airadamente, sin dejarse intimidar.

—Tiene mi edad —le recordó él—. Demasiado mayor para una niña como usted.

—¿Qué quiere decir?

Él apretó la mandíbula.

—Hay muchachos de su edad por aquí —le dijo con enfado—. ¿Por qué no baila con ellos?

—Usted no puede elegirme los acompañantes —le dijo ella—. Bailaré con quien quiera, señor Langhorn. A mí me sorprende que usted no haya traído a la señora Terrell de acompañante.

—Uno de sus hijos está enfermo.

—Lo siento —respondió ella—. Espero que se mejore enseguida. Si me disculpa...

Había comenzado a darse la vuelta cuando él la agarró por el brazo y la mantuvo en su lugar. Melly miró a su alrededor rápidamente para cerciorarse de que nadie se había dado cuenta.

—¡Señor Langhorn!

Él tiró de ella y la miró fijamente.

—¿Lo hace deliberadamente? —le preguntó entre dientes—. No tengo ningún deseo de involucrarme con usted. Se lo he dicho, y le he dicho el motivo. Si su hijo no estuviera enfermo, yo habría traído a la señora Terrell. Tengo intención de casarme con ella. Ella puede darme lo que necesita Bruce, un hogar estable y decente.

—Los hijos de la señora Terrell son malos —le dijo ella con frialdad—. Bruce no. Sólo es travieso. Pero si se casa con esa mujer, sus hijos malvados influirán a Bruce. Además, ¿por qué no le pregunta a él qué piensa de ellos? A Bruce no le caen bien ni la viuda Terrell ni sus hijos.

—Es muy entrometida para ser tan joven —dijo él, mientras la soltaba con desprecio—. Yo decidiré lo que es mejor para mi hijo, sin interferencias suyas.

—¡Oh, Melly! —dijo su madre rápidamente, ruborizada por aquella confrontación, que la gente ya había empezado a notar—. Querida, ayúdame a servir, por favor.

—Enseguida, mamá —dijo Melly, y se alejó del señor Langhorn.

Helen estaba enfadada, pero intentaba disimularlo.

—Te he pedido que no te relaciones con ese hombre. ¡Es escandaloso!

—Sí, mamá —respondió Melly—. Sólo estaba hablando con él sobre su hijo Bruce.

—Ya veo. Lo que no entiendo es por qué ha venido él a este baile. Normalmente no asiste a los eventos sociales. Quizá tenga que hablar de negocios con alguien.

—Es posible —dijo Melly.

La atención de su madre se desvió rápidamente hacia un joven que se acercaba a ellas.

—Vaya, esto sí que es una agradable sorpresa. El joven Larrabee —le dijo a Melly, y le dio unos golpecitos alentadores en la mano—. Es muy guapo. Estaba preguntando por ti hace un momento.

—Mamá, no me gusta que me empujes hacia los hombres.

Helen se quedó asombrada.

—¿Es que no quieres casarte?

—Sí, pero... ¿por qué no animas a Nora a que baile con alguno de esos jóvenes? Con el señor Barton, quizá —añadió con cautela.

Su madre se puso rígida.

—Querida, Nora es una heredera. Un día será una mujer muy rica. Una dama de su posición no puede bailar en público con un vaquero. La gente hablaría. Y ahora, vamos, querida, estoy segura de que el joven Larrabee va a pedirte un baile.

Melly asintió en silencio, pensando en que sentía tanta lástima por Nora como por sí misma. Esperaba que su madre cediera un poco en cuanto a la falta de idoneidad de Barton, pero parecía que estaba muy decidida. Pobre Nora. Si tenía algún contacto con el guapo capataz, debería ser discretamente, clandestinamente. A Melly le brillaron los ojos al pensarlo. ¡Quizá ella pudiera ayudar un poco!

CAPÍTULO 5

Nora y Melly volvieron a casa apagadas por sus sendos encontronazos con Cal Barton y el señor Langhorn. Cal, por otra parte, llevaba las riendas del coche con expresión taciturna, y Chester y los demás iban hablando en voz baja. Cuando llegaron al rancho, Chester ayudó a bajar al suelo a Helen y a Melly, y Cal tuvo que bajar a Nora del alto asiento.

La tomó por la cintura con sus manos grandes y esbeltas, y a ella se le aceleró el corazón mientras la bajaba lentamente. Antes de soltarla, le acarició sutilmente la cintura mientras le miraba los labios a la luz de la luna. Aquella mirada fue maravillosa. Mitigó el dolor de Nora y terminó con todos sus miedos, porque supo que él sentía algo tan poderoso como ella. No pensó en los motivos por los que era imposible, uno de los cuales era su enfermedad, que podía atacarla en cualquier momento. ¡Lo único que sintió fue un escalofrío de emoción al darse cuenta de que Cal Barton la deseaba!

Cuando Cal se alejó para llevar el coche al establo, Chester encendió un par de faroles para las chicas, y Helen y él dieron las buenas noches a todo el mundo y se fueran a su cuarto.

—Voy a salir un segundo, Melly —le dijo Nora a su prima, dirigiéndose a la puerta—. Se me ha caído un guante.

Melly no se dejó engañar. Entró al salón con una sonrisa.

Fuera, Nora caminó rápidamente hacia el establo, donde había una lámpara de queroseno encendida que le proporcionaba a Cal la luz suficiente para poder desenganchar al caballo del coche.

Acababa de terminar la tarea cuando vio a Nora en la puerta del establo, observándolo. Su expresión se endureció. Corrió el cerrojo de la puerta del compartimento del caballo y tomó el farol del suelo.

—¿No está fuera de lugar, señorita Marlowe? —le preguntó—. Un establo no es sitio para usted.

Ella señaló el farol con la cabeza.

—¿Podrías apagar eso, por favor?

Él vaciló, aunque sólo un instante.

—¿Por qué no?

Después obedeció con curiosidad.

—¿Y puedes dejarlo en el suelo?

Él se encogió de hombros. Dejó el farol y se incorporó.

—Gracias —dijo Nora suavemente.

Después se acercó y le rodeó el cuello con los brazos. Él apenas pudo oír lo que le susurraba debido a los latidos sordos de su propio corazón. Notó su respiración en los labios, el calor de su cuerpo, su olor, y sintió un hambre tan enorme que apenas podía mantenerse en pie.

—Eleanor... —susurró, y se inclinó hacia ella—. Oh, Dios, ¡Eleanor!

Mientras él pronunciaba su nombre, ella lo besó y emitió un suave gemido.

Él gruñó, ajeno a todo lo que no fuera la suavidad de aquella mujer entre sus brazos. La alzó contra él y apretó su cuerpo esbelto al suyo con una intimidad que ella nunca había compartido con nadie. Al sentir su cuerpo poderoso tan cerca, Nora se aferró a él con más fuerza, disfrutando de la sensación que le producían sus labios duros contra la boca.

A él le daba vueltas la cabeza mientras la besaba y la besaba en el silencio del establo. La besó hasta que ella temblaba como una hoja, y entonces su boca fue brevemente cruel por la fiebre que ella le causaba. Sin embargo, al final Nora se puso rígida y gimió, y él se dio cuenta de que le estaba haciendo daño.

Aflojó un poco los brazos, lo suficiente como para que sus pies tocaran el suelo, pero ni siquiera entonces ella quiso separar su boca de la de Cal.

—No pares —le rogó temblando.

—No me tientes —respondió él—. Ya sabes lo peligroso que es.

—¿De veras? —preguntó Nora con aturdimiento—. Pero si yo sólo quiero besarte —susurró—. Por favor, sólo un poco más...

—Eleanor, debemos parar —dijo él. Le quitó las manos de alrededor de su cuello y respiró profundamente para contener su deseo.

—¿No quieres besarme? —le preguntó ella, confusa.

—Me tientas demasiado —respondió Cal—. Vamos, vuelve a la casa. Ésta no es una buena hora para hablar de asuntos personales. ¿Qué dirían tus tíos si nos vieran aquí juntos?

Ella retrocedió unos pasos.

—Oh, lo siento —dijo con tristeza—. No lo había pensado. Estabas enfadado conmigo, y yo quería que supieras que fue la tía Helen quien me prohibió que bailara contigo.

Él también dio un paso atrás, y al tambalearse un poco, se dio cuenta de lo cerca del borde que habían estado. Él nunca se había sentido tan vulnerable, y no era un novato. Y ella no besaba como una inexperta, tampoco. En aquel momento, Cal tuvo más curiosidad por su experiencia que nunca.

Era muy posible que estuviera jugando con él como había jugado con Greely. Quizá para ella sólo fuera un juego el hecho de comprobar hasta dónde podía hacerlo llegar. No podía estar enamorada de él; era demasiado altanera. Estaba usándolo, pensando que era igual que Greely, una persona de pueblo tímida e ignorante.

Aquella idea fue lo que reforzó su determinación. Aquella mujer tenía que aprender la lección, y él era el hombre que iba a enseñársela. Ella tenía una boca dulce, y él disfrutaba besándola. Sin embargo, Cal sabía que su corazón era inalcanzable. Ninguna mujer lo había rozado siquiera.

—¿Por qué has venido a verme? —le preguntó.

—Porque no me gusta que estés enfadado conmigo —respondió Nora, mirándolo con melancolía—. Tienes que saber que me habría encantado bailar contigo.

Cal pensó que ella incluso se las arreglaba para parecer triste, arrepentida.

—Sin embargo, el político estaba a tu nivel, y yo no —le recordó—. No querías que la gente pensara que te relacionas con gente de clase inferior a la tuya. ¿No es eso?

Los ojos azules de Nora brillaron de tristeza y resignación. Sería mejor dejar que él pensara eso que tener que admitir la verdad sobre su enfermedad. Sin embargo, no tuvo fuerzas para hacerlo.

—No podía poner a mi tía en esa situación. Es la hermana de mi madre. Las dos provienen de la realeza europea... sería... perdóname, pero sería horrible para ellas saber que yo me intereso por alguien que no es de nuestra clase. ¿No te das cuenta de que no es mi deseo? —le preguntó, con los ojos llenos de lágrimas—. ¿No sientes mi corazón latir cuando me abrazas, y no te das cuenta de que.... ¿De que...?

Estuvo a punto de convencerlo con aquellas lágrimas y su voz temblorosa. Sin embargo, él conocía lo suficiente a las mujeres como para dejarse engañar así. Simplemente, le siguió el juego.

—¿Que te importo?

—Sí —dijo Nora con la voz ronca—. De que me importas.

Él tuvo que contener la risa ante su actuación. Se preguntó hasta qué punto era experimentada bajo aquella fachada de inocencia.

Nora, al ver la expresión de su rostro, se dio cuenta de que él no creía una palabra de lo que le había dicho. En sus ojos había cinismo y frialdad.

—¿Por qué no me crees?

—Después de cómo trataste a Greely, ¿qué esperabas? —respondió él—. Me has mirado por encima del hombro desde que nos conocimos, y me has dicho muchas veces que no estás dispuesta a ensuciarte las manos acariciando a un vaquero.

Ella vaciló.

—Yo... he vivido en un mundo muy diferente al tuyo —le explicó ella—. Incluso en mis viajes, estaba protegida de las realidades de la vida. Debes tener en cuenta mi pasado.

—¿Por qué?

Ella no supo qué responder a una pregunta tan directa. Observó su expresión pétrea; era como hablar con una estatua de granito.

—Lo intentaré —le dijo—. De veras, lo intentaré. Quiero... saber cosas de tu vida, de ti. Quiero entenderlo.

Él le acarició los labios con las yemas de los dedos hasta que notó que ella se echaba a temblar. Sabía que la afectaba físicamente. Ella no podía disimularlo. Sin embargo, no sabía si su mente o su corazón también estaban involucrados. Entornó los ojos calculadoramente.

—Ya has dicho que tu tía no aprueba que tengamos contacto —le recordó.

—Me veré contigo en secreto —respondió ella fervientemente—. ¡Donde tú me digas! Haré cualquier cosa que tú me pidas.

Él se quedó inmóvil.

—¿Cualquier cosa, Eleanor? —le dijo, provocándola suavemente.

Ella se ruborizó.

—Cualquier cosa... dentro de lo razonable.

—¿Nada indiscreto? —insistió él, con los ojos entrecerrados—. Te importo muy poco, si impones unos límites tan rígidos.

Ella se mordió el labio.

—No puedo ser indiscreta —susurró—. No puedo tener en cuenta sólo mis deseos. Tengo familia —dijo, rogándole con la mirada que lo entendiera—. Estoy segura de que entiendes lo que es la lealtad hacia los tuyos. ¿No sientes tú la misma responsabilidad?

Sí. Más de lo que podía admitir. Sin embargo, la quería totalmente rendida a sus pies, tan enamorada que estuviera dispuesta a arriesgarlo todo por él. Se negó a pensar el motivo. De repente, era imperiosamente necesario doblegarla.

La abrazó y la besó lentamente, con hambre. Notó que temblaba y se preguntó, cínicamente, cuántos otros hombres habían experimentado aquella pasión falsamente tímida. Una aventurera inocente era una contradicción en sí misma.

Deslizó la mano por su costado y le acarició un pecho. Al notarlo, ella se sobresaltó y se alejó de él avergonzadamente.

Él dejó caer los brazos y sonrió burlonamente.

—¿Límites ya, Eleanor?

—Ninguna mujer decente...

—La decencia no tiene nada que ver con esto —la interrumpió él—. Una mujer que se interesa por un hombre piensa menos en una conducta social rígida y más en dar placer.

Nora dio un paso atrás. Se había quedado estupefacta por aquella actitud. Seguramente, si a él le importara ella, no le pediría semejante sacrificio. Su mente comenzó a dar vueltas.

Cal se dio cuenta de que la estaba perdiendo.

—Perdóname —le dijo suavemente—. Te estaba poniendo a prueba. No te pediré grandes sacrificios, Eleanor. Sólo quiero disfrutar del placer de tu compañía, del consuelo de tus besos cuando esté solo. No te pediré más de lo que tú desees darme.

Entonces, Nora se relajó, suspiró suavemente y sonrió. Su amor creció y vio un arco iris de felicidad en el futuro.

Aquel súbito brillo de sus ojos, el resplandor de su cara, hicieron que él se sintiera culpable. Para evitar aquella sensación, volvió a besarla.

—Debes entrar, querida —le susurró después—. No pueden descubrirnos así.

Aquella palabra cariñosa le derritió el corazón a Nora. Él la tomó de la mano y la acompañó hasta los escalones del porche de la casa.

—Debemos tener cuidado de ahora en adelante. No deben verte a solas conmigo —le dijo Cal.

—Sí, lo sé. Pero pensaba que usted estaba menos apegado a las convenciones, señor Barton —le dijo ella en tono de broma.

—Ya verás como no soy muy convencional en muchas cosas. Sin embargo, me importa tu reputación.

Aquello complació a Nora.

—Eres anticuado.

Él sonrió ligeramente.

—¿Por qué me da la impresión de que tú no?

Nora bajó la cabeza.

—Quizá te haya dado una impresión falsa sobre mi vida. Tiendo a... exagerar algunas de mis aventuras —admitió con una mirada de profunda tristeza—. Tengo tan poco que esperar de la vida... quizá me he creado unos laureles sobre los que dormir.

—Eres joven —protestó él—. Te casarás, tendrás hijos...

—Vaya, creía que eras tú quien decía que la vida de familia es para los tontos.

—No es para los tontos —dijo Cal—, pero yo tengo unos planes que no me permiten el matrimonio.

—Cuando te marchabas para pasar fuera el fin de semana, me preguntaba si tenías una esposa y una familia e ibas a visitarlos —le comentó ella.

—Tengo familia, padres y hermanos —le explicó él.

—¿Eres el mayor?

—El mediano.

—¿Y creciste a la sombra del mayor.

—Me temo que fue mi hermano pequeño el que creció a la sombra de sus dos hermanos.

—Yo he deseado muchas veces no ser hija única. Pero no puede ser.

—¿No tienes hermanos? —le preguntó él, asombrado.

—No. Mi madre siempre ha sido una mujer delicada.

Cal la observó con un nuevo interés. Algunas veces, ella cambiaba ante sus ojos.

—¿Y tú eres delicada, Eleanor?

Al recordar sus terribles accesos de fiebre, Nora se estremeció.

—Tengo que entrar —susurró.

Rápidamente, se dio la vuelta y subió los escalones después de desearle buenas noches. No podía confesarle que era tan frágil, que tenía aquella incapacidad física. El destino no iba a negarle aquella pequeña felicidad en su vida yerma. Al menos, tendría el recuerdo de los besos de Cal para que la ayudara a sobrellevar los años vacíos que tenía por delante.

A la mañana siguiente, Eleanor no vio a Cal por ninguna parte, y se preguntó si habría soñado toda la noche anterior. Melly no le hizo demasiadas preguntas, pero la tía Helen la miraba con preocupación, como si se sintiera insegura por algo.

Aquel día, mientras Nora y Melly estaban recogiendo los huevos del gallinero, Melly le explicó qué era lo que agobiaba a su tía Helen.

—Nora, ha llegado un telegrama para ti, de tus padres. Parece que has recibido una invitación para visitar a tus parientes de Inglaterra. ¡Dicen que quizá te presenten en la corte a la misma reina Victoria!

Nora sintió pánico. Aquella invitación no podía llegar en peor momento. Podría ser algo emocionante conocer a la reina Victoria, pero, ¿cómo iba a irse en aquel momento, cuando Cal y ella acababan de encontrarse?

—No quieres ir, ¿verdad? —le preguntó Melly en voz baja—. No quieres separarte del señor Barton.

—Es algo sin esperanza —susurró ella.

—¿Por qué? Él es un hombre bueno y decente —le dijo Melly—, pese a las circunstancias. No te causará vergüenza encontrarlo atractivo, ¿verdad?

Nora no quería admitirlo, pero era cierto. Le avergonzaba. Cal Barton era un maravilloso capataz pero, ¿podía imaginárselo ella vestido de frac para asistir a la ópera o el teatro? ¿Podía imaginárselo hablando de política con su padre y sus amigos, o recibiendo a las visitas en el salón de su casa? Cerró los ojos con una punzada de tristeza.

—¿Qué voy a hacer? —le preguntó a Melly—. ¡No puedo quedarme, y no deseo irme!

Melly la abrazó cariñosamente.

—No hagas nada durante una semana. Piénsalo. Después de todo, Nora, en una semana pueden ocurrir muchas cosas. Y yo soy tu aliada, ¿sabes?

Nora la abrazó también.

—Tu madre nunca aprobará que yo tenga cualquier tipo de relación con Cal. Y tampoco mis padres.

Melly la miró con complicidad.

—Pero nunca lo sabrán, ¿verdad?

Nora sonrió con agradecimiento. Frunció los labios y miró a su prima con atención.

—Este… apoyo… no será un preludio para que yo te haga otro favor a ti, ¿no?

Melly se ruborizó.

—Oh, no te preocupes. El señor Langhorn nunca querría encontrarse conmigo en secreto, estoy segura.

—Como tú dices, querida, cualquier cosa puede ocurrir.

Melly estalló en carcajadas.

—Bueno, casi todo. ¿Vamos a pensar con optimismo?

—De acuerdo.

Parecía que había magia en el rancho Tremayne. Cal Barton no se marchó a pasar fuera el fin de semana, como hacía de costumbre, y con ayuda de Melly, Nora y él consiguieron dar largos paseos juntos, e incluso una vuelta en la calesa.

—Esto es terrible —le dijo Nora, divertida, mientras recorrían la carretera llena de surcos bajo una llovizna suave—. Melly se va a empapar mientras nos espera.

—Tiene paraguas e impermeable —le recordó él.

Había liado un cigarro y se lo estaba fumando. Parecía preocupado, como a menudo sucedía cuando estaban juntos. Nunca hablaba de sí mismo, ni de sus sueños, su familia o su hogar.

—Eres muy misterioso —comentó ella—. Yo te he hablado de nuestra casa de veraneo en las Blue Ridge Mountains, en Virginia, y de mi infancia. Te he hablado de mi familia. Sin embargo, sé muy poco sobre ti.

Él le dio una calada al cigarro.

—Mi pasado no tiene interés —dijo él.

Ella se mordió el labio.

—¿No será que no quieres compartir cosas personales conmigo?

Él se echó a reír y guió al caballo hacia fuera de la carretera. Hizo que se detuviera bajo un árbol y le permitió que pastara entre la neblina. Accionó el freno y se volvió hacia Nora. Después la abrazó suavemente.

—Por el contrario. Deseo compartir cosas muy personales contigo —murmuró mientras la besaba.

Nora permitió que le introdujera la lengua en la boca, que sus manos esbeltas y seguras le acariciaran el pecho. El placer que sentía la inquietaba tanto como todas aquellas licencias que le estaba concediendo. Era indecente permitir tales intimidades a un hombre, pero también era muy dulce sentir sus dedos largos jugueteando con sus pezones. Él gruñía suavemente cuando la acariciaba así, y a ella le gustaba que se le acelerara la respiración, que le temblara la boca mientras la mantenía prisionera.

Sin embargo, aquel día hubo algo diferente. Cal comenzó a desabrocharle los diminutos botones del cuello del vestido. Ella le agarró los dedos y protestó.

—Shhh —susurró él, y la besó mientras continuaba con su tarea—. Me quieres, ¿no? —le preguntó tiernamente, y notó un brillo de sorpresa en los ojos de Nora. Ella no lo negó, y a él se le aceleró el corazón—. Entonces, no es ninguna vergüenza que me permitas este placer.

Cal hizo que todo sonara deliciosamente correcto. Aunque Nora sintió una oleada de placer que se adueñó de ella, habría protestado de no ser porque en vez de sentir las manos de Cal sobre la carne blanca que él estaba descubriendo, sintió su boca. Nora se puso rígida, se quedó asombrada ante la chispa de placer que se encendió en su cuerpo inexperto. Posó las manos temblorosas sobre su cabeza y se aferró a sus cabellos mientras él recorría con los labios sus clavículas.

—Cal... no debemos... —dijo ahogadamente.
—Oh, claro que sí —respondió él con ardor.

Levantó la cabeza tan sólo un segundo para poder apartar la fina tela que había por encima del corsé, y expuso su pequeño pecho bajo la camisa de encaje.

No era la primera vez para él. Había habido otras mujeres. Sin embargo, la visión de los preciosos pechos de Nora encendió algo más que la pasión en él. Al mirarlos, tuvo una visión de una boquita diminuta mamando de ellos.

El asombro estaba en sus ojos pálidos y brillantes cuando cruzó su mirada con la de Nora, azul y confusa.

Le acarició el pezón rosado con el pulgar y el dedo índice y ella jadeó, enrojeció, porque nunca se había imaginado que un hombre pudiera tocarla así a plena luz del día, y mirándola a los ojos además.

—Dime —susurró él—. ¿Es la primera vez para ti?

Ella se mordió el labio y miró hacia abajo, hacia su camisa abierta, hacia los dedos morenos y delgados sobre la palidez de su propia piel. Se le cortó el aliento ante aquella intimidad.

—Sí, mira —le susurró él, más excitado todavía por su reacción—. Mira cómo se endurece el pezón cuando lo toco, mira cómo se elevaba para rogar que mi boca lo acaricie.

Aquello la asombró, y miró hacia arriba, ruborizada.

—¿No lo sabías? —le preguntó él suavemente—. Es lo que más hace disfrutar a un hombre cuando está con una mujer; el sabor dulce y sutil de sus pechos.

Involuntariamente, ella se arqueó hacia delante, y el ritmo de su respiración se alteró.

Él lo supo sin palabras. Sonriendo, la sostuvo mientras movía la mano y su boca tomaba lugar lentamente, con ternura. Comenzó a succionar su cuerpo, notó que se tensaba y jadeaba, y que gemía después, mientras las oleadas de sensaciones ondulaban su cuerpo rendido. Ella no tenía ningún pensamiento de negarle nada que él pudiera pedir.

Y Cal lo sabía. Sintió el latir violento de su corazón. Había una cabaña muy cerca, a pocos metros siguiendo la carretera. El resplandor de un rayo hizo que ella se sobresaltara entre sus brazos, y entonces supo que aquel interludio estaba sentenciado. Con una ligera carcajada de triunfo, bajó de la calesa y tomó a Nora en brazos. No se permitió pensar en las consecuencias. Él la deseaba, y ella lo deseaba a él, así que no había otra cosa que pudiera tener importancia en aquel momento. Su cuerpo estaba angustiado de varias semanas de abstinencia, y allí estaba Eleanor, enamorada, deseándolo. Incluso los pensamientos de venganza de Cal remitieron ante la furia de su deseo. Lo sintió a cada paso que daba, como un fuego en su cerebro, en su sangre.

—Cal —susurró ella, aturdida.

—No tengas miedo —murmuró él, mientras llevaba en brazos a Nora a la cabaña—. Será nuestro secreto. Nadie lo sabrá nunca. Te necesito, Eleanor. Sólo quiero tenderme junto a ti, abrazarte y sentir tus labios. No ocurrirá nada terrible. No haré nada que tú no desees.

Cal notó que ella se relajaba, y tuvo una punzada de culpabilidad. Ella confiaba en él, y él sabía que quería obtener de ella más que unos cuantos besos. Podía lograr que ella también lo deseara. Era una seducción descarada, pero no podía contenerse. Él la deseaba con todas sus fuerzas, y ella lo quería. Además, Nora era una mujer moderna. Aunque fuera más inocente de lo que él había pensado, no sería nada terrible que tuviera relaciones con un hombre por primera vez. Al final iba a rendirse a alguien, como hacían todas las mujeres de naturaleza aventurera. ¡Él lo ansiaba más que ninguna otra cosa! Sería tierno con ella como quizá no lo fuera otro hombre. Lo racionalizó así hasta que tuvo sentido, hasta que su conciencia cerró los ojos a la enormidad de lo que iba a hacer. Por primera vez en su vida, era su cuerpo el que tenía el control de la situación.

Nora estaba temblando entre sus brazos. Sabía lo que él iba a pedirle, y mientras la llevaba hacia el interior oscuro de la cabaña, sólo tuvo cordura suficiente para luchar por conseguir una respuesta.

CAPÍTULO 6

Había una cama en la esquina de la habitación, con una colcha deshilachada. Aquella fría cabaña era la que usaban los hombres en primavera, cuando reunían a las vacas y los terneros recién nacidos y tenían que quedarse con ellos para protegerlos de los depredadores de dos y cuatro patas. Cal llevó a Nora hasta la cama. Su cuerpo latía con una pasión insatisfecha mientras la tendía sobre el colchón y se tumbaba a su lado.

—Cal, no puedo... —quiso decir ella.

Sin embargo, él la besó y silenció sus palabras. Sabía muy bien cómo terminar con sus miedos, cómo persuadirla para que le permitiera tomarse las mismas libertades que se había tomado en el coche; pero en aquel momento la situación era incluso más íntima. Mientras la besaba, le había apartado el vestido del pecho, y en aquel momento, mientras le succionaba los labios con ternura, sus manos estaban ocupadas con los lazos del corsé.

—Oh, no, no debes... —susurró ella débilmente.

Su cuerpo vibraba con las atenciones de sus manos y

su boca. Nora era una mujer viva por primera vez, hecha de fuego y pasión, deseosa de sentirse completa.

Él lo sabía. La saboreó como si fuera un buen vino, le embriagó los sentidos de una manera que ella nunca había experimentado. Nora era inexperta, del mismo modo que él era experto en aquellas lides. Sin embargo, ni siquiera el hecho de saberlo fue suficiente para que Cal se detuviera. Estaba a merced de sus necesidades, y aquello era tan nuevo para él como eran para Nora sus propios gemidos suaves de sorpresa y placer.

Ella era muy tímida acerca de la desnudez, pero él consiguió que fuera nuevamente sensible a su boca lenta y cálida. Nora estaba perfectamente formada; tenía la piel suave, de un color delicado, y olía a rosas. Él adoraba las exclamaciones que salían de sus labios cuando la acariciaba inesperadamente para asegurarse de que estaba preparada para lo que llegaría después.

Nora se recreó con el vello espeso que cubría el pecho de Cal. Lo acarició convulsivamente, ciega, sorda, ajena al mundo que los rodeaba, a la tormenta que había estallado fuera de la cabaña. No pensó en las consecuencias, ni en el futuro, ni en nada que no fuera el placer que Cal le estaba regalando.

Cuando él también estuvo desnudo, el contacto de su cuerpo masculino contra su feminidad fue una gloria. Ella se apretó contra él tiernamente, y se sobresaltó un poco ante la prueba del deseo de Cal, que presionaba, caliente y dura, contra la piel delicada de sus muslos.

Él la miró a los ojos y sonrió en medio de su propia excitación.

—Soy un hombre —le susurró, rozándole suavemente los labios con la boca—. Estamos hechos para encajar de ese modo. ¿No lo sabías?

—Yo nunca... había visto...

Él se incorporó y se puso a horcajadas sobre sus caderas.

—Mírame —le dijo suavemente.

Nora abrió los ojos desorbitadamente mientras observaba los contornos masculinos del cuerpo de Cal.

—¡Oh! —exclamó, ruborizada.

Él sonrió.

—¿Te da miedo? —le preguntó él, y volvió a tenderse a su lado.

Con ternura, le cerró los ojos besándoselos, e hizo que separara las piernas.

—No puedes imaginarte lo dulce que va a ser sentirme dentro de tu cuerpo.

Ella se estremeció y le clavó las uñas en la espalda.

—Con cuidado, querida —murmuró él. Le mordisqueó los labios mientras se adelantaba con cuidado, levantándole el cuerpo con una mano para apretarse contra los pliegues suaves que escondían el misterio del cuerpo de Nora—. No te haría daño por nada del mundo.

Nora se mordió el labio.

—Duele —susurró con un estremecimiento.

—Sólo durante un instante —murmuró él, obligándose a ser paciente, aunque el tacto del cuerpo de Nora le estaba haciendo hervir la sangre en las venas. Cal tenía el cuerpo tenso como una cuerda tirante. Apenas era capaz de contenerse.

Ella volvió a ponerse rígida y dificultó las cosas.

Entonces, Cal deslizó la boca por sus pechos y jugueteó con ellos delicadamente, mordisqueó y lamió hasta que ella comenzó a relajarse. Él metió la mano entre sus cuerpos para acariciarla, y a los pocos instantes, ella gimió y elevó las caderas involuntariamente.

Él abrió mucho los ojos cuando se notó completamente dentro de su cuerpo, y los dos quedaron inmóviles, mirándose a los ojos con tanto calor que iban a quemarse juntos. Cal gruñó con aspereza, y empujó con las caderas hacia abajo mientras observaba la cara de asombro de Nora.

El movimiento fue agudo, rápido, sonoro. La respiración jadeante de Nora tuvo un eco en la garganta del hombre que estaba sobre ella. Su amante, pensó ella mientras podía. ¡Su amante!

Gimió su nombre, se aferró a él, jadeó mientras acompasaba sus movimientos con los de él. Sin embargo, muy pronto el cuerpo delgado de Cal se tensó y él gimió con fuerza. Su rostro enrojeció mientras se arqueaba hacia atrás y llegaba al clímax.

Ella se había quedado insatisfecha. Ardía, y no había encontrado alivio. No podía dejar de moverse, ni siquiera cuando él se desplomó sobre ella, y gruñó de frustración, porque su deseo se incrementaba por momentos.

Él consiguió recuperar el aliento y rodó a un lado con Nora, colocándosela sobre el cuerpo.

—Quizá quede tiempo suficiente —le susurró, besándola.

Ella no lo entendió, pero ya no importaba. Él la movió, y se movió también, hasta que consiguió oír un grito de placer de ella.

—Así —susurró—. Sí... así.

El ritmo fue agudo y rápido, como antes, pero en aquella ocasión, Nora alcanzó las estrellas. Sus gemidos salvajes y entusiastas fueron música para los oídos de Cal. Él sintió sus convulsiones y la besó, sujetándola mientras ella temblaba entre sus brazos y, finalmente, se desplomaba sobre él entre lágrimas y sudor.

Descansaron, y durmieron un poco. Y después llegó la vergüenza.

Nora se vistió en silencio, de espaldas a él. Le dolía el cuerpo por el nuevo ejercicio que había realizado, y sentía un extraño escozor. Además, había manchas que ella no quiso mirar. Lo más difícil fue abrocharse el corsé, cosa que consiguió a medias. Estaba desarreglada. No sabía cómo iba a explicarle su larga ausencia a la pobre Melly, y mucho menos su aspecto.

Cal tardó mucho menos que ella en vestirse. Estaba esperando junto al ventanuco cuando ella terminó.

Se sentía enfermo por su falta de honor. Había seducido a una mujer inocente, y todo porque ella había herido su orgullo con su actitud. En aquel momento, después de una pasión tan abrasadora, le parecía una mala excusa. Nunca había experimentado tanto placer antes. Al menos, también se lo había hecho sentir a ella, pese al precio que había tenido que pagar. Ya no era virgen, y existía el riesgo de que quedara embarazada. Él los había deshonrado a los dos.

—¿Podemos marcharnos ya, por favor? —preguntó ella con un hilillo de voz.

Él se volvió, y se encogió ante la expresión de su cara. Ya no existía la joven arrogante y segura que había llegado al rancho Tremayne. Era una muchacha insegura y tímida que llevaba escritas en el rostro la culpabilidad y la vergüenza que sentía.

Él le abrió la puerta y vaciló cuando ella pasó por delante.

—No quería que esto sucediera —le dijo en voz baja—. Créeme.

Ella asintió sin mirarlo.

—Estaré a tu lado —añadió con tirantez—, si hay necesidad.

Necesidad. Como si no hubieran roto las reglas de la buena conducta, como si no hubieran pecado y hubieran avergonzado a sus familias y a sí mismos. Él estaba diciendo que se sacrificaría si habían concebido un niño, porque las convenciones exigían eso de un hombre honorable.

Ella lo miró con furia.

—Serías muy afortunado si ocurriera, ¿verdad? Teniendo en cuenta tu situación económica y la mía, será una bendición para ti que me quede embarazada.

Él sintió indignación. ¡Pensaba que era un gigoló! Se habría echado a reír si las circunstancias no fueran tan comprometidas. En aquel momento, ella sólo consiguió que él sintiera más culpabilidad todavía, y su respuesta fue cruel.

—Tú te has reído mucho de los hombres que trabajan aquí —le dijo con frialdad—. La forma en que trataste al pobre Greely fue lo que me hizo decidir que iba a enseñarte lo fácil que es para un hombre experimentado convertirte en un juguete. Y lo he hecho. No ha sido nada difícil.

Ella pasó del rubor a la palidez en un segundo, destrozada por aquella acusación. Ni siquiera podía negarlo. Había caído entre sus brazos sin protestar, pero porque lo quería. ¡Lo quería! Y él no sentía nada por ella, salvo desprecio. La había seducido para vengar a su amigo Greely. Todo había sido un acto frío y deliberado.

—¡Si se lo digo a mi tío, te matará! —gritó ella con rabia.

—Si se lo dices a tu tío, te echará por la puerta de atrás —respondió él fríamente—. Tus tíos son esclavos de las normas. Te sacrificarían rápidamente si tuvieran que enfrentarse a la censura o a las murmuraciones por tu culpa, y tú lo sabes.

Ella se tragó la furia, temblando.

—Me has seducido —le dijo ella con la voz ronca.

—Sí, y tú me lo has permitido. Me sorprende que, con lo sofisticada que eres, tu primera vez haya sido con un pobre vaquero. ¿No habría sido más inteligente reservarte para un pretendiente más adecuado?

Nora apretó el bolso con las manos y bajó la vista. Estaba demasiado avergonzada como para seguir discutiendo.

—Llévame a casa —dijo con un susurro, y salió de la cabaña.

Él dio una palmada contra la puerta. No era su intención avergonzarla todavía más, pero ella le había enfurecido con su actitud de superioridad y acusándolo de seducirla para conseguir un beneficio económico. Su propia falta de sentido común y de contención fue el remate.

Ella ya estaba en la calesa cuando él salió de la cabaña. Cal se sentó a su lado. Estaba tan erguida y tan callada que él se preocupó.

—No hagas nada precipitado —le dijo—. ¿Me oyes? Si te quedas embarazada, el niño es tan tuyo como mío.

Nora volvió a apretar el bolso.

—No me condenaría al infierno suicidándome —respondió con un hilillo de voz—. Tampoco condenaría a un bebé al mismo destino. A pesar de tu opinión sobre mí, no soy cruel.

Él tomó las riendas. No podía mirarla. Respiró profundamente.

—Debemos decidir qué hacer, Eleanor —le dijo Cal después de un minuto.

—La decisión es mía, no tuya —respondió ella—. Me iré a mi casa.

—¡A casa!

—Sí. Me pondré en contacto contigo si es necesario, pero no quiero quedarme aquí ni un día más. Se me revolvería el estómago si tuviera que verte después de lo que ha ocurrido.

Él apretó los labios.

—Te recuerdo que a ti te ha encantado lo que ha sucedido —le dijo mientras agitaba las riendas y ponía en movimiento al caballo.

Nora no respondió. Su humillación era completa sin necesidad de hacerlo. Él le había hecho más daño del que pudiera imaginarse. Ella se estaba enamorando, cuando él sólo estaba llevando a cabo su venganza. Y Cal ni siquiera entendía que ella no pretendía ofender a Greely de ninguna manera.

Quería preguntarle si su venganza había merecido la pena, si sentía que había hecho justicia para su amigo. Sin embargo no tuvo ánimos. Tenía el corazón encogido. ¿Cómo podía haber sido tan estúpida? Mirando atrás, se dio cuenta de que él se había aprovechado de su vanidad desde el principio, halagándola, jugueteando con ella, cuando sólo estaba ideando el plan para deshonrarla más rápidamente.

—Deja de atormentarte —dijo Cal mientras se acercaban al cruce donde Melly los estaba esperando, sentada en la calesa, bajo un árbol, envuelta en un impermeable—. No puedes borrar lo que ha ocurrido.

—Por desgracia —dijo ella temblorosamente.

—Por Dios, ¡no llores! —le ordenó él—. Si ella te ve llorar, ¡se dará cuenta de todo!

Nora se secó con brusquedad las lágrimas de las mejillas y respiró profundamente.

—Has debido tener relaciones con otros hombres —le

dijo él, aunque se sentía terriblemente culpable—. No puedo ser el primer hombre para ti.

Ella susurró:

—Lo has sido. Yo no he tenido interés en otros hombres.

—¿Porque nunca habías encontrado uno del nivel social adecuado? —le preguntó Cal con una carcajada de desprecio.

—Porque nunca me había enamorado.

Entonces, los rasgos de Cal se suavizaron, y la miró con tristeza.

—Querida mía... —comenzó él, lentamente.

—Yo no soy querida para ti —replicó ella con la voz ahogada—. ¡Y te odio! Sólo espero que no hayamos concebido un bebé que tenga que sufrir por nuestros pecados, porque sería preferible ir al infierno que casarme contigo.

Mientras él estaba asimilando aquel golpe, ella bajó del carro y corrió hacia Melly, y subió rápidamente al otro vehículo.

—Dios Santo, Nora, ¿qué ha pasado? —exclamó Melly cuando vio el aspecto de su prima.

—Nos ha sorprendido la tormenta —respondió Nora—, y tuvimos que refugiarnos en una cabaña. Oh, Melly, los rayos, los truenos y la lluvia eran terribles... Aunque Cal me cubrió con su capa, ¡estoy muy desarreglada!

Melly se relajó visiblemente.

—¿Eso es todo? —le preguntó con una sonrisa—. ¡Me avergüenzo de mis primeros pensamientos! Debemos volver corriendo a casa. Le diremos a mamá que nosotras tuvimos que refugiarnos en la cabaña, por si acaso.

A Nora se le llenaron los ojos de lágrimas.

—Eres tan buena, Melly...

—¿No harías tú lo mismo por mí?

Nora no respondió que ella no era tan cruel. Observó cómo la calesa de Cal se desvanecía entre la lluvia mientras se daban la vuelta para volver por otro camino.

Nora no dijo nada sobre su necesidad de marcharse del rancho cuando llegaron, por temor a revelar lo que había ocurrido. Se cambió de ropa mientras Melly contaba la mentira que habían acordado, y salió de su habitación perfectamente arreglada y sonriendo a pesar de su dolor. Estaba igual que siempre y, afortunadamente, no se había resfriado a pesar de la lluvia. Sin embargo, por dentro se sentía muerta.

A la mañana siguiente, después de una noche de insomnio, se sentó con su tía en el salón.

—Supongo que no debería mencionarlo, pero Melly me dijo que había recibido una invitación para visitar a mis parientes de Europa —dijo.

Helen sonrió tímidamente.

—Sí, es cierto. Debería habértelo dicho ya, pero no quería darte una excusa para que nos dejaras. Melly ha estado mucho más contenta desde que viniste.

—Yo también he disfrutado mucho de mi visita —respondió Nora con una sonrisa—. Pero... ¡ser presentada en la corte! —dijo con un entusiasmo fingido.

—Lo sé. Yo tampoco habría rehusado la oportunidad, querida —dijo Helen. Se levantó, tomó la carta de su hermana y se la entregó a Nora—. Llegó hace pocos días. Lo siento, pero egoístamente no quería que te fueras. Toma, léelo tú misma.

Nora lo hizo. Era una invitación de los Randolph, que vivían en una finca muy cercana a Londres. Aquel viaje le serviría para olvidarse de su deshonra y del hombre a quien había amado y que la había traicionado.

—Debo ir —le dijo a su tía—. De veras, debo hacerlo. Lo siento.

Helen negó con la cabeza.

—No tienes por qué disculparte. Sin embargo, me gustaría que volvieras cuando termines tu viaje, para que puedas contárnoslo todo.

—Encantada —mintió Nora.

Nunca volvería a acercarse al rancho mientras Cal Barton siguiera trabajando en él. No podía dejar de pensar en lo que habían hecho. Se había entregado a un vaquero. ¿Fanfarronearía él de su conquista? Comenzaron a temblarle las rodillas al pensar en que él pudiera contarles a otras personas lo sucedido.

—Tienes mal aspecto —comentó Helen, preocupada—. ¿Te has resfriado a causa de la tormenta?

—No —respondió Nora rápidamente—. Sólo estoy un poco cansada. La tormenta fue muy violenta, y tuvimos suerte de encontrar la cabaña.

—Sí, mucha suerte.

—Tengo que ir a hacer las maletas. ¿Crees que el tío Chester podría acercarme a la estación mañana por la mañana?

—Sí, así podrás tomar el primer tren —dijo Helen—. Oh, querida, me da mucha pena que te vayas. Ha sido como tener a tu querida madre a mi lado, durante unos días.

Nora abrazó a su tía impulsivamente.

—Volveré de nuevo —le prometió.

Quizá algún día lo hiciera, si Cal Barton había dejado su trabajo. Y si la tontería que había cometido no tenía consecuencias. No hacía falta decir que su tía la rechazaría inmediatamente si se quedaba embarazada de soltera. Las mujeres de comportamiento escandaloso eran expulsadas de su círculo social, incluso de sus familias.

Melly ayudó a Nora a hacer el equipaje con cara de tristeza.

—Ojalá pudieras quedarte —le dijo—. ¿Cómo puedes marcharte, con lo que sientes por Cal? ¿No vas a echarlo de menos horriblemente?

—Pues claro que sí —mintió Nora—. Ha sido divertido verme con él en secreto. Sin embargo, tú sabes que no puedo pensar en serio con respecto a ese hombre, Melly. De veras, ¿puedes imaginarte al señor Barton en la ópera, con esas botas que lleva? —preguntó entre risas.

Pero aquellas risas sonaron extrañas, y Melly frunció el ceño.

—Te disgustó, ¿no? —le preguntó suavemente.

Nora se mordió el labio, pero no pudo evitar las lágrimas. Se tapó la cara con las manos.

—Todo era por venganza, Melly. Todas las cosas dulces que me dijo. Él mismo me lo contó. Se estaba vengando por lo que piensa que le hice a Greely. Estaba... bajándome los humos, eso es todo. Yo no le importaba, sólo quería avergonzarme, herirme, hacer que me sintiera mal por reírme de su amigo —dijo Nora entre sollozos—. Oh, cómo lo odio. ¡Lo odio!

Melly la abrazó.

—Ese canalla. ¿Cómo ha podido ser tan cruel?

—Yo nunca quise que Greely dejara su trabajo. Sólo me hacía gracia su timidez. ¡No fui cruel a propósito!

—Shh, querida. Lo sé. Lo sé.

—Quería a Cal —confesó en un susurro—. ¿Cómo ha podido hacerme tanto daño?

—A menudo, los hombres son crueles, algunas veces sin querer —le dijo Melly—. ¿Estás segura de que él no te quiere?

—Me dijo que yo era tonta —respondió ella, llorando—. Me dijo que los halagos y los encuentros en secreto eran para castigarme por lo que había hecho.

—¿Y por eso vuelves a casa?

—Tengo que hacerlo. En Inglaterra estaré lejos de él, y mi corazón se recuperará.

Melly tenía muchas preguntas, pero no hizo ningún comentario. Algunas veces, las palabras sólo servían para empeorar las cosas. Le acarició el pelo a su prima y la consoló hasta que dejó de llorar.

Cuando las maletas estuvieron en la calesa, Nora se despidió de Melly y de la tía Helen, mientras el tío Chester les daba algunas órdenes a sus hombres.

Cal Barton se acercó a ella con el sombrero en la mano, consciente de las miradas de curiosidad de la tía de Nora.

—Espero que tenga un buen viaje de vuelta a Virginia, señorita Marlowe —le dijo amablemente.

—Gracias, señor Barton —le dijo ella con un hilillo de voz.

—Mírame —respondió él en un susurro—. Huyendo no vas a solucionar nada.

—Tampoco quedándome. Tú no tienes nada que darme.

Él apartó la mirada.

—Mi vida ya estaba planeada. Tenía que cumplir mis

sueños, y no había lugar para las mujeres. Y tú tampoco tienes sitio en tu vida para un vaquero hambriento de fortuna, ¿verdad?

Nora se sonrojó.

—Me equivoqué al acusarte de eso —le dijo con tristeza—. Te conozco lo suficiente, al menos, como para saber que no es cierto.

—Me conoces mejor de lo que piensas —dijo él—. En todos los sentidos.

—¡No! —susurró ella frenéticamente.

—Fuimos juntos al paraíso. ¿Cómo puedes olvidarlo?

—¡No me avergüences!

Él odiaba tener público, aunque no estuvieran oyendo su conversación. No quería que ella se marchara, y no sabía cómo conseguir que se quedara.

—¡No te vayas! —le susurró.

Ella se mordió el labio. No podía mirarlo, porque si lo hacía, no podría marcharse. Él no quería casarse, sólo deseaba su cuerpo, y ella no podía rendirse a aquellas debilidades. Lo quería, pero él no sentía nada por ella.

—No puedo —le dijo pesadamente—. No debo. Hay muchas cosas que no sabes de mí. Yo sabía que nunca podría casarme ni tener un hijo. Lo había aceptado. Nunca me habría enamorado... ¡si tú no me hubieras manipulado!

Cal frunció el ceño.

—¿Qué quieres decir?

Su tío estaba acercándose, y ya no quedaba tiempo. Era demasiado tarde. ¡Demasiado tarde!

—Adiós —le dijo rápidamente, e hizo ademán de subir a la calesa.

Cal la ayudó. El hecho de sentir su mano en el brazo fue como una marca al rojo vivo que le quemó el corazón para siempre. Se sentó en el pescante con los ojos llenos de lágrimas.

—¿Lista, niña? —le preguntó el tío Chester alegremente.

—Sí —dijo ella con una sonrisa forzada, mientras saludaba a su tía y a su prima—. Sí, estoy lista. ¡Adiós!

Todos le devolvieron la despedida, pero Cal Barton se quedó a un lado, con la cabeza descubierta bajo el sol, observando cómo ella se alejaba de él. Se dijo que no la quería, que sólo se sentía culpable por el modo en que la había comprometido. Sin embargo, eso no explicaba el vacío que sentía por dentro, que se hizo más y más grande a medida que la calesa se alejaba en la distancia.

CAPÍTULO 7

Nora tomó un barco con rumbo a Inglaterra una semana después de haber llegado a casa de Texas. Estaba bien, incluso se sentía alegre a veces, pero también notaba un gran peso en el corazón cuando reflexionaba sobre lo tonta que había sido. Si hubiera habido otros hombres en su vida, quizá no se habría enamorado tan perdidamente de uno que no era conveniente. Además, tendría que esperar para saber si su caída en desgracia tenía consecuencias. Nunca se había sentido tan sola.

Los pasajeros del barco eran simpáticos, pero Nora se mantuvo apartada de los demás salvo durante las comidas. Se sentaba en la mesa del capitán con una imagen elegante y fría, mientras que, por dentro, se atormentaba con recuerdos de los besos de Cal y de la extraña ternura que tenía en los ojos pálidos al mirarla, todo un contraste con la traición que le había infligido después.

Cuando, por fin, el barco arribó en Londres, tomó un coche de caballos que la llevó directamente a la finca de los Randolph, que estaba situada a las afueras de la ciudad. Estaban ya en octubre, y el viaje había sido muy frío, así que se envolvió bien en el abrigo.

No tenía ni idea de si su cuerpo era fértil. Nunca había sido muy regular con su periodo, y probablemente en aquellos momentos lo sería menos debido a las emociones. Echaba tanto de menos a Cal que tenía la sensación de estar partida en dos.

La finca de los Randolph estaba presidida por una casa campestre del siglo diecisiete que a menudo había alojado a la realeza. Era heladora, pero tenía una atmósfera de calidez que conseguía que Nora se sintiera en casa. Sus primos mayores, lady Edna y sir Torrance, la acogieron afectuosamente desde el principio. Eran de la nobleza menor, porque él era barón, un título que otorgaba la reina Victoria por servicios militares y que no provenía de herencia. Sin embargo, la pareja era mucho menos estricta con los títulos y el protocolo de lo que hubieran sido muchos otros en su situación. No tenían hijos, y disfrutaban mucho de la compañía de los jóvenes, sobre todo de Nora.

Nora pensó que era providencial que la hubieran invitado a visitarla justo en aquel momento, cuando necesitaba desesperadamente que la cuidaran. Su madre era buena y dulce, pero su padre era un hombre de negocios que no tenía tiempo para los deberes paternales. A ella no se le había ocurrido ni por un momento que pudiera decirles a sus padres lo que había ocurrido; tenía miedo a que la desheredaran. Su padre nunca se lo perdonaría. Tenía una opinión de las mujeres ligeras de cascos que era legendaria en la familia. Y, aunque su madre podría haber sido comprensiva, nunca se habría enfrentado a él.

Lo único positivo en la vida de Nora era que la fiebre no había vuelto a aparecer.

—A mí me parece que tu médico se equivoca —le dijo Edna con firmeza, cuando estaban sentados en el salón aquella noche—. ¡No sé por qué te ha dicho que esas fiebres son fatales! Yo conozco a dos mujeres que las contrajeron en África, y ambas vivieron hasta la ancianidad y tuvieron grandes familias.

—Nuestro médico es muy entendido —dijo Nora con tristeza—. Nunca se ha equivocado en nada.

—¿Y qué sabe un doctor de Virginia de enfermedades tropicales? Es necesario que te vea un médico especialista en enfermedades coloniales. Para empezar, creo que le pediré a mi propio médico que te examine, querida.

—¡No! —exclamó Nora, y después se esforzó por calmarse—. Quiero decir que no necesito que me examine. Estoy bien.

No podía permitir que la examinara un médico puesto que no sabía si estaba embarazada.

—Como tú prefieras, querida —le dijo Edna suavemente—, pero creo que deberías pensarlo.

—Lo pensaré, te lo prometo —respondió Nora.

El brillo de la corte inglesa fue distinto a cualquier cosa que Nora hubiera visto nunca. Apenas podía creer que fuera a conocer a la reina en persona. Durante días, le habían enseñado concienzudamente lo que tenía que decir, cómo tenía que comportarse, cómo hacer la reverencia. Había que seguir un protocolo muy rígido, y ella prestó mucha atención a las clases. Su única preocupación era que, últimamente, tendía a desmayarse. ¡Ojalá no se desvaneciera a los pies de la reina!

Nora no sabía apenas nada de la reina Victoria, pese a que tuviera primos de la realeza. Sabía que la reina tenía nueve hijos y que se quedó viuda el mismo año en que comenzó la Guerra de Secesión norteamericana. Sabía que el príncipe Alberto Eduardo era el primogénito de Victoria, y que la reina había celebrado su Jubileo de Diamante en el año 1897, y que estaba deprimida por la Guerra de los Boer en Suráfrica y la Rebelión de los Boxer en China. Era un tiempo triste para ir de visita a Inglaterra, en muchos sentidos, y pese a la emoción que le producía pensar en que iba a ir a palacio, Nora sentía tristeza por la traición de Cal.

Para la presentación de aquella tarde, Nora se puso su mejor vestido, de seda negra, con una blusa blanca de encaje, e impecables guantes blancos. Llevaba un pequeño sombrero con velo y los diamantes de su madre en la garganta y la muñeca. Se sentía elegante con sus mejores galas, pero a la primera visión de la anciana reina sintió que se le aceleraba el corazón y se le cortaba la respiración.

Victoria tenía ochenta y un años, pero no había perdido su porte orgulloso y el halo de misterio que irradiaba una mujer que había gobernado Inglaterra durante sesenta años. Era amada por su pueblo y respetada en el mundo entero. Incluso el Parlamento debía tomar en cuenta su voluntad. Sin embargo, Nora notó con tristeza que no tenía buen aspecto. La pobre mujer debía de odiar haber vivido tanto tiempo sin el hombre a quien amaba. Nora sintió una extraña conexión con ella, porque la idea de no volver a ver a Cal Barton nunca más le hacía mucho daño.

Le temblaron las rodillas cuando fue presentada a Victoria, que asintió y sonrió agradablemente. Nora consiguió hacer la reverencia sin desmayarse, aunque estaba menos calmada de lo que aparentaba. Un saludo, un retiro rápido, y todo había terminado. Un momento que debía durar toda la vida, y después había otros en la lista que querían atesorar sus pocos minutos en la corte.

—¿Y bien, querida? —le preguntó Edna con una risita, mientras tomaban el té en una cafetería que había muy cerca del Castillo de Windsor—. ¿Cómo te sientes?

—Oh, no voy a lavar jamás el guante, ni me cambiaré de ropa —comentó Nora con ironía—. Aparte de eso, estoy normal.

Edna y su esposo se rieron y le ofrecieron otro pastelillo.

A medida que pasaban los días, Nora comenzó a recuperarse un poco del viaje y de la tristeza. Estaba tranquila; leía revistas y disfrutaba del jardín. Edna y Torrance la apoyaban, pero no hacían preguntas, como si supieran que había pasado por una mala experiencia y sólo quisieran reconfortarla.

Pese a que se encontraba mejor de ánimo, tenía una preocupación secreta. Su periodo se había retrasado más que nunca. Y había comenzado a perder el apetito durante el desayuno. A ella siempre le había encantado la primera comida del día; disfrutaba comiendo las tostadas, el jamón y los huevos revueltos. Sin embargo, aquellos últimos días, los huevos le producían náuseas. La posibilidad de estar embarazada le producía terror. ¿Dónde iría? ¿Qué iba a hacer? Sus padres la desheredarían.

Cal le había dicho que lo avisara si había consecuencias, pero ella era demasiado orgullosa. No, debía de haber otro modo... Entonces recordó que las fiebres de la malaria podrían repetirse, y se preocupó todavía más. ¿Le harían daño al bebé? Se puso las manos, de manera protectora, sobre el vientre. Ya pensaba en que tenía un ser vivo dentro de sí, un pequeño ser humano, aunque no tuviera prueba de su existencia, salvo sospechas. Al darse cuenta tuvo que tumbarse, porque se había echado a temblar. No tenía ni idea de qué iba a hacer. Sólo sabía que tenía que empezar a tomar decisiones.

La semana siguiente, Nora recibió una carta de su madre, en la que le recordaba que debía volver a casa a tiempo para celebrar Acción de Gracias. También le comentaba que Edward Summerville había pasado por casa y había preguntado por ella. Él iba de camino a Inglaterra, y después de sonsacarle a su madre dónde estaba Nora, había dicho que visitaría la finca de los Randolph para verla. A su madre no le complacía aquello en absoluto, ni tampoco a su padre, pero no podían hacer nada por detener a aquel hombre. ¡Y Edward Summerville era la última persona en el mundo a la que Nora querría ver!

Él llegó aquella misma tarde. Había llegado a Inglaterra en el mismo barco que la carta. Los Randolph lo recibieron con amabilidad, mientras que Nora le clavó una mirada desagradable y fría.

Él se ruborizó al ver sus ojos acusadores. Era un hombre muy guapo. Rubio, de ojos azules, alto y majestuoso. Tenía un acento impecable. Las mujeres lo adoraban. Sin embargo, a Nora le resultaba repulsivo.

—Espero que estés bien, Nora.

—Estaba mejor antes de ir a África, Edward —respondió ella de modo significativo.

Él exhaló un largo suspiro. Parecía cansado.

—Sí —dijo él—. Para mi vergüenza, lo sé. He tenido unos meses muy largos para pensar en mi comportamiento. Lo lamento muchísimo, Nora. En realidad, he venido a disculparme. Imagínate —añadió, y se rió cínicamente.

—Muy bien. Ahora que lo has hecho, espero no volver a verte nunca más.

Él hizo una mueca y miró a la pareja mayor, que estaban sentados junto a la chimenea intentando no escuchar la conversación.

—Les romperás el corazón —dijo él en un susurro—. Presienten un romance.

—Eso requiere bastante imaginación.

—¡Ay!

—No siento nada por ti, salvo desagrado. He estado muy enferma durante todo este año con fiebres. Y la culpa es tuya.

—Yo también me culpo. Tu madre me habló de tu sufrimiento. Soy un canalla, Eleanor. Sin embargo, no me di cuenta hasta Kenia. Espero poder hacer que cambies de opinión.

—Te costaría mucho esfuerzo.

—Lo sé. Me han invitado a quedarme —añadió él, sonriendo.

—Entonces, me iré yo.

—No. Por favor. Al menos, dame una oportunidad para compensarte, Eleanor. Te prometo que no haré nada que pueda ofenderte, nada en absoluto. Sólo quiero disfrutar del placer de tu compañía cuando tú quieras.

Ella titubeó. Aquel hombre ya no parecía amenazante. De hecho, parecía arrepentido. Ella estaba sola. Probablemente, era una estupidez, pero finalmente asintió de mala gana, y él se relajó. Quizá aquello sirviera para poder apartar la mente de Cal. Además, no era lo suficientemente dura de corazón como para negarse a perdonar a Summerville. La gente podía cambiar; el tiempo lo diría.

De vuelta en Beaumont, Cal Barton estaba observando los trabajos de la segunda torreta que había adquirido su nuevo socio. Pike era un hombre delgado, moreno, un poco mayor que Cal, que había pasado la vida buscando un gran pozo de petróleo. Cal necesitaba a alguien que permaneciera en el campo petrolífero supervisando a los hombres mientras él seguía trabajando en el rancho Tremayne y, con sutilidad, guiaba a Chester hacia medios de producción de carne de vacuno más modernos. Desde que Eleanor se había marchado, él se había sentido vacío, pero daba todos los pasos necesarios para seguir con su trabajo y su existencia. Lo cierto era que no podía estar en dos lugares a la vez, y Chester se había cerrado en banda sobre aquella nueva cultivadora.

—Estará seco —dijo Pike de manera cortante cuando dieron con una bolsa de agua.

—Eso no lo sabes —respondió Cal—. No hemos llegado lo suficientemente profundo.

—Yo sí lo sé. Este territorio es familiar para mí. Hay agua y después nada. Si hubiera petróleo, ya habríamos encontrado alguna señal.

—Sigue perforando —le dijo Cal—. El geólogo al que contraté dijo que éste era un lugar perfecto para hacerlo. Al final daremos con el petróleo. Otra gente ya ha encontrado bolsas en Texas.

Pike se encogió de hombros.

—Está bien, seguiremos perforando. ¿Y qué haremos cuando se te acabe el dinero?

—Empezaremos con el tuyo —respondió Cal con una sonrisa.

Pike lo miró con los ojos entornados y volvió al trabajo.

Cal volvió al rancho Tremayne en el siguiente tren; durante el trayecto no pudo dejar de pensar en cómo estaría Eleanor, y en si ella pensaba en él y lo odiaba. Sobre todo se preocupaba por su estado. Si había quedado embarazada, él no permitiría que se enfrentara sola a una situación tan difícil. Tenía que hacer algo, pero, ¿qué?

Cal no esperaba que le escribiera a él, y no lo hizo. Sin embargo, sí escribió a su familia. Unos días después, Cal esperó a Melly en el porche y le preguntó si sabía algo de Nora.

—Sí —le dijo Melly con frialdad, porque sabía que le había hecho daño a su prima—. Está en Inglaterra, en casa de unos primos.

—¿Está bien?

Melly pensó que se refería a las fiebres, y supuso que Eleanor le había contado lo sucedido en África.

—Sí, está bien —le dijo ella—. No ha tenido recaídas.

A Cal le pareció extraña aquella conversación, pero no hizo ningún comentario.

—¿Va a quedarse mucho tiempo allí?

—No nos lo ha dicho, pero mi tía Cynthia nos escribió también, y estaba muy preocupada porque ese tal Edward Summerville la había seguido hasta Inglaterra. Dice que quiere casarse con ella —dijo Melly, y se rió secamente—. Como si Nora fuera a casarse con un hombre que... bueno, que fuera tan canalla como para dejarla en la estacada.

Cal palideció.

—¿Qué quiere decir?

—Seguramente, Nora se lo contó. Ese hombre la persigue a todas partes. Es muy rico y la quiere, o eso dice. Supongo que lo más decente por su parte es pedirle el matrimonio, pero no creo que eso justifique la vergüenza que le causó...

—¡Melly! Querida, por favor, date prisa. ¡La comida se está enfriando!

—¡Voy, mamá! —dijo. Miró a Cal a modo de disculpa y entró en la casa.

Cal se quedó en el porche, invadido por emociones violentas. Melly había querido decir que aquel Summerville había tenido relaciones con Nora. ¿Era cierto? ¿Se había equivocado él, al fin y al cabo, sobre la inocencia de Nora? Había pensado que él era el primero, pero, ¿era posible que una virgen disfrutara tanto de su iniciación?

No. Ella debía de haber mentido. Había huido al Oeste para escapar de un pretendiente que ya había disfrutado de su inocencia, y había encontrado a otro hombre. Quizá estaba intentando encontrar un marido por si acaso su indiscreción tenía consecuencias. ¿Era ésa la razón por la que se había entregado a él?

Bien, pensó con furia mientras se calaba el sombrero hasta las cejas y volvía a sus tareas, ya sabía bien cómo eran las cosas. Sabía exactamente lo que era aquella mujer. Y si había un niño, lo mejor sería que no acudiera a él entre súplicas de matrimonio. Cal la enviaría de vuelta a los brazos de Summerville, el padre de cualquier hijo que ella hubiera podido concebir.

Pasó la segunda semana de la estancia de Nora en Londres, con Edward Summerville atento y amable. Sin embargo, Nora seguía sin confiar en él, y le disgustaba especialmente el hecho de oírle hablar de las otras mujeres que había conocido en su vida. Tenía una actitud de superioridad hacia el género femenino que Nora encontraba muy desagradable.

Por las mañanas seguía sintiéndose mareada. Quería consultar a un médico, pero eso era difícil sin que todo se supiera y sin causar un escándalo, sobre todo en Londres, donde vivían sus primos. Quizá si volviera a casa podría ir a Nueva York o a alguna otra ciudad grande y visitar a un doctor donde no fuera conocida. Aquello le parecía algo deshonesto, pero era la única forma de ahorrarle la vergüenza a su familia.

Les dio a sus primos y a Summerville la noticia aquella noche: iba a comprar un pasaje para el siguiente barco a Norteamérica. Cuando sus primos le pidieron que se quedara un poco más, ella puso la excusa de que debía ayudar a su madre a preparar la fiesta de Acción de Gracias, aunque todavía faltaban dos semanas para la fecha. Ellos asintieron, porque también tenían compromisos que atender. Sin embargo, Summerville informó a Nora, con una sonrisa, de que él la acompañaría a casa, y de que esperaba una invitación para aquella fiesta de Nochevieja. Nora sabía que no sería posible. Sus padres detestaban a Edward Summerville. ¡Esperaba que, a la hora de la verdad, no cometiera la imprudencia de seguirla a casa!

CAPÍTULO 8

El viaje de vuelta fue difícil, porque hubo una tormenta en el Atlántico que zarandeó el gran crucero hasta que Nora pensó que vomitaría el estómago. Permaneció en su camarote, y el médico de a bordo la visitó en varias ocasiones. Las pastillas contra el mareo ayudaron un poco. No obstante, ella estaba muy preocupada por su verdadero estado, y muy temerosa de mencionarlo.

El médico era un hombre mayor y amable. Se sentó al borde de su litera y le tomó la mano.

—Bueno —dijo él, después de que el camarero hubiera dejado un zumo de naranja sobre la mesilla y se hubiera marchado—. Supongo que ahora puede contarme lo que le está preocupando tanto, jovencita.

Ella tragó saliva para evitar otra náusea y miró al médico con una expresión atormentada.

—He sido... indiscreta —le dijo—. Yo lo quería tanto... y pensaba que él me quería a mí —añadió con un susurro tembloroso.

El médico, que no era extraño a tales confesiones, le dio unos golpecitos en el dorso de la mano

—Y ahora teme que haya consecuencias.

Ella se mordió un labio.

—Sí. O...

—¿O qué?

—Tengo fiebres a causa de unas picaduras de mosquito que sufrí en Kenia —le contó con preocupación—. Dicen que las fiebres negras comienzan con pérdida de apetito y náuseas, como me sucede a mí.

—¿Hace cuánto tiempo que contrajo esas fiebres?

Ella se lo dijo.

—¿Y hace cuánto cometió esa... eh... indiscreción?

Nora se lo dijo también.

Él sonrió comprensivamente.

—Mi querida joven, me temo que las fiebres van a ser la última de sus preocupaciones. Debo examinarla.

Fue muy embarazoso, y cuando el médico terminó la exploración, la miró con una expresión resignada. Se lavó las manos en el lavabo y se las secó antes de volverse hacia ella.

—Lo siento, pero va a tener un hijo.

Nora se quedó sentada, rígidamente, al borde de la cama.

—Siempre hay formas de enfrentarse a algo así —le dijo el médico en tono paternal—. Se puede organizar una adopción. Yo puedo enviarla con las personas apropiadas. A juzgar por su manera de vestir, está en buena posición económica, lo que será de ayuda.

—Pero yo no quiero separarme de mi hijo —respondió ella.

—Un sentimiento noble, pero poco práctico, a menos que el padre de la criatura esté dispuesto a casarse con usted y darle su apellido al niño.

Nora apretó los dientes. Cal se casaría con ella si le

decía que estaba embarazada, pero él era pobre, y no tendrían nada que darle al niño.

Por otra parte, su padre nunca aceptaría a Cal Barton como yerno, y no aceptaría a Nora, en su estado, sin un marido. La desheredaría inmediatamente. Si se casaba con Cal, se verían obligados a vivir en una cabaña del rancho de sus tíos y, ¿sería capaz ella de ser una trabajadora? Sabía que iba a sufrir en un entorno así, y que su enfermedad sería una carga eterna para Cal. Además, quizá él la odiara por obligarle a que se casara con ella. Quizá ni siquiera quisiera al niño. Nora gruñó de desesperación. Parecía que todas las puertas estaban cerradas.

—Piénselo —le dijo el médico—. Yo no se lo diré a nadie, esté tranquila. Cuando lleguemos a Nueva York le diré cómo puede ponerse en contacto conmigo. No tiene por qué decidirlo apresuradamente.

Ella lo miró con los ojos llenos de cansancio.

—Muchas gracias.

Él estaba preocupado.

—Yo tengo dos hijas. Ahora descanse, señorita. Intente no preocuparse y coma bien durante el resto del viaje —añadió con severidad mientras recogía su maletín—. Está delicada.

—Las fiebres...

—Cabe la posibilidad de que se repitan —le dijo él—, pero aunque sucediera, no sería mortal. Aprenderá a vivir con ello, como han hecho muchas personas que han vuelto infectadas de Cuba y de Panamá. Querida, es posible contraer la malaria incluso en el sur de Estados Unidos, donde los mosquitos son portadores del Plasmodium. He visto muchos casos. Sobrevivirá usted, se lo prometo. ¿Toma quinina?

—Oh, sí. Después de los dos primeros ataques, tuve

que hacerlo. Pero me resulta muy incómodo. ¿No... le hará daño al bebé?

Él sonrió y sacudió la cabeza.

—Claro que no. Ahora, intente descansar.

—Gracias, doctor.

Él le dio un golpecito en el hombro.

—Ojalá pudiera hacer algo más. Buenas noches, señorita Marlowe.

Nora lo observó mientras se marchaba. Era un hombre bueno, y al menos le había dado esperanzas con respecto a la fiebre. Sin embargo, ¿qué iba a hacer con el hijo de Cal? Aquél era un problema que no podría solucionar en el curso de una noche.

Edward Summerville la observó con atención hasta que desembarcaron, y durante todo el trayecto en tren hasta Richmond. Parecía que conocía su estado, porque se comportaba de un modo muy solícito y preocupado.

—¿Vas a quedártelo? —le preguntó sin rodeos cuando se quedaron solos, durante un breve momento, en el andén, esperando a que el chófer de su padre los llevara a casa.

Ella se quedó pálida.

—¿De veras pensabas que podrías guardar el secreto? —le preguntó con una sonrisa cínica—. El médico se lo dijo a su enfermera. Ella, después de unos cuantos halagos y una caja de bombones, fue muy sincera —dijo Summerville, y la miró con la cara ladeada—. ¿Ha sido alguien de Texas?

—La paternidad de mi hijo es cosa mía —dijo ella con indignación.

—¿Y qué vas a hacer si les hablo a tus padres del niño,

Nora? —le preguntó entonces él, con un brillo desagradable en los ojos—. ¿Y si les digo que es mío?

—Nosotros nunca hemos... nunca...

—Hemos estado juntos durante semanas en Inglaterra. Y tu embarazo no se nota, por ahora.

—¡No puedes hacer algo así!

—Mi padre ha dilapidado toda mi herencia en la bebida y el juego —le dijo él en un tono helado, con una expresión de ira y avaricia—. No puedo vivir como un mendigo. No estoy dispuesto. Tú necesitas un marido, y yo una esposa rica que me mantenga. Encajaremos admirablemente bien. Yo seré la viva imagen del marido y el padre cariñoso, te lo prometo, y el mocoso nunca sabrá nada de su concepción.

—¡No me casaré contigo!

Él se volvió hacia el carruaje que se acercaba y recogió su maleta. Después sonrió a Nora con frialdad.

—Piensa en la alternativa, Nora. Tu padre te obligará a casarte conmigo.

—¡Me desheredará! —lo corrigió ella.

Summerville arqueó una ceja.

—No lo creo. Después de todo, yo tengo un buen apellido, y él no sabe nada de mis finanzas. Es un hombre cobarde en lo referente al buen nombre de la familia. Hará cualquier cosa por que no se ensucie y por proteger su reputación. Querida, un banquero no puede permitirse un escándalo. Te daré hasta el viernes para que lo pienses. Si para entonces no accedes a casarte conmigo, yo haré que recapacites.

—¡Tú no podrás obligarme a nada!

—No me lleves la contraria —le aconsejó él—. No servirá de nada. Vas a ser mi esposa. Iba a conseguirlo en África, pero tus primos me lo impidieron. Ahora no puedes pedirle ayuda a nadie, no hay nadie que pueda salvarte. Me saldré con la mía y tendré tu fortuna. Y tú no puedes hacer nada para impedirlo.

Oh, claro que sí, se dijo Nora con firmeza. Lo detendría. No estaba dispuesta a perder el control de su propia vida y de su fortuna. ¡A qué destino más horrible la había conducido Cal!

Llegaron a casa de sus padres minutos más tarde, y Edward ayudó a Nora a bajar del coche. Juntos entraron en el vestíbulo y pasaron al salón, donde la madre de Nora le dio una afectuosa bienvenida. Sin embargo, no hubo un saludo similar para Summerville, que había aparecido allí sin invitación.

—Tu padre vendrá directamente —le dijo Cynthia a Nora, y miró con curiosidad a Edward—. Discúlpeme, señor Summerville, pero no recuerdo haberlo invitado.

Él sonrió.

—Nora sí me invitó, ¿verdad, querida?

Nora lo miró con desprecio.

—No.

Él caminó lentamente y se detuvo frente a ella.

—Tienes hasta el viernes por la mañana —le recordó—. Nos veremos entonces... querida.

—Tendré a la policía esperándote.

—Y yo tendré a un periodista esperándote a ti —replicó él en voz baja.

Nora estaba un poco pálida cuando él se marchó por fin. Cynthia llevó a su hija hasta el sofá e hizo que se tumbara.

—¡Qué hombre tan vil! —exclamó mientras atendía a su hija—. ¿Es la fiebre, querida?

—Me encuentro mal —dijo Nora evasivamente.

—No me extraña, después de un viaje tan largo —dijo Cynthia. Llamó a una doncella para pedirle una toalla húmeda y se la colocó a su hija sobre la frente—. Mi pobre niña. Me alegro mucho de que hayas vuelto ya. Me siento muy sola aquí, porque tu padre pasa el día en el banco. Creo que es más importante para él que yo.

Nora estaba de acuerdo. Sus padres seguían juntos sin que hubiera una sola chispa de amor entre ellos. Su padre ordenaba, y su madre obedecía. Era una relación tan estancada y clínica que Nora nunca había querido casarse hasta que había conocido a Cal.

Cerró los ojos y rogó que Edward desapareciera y no llevara a cabo su amenaza. Sin embargo, sabía que eso no iba a ocurrir. Él tenía los ojos puestos en su dinero, y estaba seguro de que podría manipularla para que se casara con él.

Nora se incorporó de repente.

—Mamá, ¿podrías enviar a Clarence a la oficina de la Western Union? Debo mandar un telegrama.

—Por supuesto, querida. ¿A quién?

—Por favor, no me preguntes —respondió Nora, mirando a su madre a los ojos—. Confía en mí, ¿de acuerdo?

—Nora, ¿sucede algo? Primero, ese hombre detestable viene siguiéndote, después de que yo lo echara de aquí hace varias semanas, y ahora tú llegas a casa más pálida que la muerte. ¿Es que no puedes contármelo?

—Sí puedo, pero todavía no. ¿Podrías darme un lápiz y un papel?

—Estás muy misteriosa, querida —le dijo su madre, pero le dio lo que pedía.

Aunque Cynthia sentía una gran curiosidad, dejó de hacer preguntas al ver la tensión reflejada en el rostro de su hija. Cuando Nora terminó de escribir, Clarence, el mozo, llevó el mensaje a Richmond y envió el telegrama. La respuesta tardaría casi toda la tarde, pero él esperó pacientemente y volvió a casa con un sobre sellado.

Cuando Clarence se lo entregó, Nora lo abrió con las manos temblorosas. No sabía cuál podía ser la respuesta de Cal, no sabía qué podía esperar.

Las palabras saltaron de la hoja en blanco, tensas, sin ningún adorno: *Llegaré el viernes por la mañana. C. B.* Eso era todo. Nada más. Él iba a verla

Nora apoyó la cabeza sobre el almohadón y cerró los ojos. Eso no significaba que estuviera segura, pero al menos tenía una oportunidad de escapar de Edward Summerville. Tendría que confiar en que el Todopoderoso hiciera el resto.

Cal Barton bajó del tren el viernes por la mañana, en Richmond, cansado, polvoriento y de mal humor. Había tenido que hacer magia para llegar tan rápidamente con todas las conexiones ferroviarias entre ciudades. Estaba muerto de sueño. Pero, al menos, estaba allí. Y en aquel momento, no deseaba otra cosa que escuchar qué quería decir aquel corto mensaje: *Te necesito inmediatamente. Eleanor*. Por nada del mundo quería perderse la expresión de la cara de Nora cuando le dijera que sabía todo lo ocurrido con su amigo Summerville. Sin duda, él era quien la había dejado embarazada, y ella tenía planeado acusarlo a él y cargarlo con el niño. Sin embargo, Cal sabía de la existencia de su otro amante, y ella tendría que darle algunas explicaciones.

Tomó un carruaje y le ordenó que lo llevara hasta la residencia Marlowe. Era un edificio de ladrillo rojizo, grande, en el centro de la ciudad, y con un enorme jardín formal de belleza impresionante en aquel momento del otoño. Cal había esperado que Nora viviera en aquel tipo de casa.

Algunos ya estaban arqueando las cejas al verlo. No se había molestado en ponerse un traje. Llevaba los pantalones vaqueros, las botas, el Stetson de ala ancha, la chaqueta de cuero con flecos y el cinturón de las pistolas, y parecía un vaquero salido de una novela. Se puso un cigarro entre los dientes y llamó a la puerta. El mayordomo estuvo a punto de desmayarse. Cal le sonrió.

—Qué tal —dijo—. ¿Está Nora?

El mayordomo comenzó a tartamudear.

—Yo... yo... yo...

Entonces, la misma Nora apareció en la puerta. Estaba muy pálida, cansada y preocupada.

—Eso es todo, Albert, gracias —le dijo con suavidad.

El hombre asintió amablemente, miró de nuevo a Cal y volvió por donde había salido.

Cal la miró con los ojos entrecerrados, fríos, todo un contraste con las emociones que sentía al mirarla de nuevo. Era evidente que ella había estado enferma, y al ver su cara pálida y cansada, Cal se sintió culpable y protector. Olvidó su ira cuando vio cómo ella le indicaba que pasara con la mano temblorosa.

—Entra —le dijo Nora nerviosamente. No podía apartar los ojos de él, aunque aquél no fuera momento de lanzarse a sus brazos—. Por favor, perdona que te haya involucrado. No me quedaba más remedio.

Él arqueó las cejas. Qué cambio; ningún comentario sobre su forma de vestir, e incluso una disculpa. Debía de estar desesperada de verdad. Se prohibió a sí mismo mirar aquellos labios suaves. Le recordaban la última vez que habían estado juntos, y el recuerdo todavía lo obsesionaba por las noches. La había echado de menos más de lo que hubiera creído posible, pese a su furia.

—Bonita casa —comentó Cal mientras miraba a su alrededor, fingiendo que se sentía asombrado por el lujo—. Demonios, ¡es estupendo! Estás forrada, ¿eh, nena?

Ella hizo caso omiso del comentario. No se sentía bien. Se dejó caer sobre el sofá y posó las manos sobre el regazo mientras Cal caminaba por la habitación, mirándolo todo. Nora observó sus botas llenas de barro y sonrió. Él nunca se había puesto el cinturón de las pistolas, y ella frunció un poco al ver la culata desgastada del revólver que contenía.

—En Tyler Junction no hay tiroteos. Tú mismo me lo dijiste una vez —le recordó ella.

Él se volvió con el cigarro en la mano y una vaga sonrisa en los labios.

—Estábamos persiguiendo a dos ladrones de banco cuando llegó el telegrama —replicó él—. Mataron a una mujer.

—Oh, ¡qué horror!

—Tendrán suerte si llegan al juicio sin que los linchen antes. Bueno, y ahora, ¿por qué me necesitabas? —le preguntó.

Ella miró hacia la puerta para asegurarse de que su madre y su padre no iban a oírla.

—Yo... yo... —tartamudeó.

—Contagioso, ¿eh? Parece que el mayordomo tenía el mismo problema.

Ella le clavó una mirada fulminante.

—No me lo estás poniendo nada fácil.

—¿Y por qué iba a hacerlo? ¿Dónde está?

—¿Quién?

—Summerville. ¿Acaso pensabas que la noticia de que él forma parte de tu vida no llegaría a mis oídos finalmente?

—Así que lo sabes.

—Sí. No hace falta ser un genio para saber que estás embarazada. Es evidente también que Summerville te está persiguiendo, porque te siguió hasta Europa. Presiento que hay una conexión entre ambos sucesos.

Aquel insulto enfadó a Nora.

—Desea casarse conmigo —le dijo.

—Muy bien. Yo no quiero tener mujer. Entonces, ¿por qué necesitabas hablar conmigo cuando me telegrafiaste? ¿De qué te sirvo, si ya tienes prometido?

—Oh, aquí estás, Nora, yo... —su madre se detuvo en seco en el umbral de la puerta. Era una versión madura de su hija, y tenía los mismos ojos azules y brillantes. Al ver a aquel vaquero desarreglado, se asustó al principio, y después se sintió llena de curiosidad. Observó el cinturón y el revólver y preguntó—. ¿Es usted un forajido? ¿Ha venido a robarnos?

Él miró a su alrededor por el salón, con sumo desdén.

—Señora, usted no tiene nada que yo pueda desear —dijo, volviéndose hacia Nora. Ella sostuvo su mirada con valentía, y él tuvo que reprimir una punzada de culpabilidad ante la expresión de dolor de su rostro pálido.

Cynthia frunció el ceño.

—Señor, habla usted en acertijos.

—Pregúntele a su hija por qué estoy aquí. Fue ella quien me llamó.

—Madre, te presento a Cal Barton —le dijo Nora a su madre, sin mirarlo a él—. Es... es el capataz del tío Chester.

—Oh —dijo Cynthia, que era consciente de la necesidad de tener buena educación incluso ante la presencia de un loco texano. Se adelantó y le tendió la mano—. Encantada de conocerlo, señor.

—El placer es mío, señora Marlowe —respondió él, y se llevó su mano a los labios como si se hubiera pasado toda la vida en un salón formal.

Nora se quedó asombrada, y su madre muy complacida. Nora nunca había visto a Cal en un salón, salvo en el de su tío. Sin embargo, no parecía que aquel entorno lo intimidara. De hecho, estaba como pez en el agua.

Cynthia se rió suavemente.

—Por favor, señor Barton, siéntese mientras aviso para que traigan el té. ¿O quizá preferiría un café?

—Sí, prefiero café, muchas gracias —respondió él con galantería, e incluso se quitó el sombrero.

Cynthia se ruborizó ante aquel gesto.

—Ahora mismo vuelvo —dijo.

Y se ausentó, tan aturullada que se olvidó de preguntarle a Nora por qué había invitado a aquel vaquero a casa.

Nora le lanzó un puñal con la mirada cuando su madre se hubo marchado.

—Qué caballeroso —murmuró—. ¿También sabes hacer reverencias?

—Sólo para las damas —le dijo él con una sonrisa fría.

Antes de que ella pudiera responder, alguien llamó a la puerta y Albert fue a abrir.

—¿Más compañía? —preguntó él, y lanzó su Stetson en el sofá, junto a ella, antes de sentarse en una butaca y después de haber tomado un precioso plato de porcelana para usarlo de cenicero.

Nora se volvió y miró con preocupación hacia la puerta principal, mientras se abría para dar paso a Edward

Summerville. Estaba impecable con su traje y su bombín. Se quitó el sombrero y entró en el salón después de que Albert lo anunciara de mala gana.

—Nora, mi tesoro —le dijo, intentando tomarle la mano. Ella la apartó rápidamente.

—No soy tu tesoro —afirmó ella con frialdad—. Y no voy a casarme contigo.

—Sí, sí vas a hacerlo —replicó él, y miró con curiosidad al vaquero que estaba sentado en la butaca—. ¿Quién es?

—Te presento a Callaway Barton —dijo Nora—. Y ya hemos hablado suficiente. Dispárele, por favor, señor Barton.

Ambos hombres la miraron con confusión.

—Puede dispararle en un pie —continuó ella—. Yo preferiría que le disparara al corazón, pero estoy dispuesta a ser indulgente. Y ahora, si no le importa —insistió ella, señalando a Edward.

Edward arqueó las cejas.

—¡Nora!

Cynthia volvió en aquel momento.

—Vaya, señor Summerville —dijo, mirándolo, y mirando después a Cal Barton, que seguía sentado en la butaca con las piernas cruzadas.

—Cierra los ojos, madre —le dijo Nora con calma—, mientras el señor Barton dispara a Edward.

Cynthia inhaló bruscamente y se dejó caer sobre otra butaca.

—Nora, querida...

—No puedo disparar a un hombre sin motivo —dijo Cal, desconcertado.

—Yo tengo motivos —respondió Nora acaloradamente, mirando con odio a Edward—. Me ha insultado, me ha humillado, ha puesto en peligro mi vida y ayer mismo intentó chantajearme para que me casara con él.

Edward la miró con la boca abierta.

—¡Estás mal!

—Estoy de acuerdo —dijo Cynthia—. Nora, ¿quieres tumbarte, querida?

—No, no quiero —respondió Nora—. El hecho de tumbarme es lo que me ha puesto en esta situación —añadió con una mirada de furia a Cal Barton, que tuvo que apretar los dientes por aquella insinuación.

—No entiendo nada —dijo Cynthia.

—¿Qué es todo este escándalo? —preguntó el padre de Nora, que entró en el salón en aquel momento. Parecía que estaba más irritado de lo normal, sobre todo al ver a Cal—. ¿Quién es este vaquero? ¿Y qué está haciendo este canalla aquí, Cynthia? —añadió, mirando furiosamente a Summerville.

—¿Por qué no me lo preguntas a mí, papá? —murmuró Nora—. ¿O es que no crees que tenga suficiente cerebro como para contestarte?

—¡Nora, cállate! —le soltó su padre—. ¿Summerville...?

—Creo que el quid de la cuestión es que Nora no quiere casarse con este individuo —dijo Cal, señalando a Edward con el cigarro. Finalmente, había empezado a entender la situación.

—¿No? —preguntó Edward—. Pero lo hará, ¿verdad, Nora?

Nora respiró profundamente.

—No —dijo—. No quiero casarme contigo, Edward.

—Has pasado semanas conmigo en Inglaterra —dijo Edward—. Y estás embarazada —añadió con petulancia.

El padre de Nora se volvió hacia ella hecho una furia.

—¿Es eso cierto? —le preguntó—. ¡Responde!
—Sí —dijo ella en voz baja.
Su padre la abofeteó al instante. El sonido de la bofetada, junto a un jadeo de dolor, resonó por la habitación.

CAPÍTULO 9

Antes de que el sonido de la bofetada se apagara por completo, Cal Barton había saltado de su butaca con una agilidad felina y el padre de Nora había aterrizado de espaldas en el suelo.

—Hijo de... —Cal omitió el resto. Permaneció sobre el hombre con los puños apretados a ambos lados del cuerpo, con un aspecto tan peligroso como el que hubiera podido tener un forajido de verdad—. Si vuelve a tocarla, ¡le romperé el cuello!

Ni siquiera alzó la voz, pero la amenaza era evidente. Su postura era intimidante. Sumado eso a la fría mirada de sus ojos pálidos y a la autoridad con la que hablaba, incluso Summerville dio un paso atrás.

Marlowe se incorporó con incredulidad, sujetándose la mejilla con la palma de la mano. Nora también estaba acariciándose la mejilla dolorida, pero tenía los ojos brillantes. Al menos, le importaba lo suficiente a Cal como para que él no permitiera que la maltrataran. Eso ya era algo. Además, no sintió ninguna pena al ver a su padre sentado en el suelo con aquella cara de asombro. ¡Pegar a una mujer embarazada!

—El niño es mío —dijo Edward Summerville en voz alta—. Estoy dispuesto a casarme con Nora para darle un apellido legítimo —añadió.

Cal miró a Eleanor, y lo que vio en su rostro contradijo todas las cosas que él había pensado hasta aquel momento. El brillo de sus ojos era inconfundible. Pese a todo, ella lo quería a él, y si sentía eso, era imposible que se echara en brazos de otro hombre. Cal lo sabía en lo más profundo de su ser, pese a lo que pudiera decir Edward Summerville.

—No —dijo con calma, sin apartar sus ojos de los de Nora—. El niño es mío. Y Eleanor se casará conmigo en cuanto pueda arreglarlo.

Eleanor lo miró con ternura.

Su padre volvió a enfurecerse.

—¿Mi hija, casándose con un vaquero? —explotó—. ¡No lo permitiré!

—¿Y prefiere tener a este individuo como yerno? —le preguntó Cal con frialdad, refiriéndose a Summerville.

—Edward no tiene dinero —le dijo Nora—. Me contó que su padre se ha jugado toda la fortuna de la familia. Quiere casarse conmigo para tener tu fortuna, padre. El niño no es suyo. ¡Yo nunca permitiría que sus repulsivas manos me tocaran!

Edward se ruborizó. Miró a Nora con desprecio.

—¿Estarías dispuesta a casarte con este mendigo? ¿Y dónde vivirás, Eleanor, en una choza? Tendrás que cocinar y que limpiar. No tendrás sirvientes ni dinero.

Nora palideció, pero no dijo una palabra.

Cal observó atentamente su expresión. Quizá el niño fuera suyo. Quizá fuera cierto que ella lo quería. Sin embargo, seguía siendo una mujer de la alta sociedad, y era evidente que no pensaba que él fuera lo suficientemente bueno para ella. Y no era la única; sus padres también estaban espantados. Sonrió con frialdad. Bien, la señorita Eleanor Marlowe podía casarse con él y volver a Texas, pero no a la opulencia de Látigo, el rancho familiar, situado cerca de El Paso. Oh, no, la señorita Marlowe, de Richmond, no conocería aquel entorno tan elegante. Iría a vivir con él a la cabaña del capataz del rancho Tremayne, y se convertiría en un ser humano que no miraría a los demás por encima del hombro ni los consideraría inferiores a ella. Si él tenía que perder su libertad por aquel error, ella perdería su vida de lujos. Sería un intercambio.

Mientras Cal estaba pensando en silencio, el padre de Nora se puso en pie. Miró a Cal con desprecio, pero caminó hacia su hija.

—No permitiré este matrimonio —dijo—. Si te casas con este rufián, ¡me lavo las manos en cuanto a ti para siempre!

—Oh, no, querido, no puedes hacer eso —añadió Cynthia débilmente. Había palidecido y había dado un paso hacia su hija cuando su marido la había golpeado, pero estaba muy intimidada por él, demasiado como para protestar por cualquier cosa que él hiciera. Siempre había sido igual.

—Puedo, y lo haré —respondió él, y se volvió hacia Cal—. No permitiré que mi hija se case con un hombre que está tan por debajo de ella. Se casará con un hombre de nuestra clase, de nuestro nivel social.

Cal arqueó una ceja y miró a Nora.

—Así que lo has aprendido de él —murmuró. Después se volvió nuevamente hacia el señor Marlowe—. A mí me parece que es un poco tarde para ponerse quisquilloso. En un mes, su estado empezará a notarse.

Edward miró a su alrededor y se encogió de hombros. Después se puso el bombín.

—Bueno, te deseo alegría —le dijo a Nora con una sonrisa venenosa—. Cuando te canses de vivir como una esclava, quizá te dé otra oportunidad, Eleanor... si todavía estás en condiciones de casarte.

Aquello era una velada insinuación a las fiebres, y Nora palideció. Pese a lo que le había dicho el doctor, no se sentía muy optimista sobre su futuro. Y no sólo temía por sí misma, sino también por el bebé.

—Algún día, Dios te castigará por tu culpa en mi sufrimiento, Edward —le dijo en un susurro—. Te lo prometo. La crueldad siempre encuentra un castigo.

Edward se echó a reír, hasta que notó que Cal se movía. Entonces, se encaminó diligentemente hacia la salida.

—Debo ocuparme de unos asuntos. Buenos días —dijo, y se marchó.

Cuando los cuatro quedaron solos, el señor Marlowe se volvió con furia hacia su hija.

—Haz las maletas y sal de mi casa, fresca —le dijo—. Nunca volverás a recibir un penique mío. Puedes pedírselo a tu... amante. No vuelvas nunca más por aquí. ¡Me has deshonrado!

Después salió de la estancia con un gran portazo.

Cynthia estaba llorando.

—Oh, Nora, ¿cómo has podido hacernos esto? —le preguntó a su hija—. Yo intenté educarte para que fueras una buena chica, una buena cristiana...

Cal ya había oído suficiente. Después de ver cómo era su familia, entendía mucho mejor a Nora, aunque las veladas insinuaciones de Summerville seguían desconcertándolo. Tendría que preguntarle a Nora a qué se refería cuando tuviera oportunidad. En aquel momento, lo más importante era sacarla de aquel agujero. Parecía que estaba enferma.

—Recoge tus cosas y vayámonos, Nora —le dijo Cal gentilmente, mientras la ayudaba a levantarse del sofá. No recordaba haberse sentido nunca más protector hacia nadie.

Nora no discutió. Pasó por delante de su madre con el corazón encogido, temblando. Por fortuna, la mayoría de sus cosas todavía estaban recogidas en las maletas puesto que acababa de llegar de su viaje de Inglaterra, y lo único que tuvo que hacer Albert fue sacarlas a la calle, donde Cal paró un carruaje. Nora dejó atrás las cosas que no estaban en el equipaje sin lamentarlo.

Cynthia salió a la calle con ellos.

—Oh, Nora, ¡cómo has podido hacernos esto! —dijo quejumbrosamente—. ¡Cómo has podido avergonzarnos así, después de todo lo que hemos hecho por ti! ¡Qué desagradecida eres!

—Tú nunca me has defendido —la acusó Nora—. Durante toda mi vida, siempre que él me castigaba tú lo aprobabas, fuera cual fuera el castigo. Incluso esto —dijo, y se tocó la mejilla enrojecida.

—Es mi marido —dijo Cynthia—. Hacer lo que él me diga es mi deber en la vida. Además, Nora, tiene razón. Nos has deshonrado.

—¿Es que lo único que os importa es el estatus? Lo que nos pase a mí y a mi hijo no os importa. Soy una paria, alguien a quien habéis descartado porque os puede causar vergüenza. Ninguna hija mía sufrirá algo semejante, ni aunque me amenacen con colgarme del árbol más próximo por defenderla.

Cynthia palideció y retorció su pañuelo.

—Oh, querida, no lo entiendes. Es el negocio de tu padre, su riqueza...

—La Biblia dice que a un hombre no le sirve de nada ganar todo el mundo si pierde su propia alma, ¿no? —le preguntó Nora.

Vio cómo su madre se sonrojaba, antes de volverse hacia el carruaje, al que Cal la ayudó a subir. Él se sentía orgulloso de ella.

Cal tomó las riendas mirando con frialdad a Cynthia.

—Un día —dijo en voz muy baja—, tendrán motivos para lamentar sus acciones.

Después asintió para despedirse, y sin hablar, hizo que el caballo se pusiera en movimiento. Estaba pensando en el futuro, en el momento en que Nora y su familia supieran la verdad. Quizá fueran ricos, pero sus finanzas eran poca cosa comparadas con las de los Culhane.

—No permitas que te vea llorar —le dijo suavemente a Nora cuando oyó que sollozaba—. Tienes agallas, eso te lo concedo. Y, allí donde vamos, vas a necesitarlas.

Ella no respondió. Se secó las lágrimas y recobró la compostura. Ni siquiera cuando habían recorrido la calle miró hacia atrás. Aquella parte de su vida había terminado, y a partir de aquel momento, tendría que aprender a vivir en un mundo drásticamente distinto.

Antes de que Nora volviera a pronunciar una palabra, habían llegado a la estación. Por el camino, ella había empezado a pensar en Cal, y en lo que había podido costarle que ella le rogara que hiciera un camino tan largo para ir a buscarla. Además de eso, lo había puesto en una situación incómoda. Él no quería casarse con ella. La había rescatado, por decirlo de algún modo, pero no debía pedirle nada más.

—He debido de causarte un gran gasto —le dijo con un hilillo de voz—. Pero tengo un poco de dinero ahorrado. Puedo pagarte el billete de tren, al menos. Sólo necesitaba tu ayuda para evitar que me obligaran a casarme con Edward. Estaré bien. Puedo ir a Nueva York y buscar algún trabajo allí.

Cal la observó atentamente.

—El niño es mío.

Era una pregunta. Ella inclinó la cabeza.

—Eso es cierto —le dijo—. Pero no considero que tú seas el único responsable. También fue culpa mía. No tienes por qué sacrificar tu libertad.

—Nos casaremos por el camino, para no tener que avergonzar a tu familia anunciándole tu estado a un sacerdote local.

Ella cerró los ojos al sentir una punzada de vergüenza. No había pensado en aquello. Volvería con sus tíos a Texas, pero de una forma muy distinta; en vez de ser una invitada, sería poco más que una sirvienta. Al pensarlo, sintió una herida en el orgullo.

—No es necesario —dijo de nuevo, intentando buscar una forma de librarse.

—El niño debería ser nuestra principal preocupación, no nuestro bienestar —le recordó él rotundamente—. Él no pidió que lo crearan.

—Pero tú no me quieres.

—No quiero tener esposa —dijo Cal—, pero no soy tan canalla como para dejarte a merced de unos extraños. Vamos.

Ella lo siguió por el andén y se mantuvo a su espalda mientras él compraba los billetes, observando la anchura y la fuerza que irradiaba. Tenía un aire de autoridad, algo que debía de haber adquirido durante su servicio en el ejército en la guerra entre España y Estados Unidos en el año 1898. Sin embargo, había algo más. Hablaba con firmeza, como si estuviera acostumbrado a que la gente saliera corriendo a cumplir sus órdenes. Y no había titubeado a la hora de golpear a su padre cuando la había atacado. Era asombroso que Cal Barton no tuviera miedo de los hombres ricos. A ella le encantaba que fuera tan valiente. Lo conocía físicamente, pero en realidad no sabía nada de él.

Él se volvió con los billetes en la mano, y juntos se sentaron en los asientos de madera de la estación.

—¿Te apetecería un refresco, o un poco de té? —le preguntó amablemente.

Ella sonrió.

—En realidad creo que me apetecería un whisky, salvo que no he probado el alcohol en toda mi vida.

Él se inclinó hacia ella.

—¿Estás bien, Eleanor? —le preguntó con suavidad.

Nora alzó la cabeza y se sorprendió al encontrarlo tan cerca. Se rió con cierto nerviosismo.

—Claro. Gracias por venir, por defenderme. Yo podría haber librado mi propia batalla, si no hubiera estado tan cansada del viaje de vuelta de Inglaterra.

—Creo que no habrías podido hacerle frente a tu padre —dijo él, y cambió de tema para no entristecerla—. Entonces, ¿te apetece un té?

—Sí, sería estupendo. ¿Hay algún salón de té por aquí cerca?

—Sí. Y algo incluso mejor —respondió Cal, mientras con su aguda mirada localizaba una señal que colgaba sobre una puerta, casi al final de la calle—. Vamos.

Dejaron las maletas al cuidado del mozo de la estación, porque el tren no iba a salir hasta una hora después, y él guió a Nora por el largo paseo de madera hasta una casita que había junto a una fila de tiendas.

—¿Aquí?

—Sí —dijo él, asintiendo con solemnidad—. Aquí. Será mejor que lo hagamos cuanto antes —añadió entre dientes.

Aquel comentario no sirvió para aliviar la tristeza que sentía Nora mientras Cal la acompañaba dentro del pequeño edificio.

No duró mucho. El juez de paz escuchó la historia que le contó Cal: que tendrían que ir hasta Texas en mitad de un escándalo porque no estaban casados y querían estarlo. La reputación de Nora quedaría manchada para siempre. No dijo nada sobre su estado, pero siguió y siguió hablando hasta que la esposa del juez de paz comenzó a llorar de pena.

—¡Por supuesto que los casaré inmediatamente! —dijo el anciano, y su mujer le dio unos golpecitos en el hombro a Nora para reconfortarla—. Venga conmigo, señor Barton, y rellenaremos los documentos necesarios.

Cal vaciló. Tendría que hacer algún truco en aquel momento, porque no podía casarse con un nombre falso. Sin embargo, no tenía intención de permitir que Nora supiera cuál era su apellido. El juez de paz y él rellenaron los papeles, pero Nora firmó antes de que se hubiera añadido el apellido de Cal. Cal se aseguró de recoger él mismo la licencia, y no ella, así que Nora no tuvo oportunidad de ver el verdadero nombre.

La ceremonia fue muy breve, y Nora y Cal estuvieron juntos, en silencio, mientras el juez de paz pronunciaba las palabras. Ella se sentía muy triste; siempre había imaginado que tendría una magnífica boda, con muchos invitados distinguidos, un traje blanco y un ramo de rosas blancas. Sin embargo, todo era muy distinto: estaba embarazada, y el hombre que tenía a su lado no quería casarse con ella. Se sentía como si la estuvieran vendiendo a la esclavitud, y sólo era culpa suya. Tenía ganas de llorar.

Y lo hizo cuando el juez de paz los declaró marido y mujer. Ni siquiera tenían alianzas, y Cal no se acercó a ella ni un paso cuando el hombre que los había casado invitó a Cal a besar a la novia.

Cal miró a su novia y vio las lágrimas en sus mejillas. Apretó los dientes. Se sacó un pañuelo del bolsillo y, lentamente, se las secó.

—No he tenido un vestido adecuado, me lo merezca o no —susurró—. Ni ramo de flores, ni damas de honor...

Cal se quedó helado.

—Bueno, al menos tienes marido —le dijo—. ¡Una mujer en tu estado debería sentirse agradecida!

Ella se mordió el labio y miró hacia arriba. Él estaba furioso. Nora notó su ira casi como algo tangible.

—Vamos, vamos —les dijo el juez de paz para consolar a la novia—. Éste es un momento muy emotivo, ¿verdad?

Cal no dijo nada. Las palabras apresuradas de Nora habían hecho que fuera consciente, una vez más, de la actitud condescendiente de aquella mujer hacia él. De no haber precipitado aquella crisis seduciéndola, ella nunca se habría casado con él. Habría contado su dinero y habría comprobado cuál era su estatus social antes de considerar la posibilidad.

Por otra parte, Cal sabía que sus padres nunca entenderían aquel matrimonio relámpago. Su madre se indignaría al saber que su hijo había deshonrado a una mujer y había tenido que casarse con ella para salvar su reputación. Iba a llevarse una buena reprimenda cuando llegara a casa. Y, al mirar el rostro apenado de Nora, se preguntó cómo reaccionaría ante la noticia de que se había casado con un hombre muy rico, porque finalmente tendría que decírselo.

La llevó a la pequeña tetería y pidió té y sándwiches.

—No puedo comer nada —dijo ella con cansancio.

—Pero lo hará, señora Barton —respondió él—. Quiero tener un hijo sano.

Ella se ruborizó y lo miró de manera fulminante.

—¿Se lo has dicho ya a Dios?

Él se rió ante su inesperada reacción.

—Todavía no —admitió. Después entrecerró los ojos y se fijó en su cara delgada—. No te ha resultado fácil, ¿verdad? —le preguntó comprensivamente—. El viaje a Europa debió de ser muy duro para ti. Y supongo que Summerville estuvo presente todo el tiempo.

Ella sacudió la cabeza mientras removía el té.

—Averiguó por mis padres que yo estaba en Londres, y me siguió hasta allí. Su familia tiene amistad con mis parientes, los Randolph, y lo invitaron a quedarse en su casa. Yo lo detesto. ¿Fue Melly quien te contó lo del viaje a África?

Él frunció el ceño.

—No. ¿Qué pasa con África?

—Pero... tú dijiste que sabías lo de Edward.

—Sabía que estuvo en Europa contigo —dijo él.

Aquello cambiaba mucho las cosas. En aquel momento, ella no supo qué decir. Sería fácil contárselo, pero ¿para qué iba a cargarle también con aquello? ¿Para qué iba a infligirle un daño mucho mayor informándole de que se había casado con una inválida? La mala suerte de Cal empeoraba, porque, a partir de aquel momento, él tendría que mantenerla. Si se ponía enferma, ¿qué sucedería? ¿Podría trabajar y cuidarla al mismo tiempo? Era un hombre orgulloso. Eso lo devastaría. Nora contuvo un sollozo al pensar en la tristeza que le había causado a todo el mundo por no ser lo suficientemente fuerte y rechazarlo en la cabaña aquel día.

—¿Estás pensando en la riqueza que has perdido al casarte conmigo y lamentando tu precipitada decisión? —le preguntó él al oír el pequeño sonido, que malinterpretó—. Quizá Summerville te acepte todavía.

—Ahora tú eres mi marido —dijo ella.

—Y para tu familia, por supuesto, el divorcio es tan poco aceptable como el hecho de ser madre soltera —dijo él con aspereza.

—Oh, me enfureces —respondió ella con una mirada fría. Le dio un sorbito al té y añadió—: ¡Yo estaba deseando que llegara Acción de Gracias para disfrutar de una gran fiesta con mi familia y mis amigos en mi casa, y ahora tendré que conformarme con comer carne de vaca en una cabaña! —dijo con deliberada altivez, devolviéndole el golpe donde ella pensaba que le haría más daño.

—Carne de vaca no, querida —le respondió él—. Pavo. Pavo salvaje. Espero que sepas cocinar. Yo no sé nada en absoluto.

—¿Cocinar?

La expresión de su cara hizo sonreír a Cal.

—Y limpiar —añadió—. Lavar, planchar y hacer todas las cosas que las esposas texanas hacen con alegría y orgullo.

—¡Mi tía...!

—Tu tía es ahora superior a ti socialmente, ¿o no te acuerdas de que te has casado con el capataz de su esposo? —le dijo él con sarcasmo—. Imagínatelo. En vez de comer en porcelana delicada, seguramente te verás trabajando en su casa, fregándola —añadió, y se inclinó hacia delante—. Y en cuanto al pavo, no sólo tendrás que cocinarlo, querida. También tendrás que cazarlo, matarlo y limpiarlo.

CAPÍTULO 10

—¡Oh, por el amor de Dios! —murmuró Cal mientras se arrodillaba para sujetar a Nora, que se había desmayado en la silla.

Ella a penas podía respirar a causa del corsé. ¡Cómo odiaba aquel artilugio anticuado!

—Es esta maldita cosa, ¿no? —murmuró él, tirando del corsé bajo su vestido—. No puede ser bueno para el bebé, Nora.

Él había usado su diminutivo, y con ternura. Si no estuviera tan mareada, quizá hubiera disfrutado del hecho de oírlo en su voz grave, lenta. Se agarró al borde de la mesa e inclinó la cabeza hacia delante. Sintió náuseas.

—Hablando de las cosas que no son buenas para el bebé, ¡entre ellas está que me digas que tengo que matar a un pavo!

—Me pondré una mordaza —le dijo él con irritación—. Si la sola mención de preparar la comida te altera tanto, probablemente los dos nos moriremos de hambre.

Sonaba tan masculino que ella comenzó a reírse. Su genio no infundía miedo, como el de su padre. Algunas veces era incluso divertido.

—Bueno, ahora estás más contenta —dijo él, y se relajó un poco—. ¿Estás mejor?

—Sí.

—Es casi hora de tomar el tren, y no has comido nada. Pediré que nos envuelvan los bocadillos. Podemos comerlos durante el viaje. Espera aquí, yo me ocuparé de todo.

Nora lo adoraba cuando era protector y considerado con ella. Aquello era todo un cambio de su habitual actitud burlona.

Más tarde, cuando ya estaban en el compartimento privado que había conseguido para ellos, Nora le preguntó con inseguridad:

—¿Les has enviado un telegrama diciéndoles que vamos?

—Por supuesto. Trabajo para tu tío, ¿no te acuerdas?

Ella se ruborizó.

—No podría olvidarlo —dijo, y se movió con incomodidad. El sol se estaba poniendo, y ella tenía sueño.

—¿Por qué no te tumbas, Nora? —le dijo él—. Yo te prepararé la cama.

Nora lo miró sin comprenderlo. Eso significaba que tendría que desnudarse, por supuesto, e iban a dormir en el mismo compartimento. ¿Querría él… esperaba que…? Abrió unos ojos como platos, y por sus mejillas enrojecidas, Cal supo lo que estaba pensando.

Aquello le enfadó.

—Estás débil y enferma —le dijo de mal humor—. ¿De veras piensas que voy a hacer uso de mis derechos conyugales ahora?

Ella se apretó las manos.

—Perdóname. Estoy… estoy muy cansada, y no pienso con claridad. Claro que no lo harías.

Él la apartó suavemente y preparó la cama para ella. Después cerró las persianas que daban al pasillo.

—Iré al vagón de fumadores mientras te pones el camisón —dijo él antes de que ella se lo pidiera—. Quítate ese endemoniado corsé —añadió con enfado—. ¡Es insano que una mujer embarazada lleve semejante prenda!

—No puedo estar sin él —susurró Nora.

—Claro que sí. Mañana puedes ponerte una combinación. Nadie se dará cuenta.

—Pero... es indecente.

Él la tomó por los hombros y la sujetó ante sí. A Nora se le había olvidado lo alto y lo fuerte que era hasta que se acercó. Ella percibió el suave olor a colonia que desprendía, y se maravilló de lo limpio que iba. Incluso tenía las uñas inmaculadas.

—Indecente, pero cómodo —dijo Cal, y la miró a los ojos—. ¿Cómo te sientes acerca del bebé?

Aquella pregunta la tomó por sorpresa. Estaba perdida en sus ojos, en su contacto.

—Dichosa —susurró Nora.

Él no había esperado aquella respuesta. Respiró profundamente.

—Dichosa —repitió con suavidad.

Recorrió con la mirada el cuerpo esbelto de Nora, y después volvió a mirarla a la cara. Se sentía confuso por las emociones que ella le provocaba. El amor le era extraño, aunque no el trato con las mujeres. Sin embargo, aquélla hacía que se sintiera cálido por dentro. Le proporcionaba paz. Eran sensaciones extrañas. Además, comenzó a sentir una tensión, una excitación que ella, en su estado, no podría satisfacer. El deseo había brillado por su ausencia desde la última vez que la había visto. Qué extraño que no se hubiera dado cuenta.

Nora suspiró suavemente, temerosa de romper el hechizo.

—¿Y tú? —le preguntó—. ¿Lamentas lo del bebé?

—No —dijo Cal.

—Pero, ¿no te alegras?

Él estaba preocupado. Le apretó los hombros.

—Tengo treinta y dos años, y he tenido una existencia dura. Todavía la tengo. No había pensado en sentar la cabeza, y menos en formar una familia. Yo... me adaptaré. Pero necesitaré tiempo, Nora.

—Entiendo.

Sus ojos, llenos de desilusión, se fijaron en las solapas de su chaqueta. Le gustaba sentir la suavidad de la tela bajo las manos extendidas.

Él también extendió una mano sobre su mejilla, e hizo que alzara la cabeza y que lo mirara. No le gustaba aquella tristeza. Se inclinó lentamente y la besó con ternura. Sólo quería reconfortarla, pero entonces sintió que temblaba y que se le cortaba la respiración. Notó que apretaba los dedos contra su chaqueta. Él elevó la cara, y al mirarla, vio que en su rostro había azoramiento y deseo a partes iguales.

Nora era un misterio. Tan altiva hasta que la acariciaba, y después, tan receptiva que hacía que le hirviera la sangre en el cuerpo.

—El vagón de fumadores —le dijo ella.

Él frunció el ceño.

—¿Te avergüenza tanto desear mis besos? —le preguntó—. Porque te aseguro que a mí me encanta tener una esposa que no pueda disimular el placer que siente con mis caricias.

—¿De... de veras?

A él, su sonrisa tímida le resultaba fascinante. Se la devolvió. Con el pulgar, le tiró del labio inferior, y bajó la cabeza de nuevo, haciendo que sus labios se adaptaran exactamente a los de ella, en aquel silencio en el que resonaba el continuo movimiento de las ruedas de metal contra los raíles.

Cal la abrazó y la atrajo suavemente contra su cuerpo delgado y atlético.

—No, no cierres la boca, Nora —le susurró cuando ella unió los labios—. Ábrela muy despacio... sí, así...

Entonces, ella notó que él jugueteaba con su labio superior, rozándolo con la punta de la lengua, y que se abría paso hacia su boca. Durante todo el tiempo oía su respiración pesada, que contrastaba con la paciencia que le estaba demostrando. Nora deslizó las manos hacia su cuello y las detuvo en sus clavículas, disfrutando del tacto del vello suave que él tenía en el pecho.

Aquellas caricias excitaron a Cal.

—Espera —le susurró.

Se detuvo y se quitó la chaqueta. Después tiró de la camisa y se la sacó de la cintura de los pantalones, sin dejar de mirar a Nora mientras se la desabotonaba. Ella tenía las pupilas dilatadas, la respiración entrecortada, sonora.

Cal se estremeció al ver la expresión fascinada y hambrienta de su rostro. Con un sonido áspero, se quitó la camisa y le tomó las manos para que ella las posara sobre su piel. Se estremeció al notarlas sobre sus músculos calientes, desnudos. Entonces, también su respiración se hizo entrecortada, mientras ella lo acariciaba con inseguridad. ¡Era una sensación gloriosa!

—¡Nora! —susurró, atormentado, mientras se inclinaba para besarla de nuevo.

Ella se colgó de su boca y, sin darse cuenta, comenzó a apretarse contra él, y ni siquiera se retiró al sentir la dureza del cuerpo de Cal contra el vientre. Él la tomó por las caderas e hizo que rotara en una danza descarada, seductora, hasta que ella gimió bajo su boca exigente.

El calor que estaban generando era cegador. Nora notó las manos de Cal en los botones de la espalda del vestido, y se arqueó para facilitarle la labor de desabrochárselo.

Cuando Cal le quitó el vestido por los brazos, encontró los lazos del corsé y siguió desnudándola; cuando por fin le aflojó la prenda lo suficiente como para poder sacársela por la cabeza y consiguió desnudarla, ella no intentó taparse. Él observó sus pechos pequeños con placer y curiosidad, al reconocer los cambios que el bebé le había provocado.

Le rozó la ancha areola y trazó una de las venas azules hasta la clavícula, mientras ella temblaba bajo sus dedos.

—Son... diferentes —le dijo—. No sé por qué.

Él siguió acariciándola con ternura y sonrió.

—Yo te lo diré —respondió él suavemente—. Un vaquero aprende rápidamente cosas sobre la concepción y el nacimiento, y de los cambios que experimentan en el cuerpo otras criaturas. Éstas —le explicó, dibujando las venas con la yema del dedo—, le llevan más sangre a tus pechos para que puedan preparar la leche de nuestro hijo. Y esto —añadió, acariciándole un pezón hasta que se endureció y ella gimió—, se agranda para que el bebé pueda mamar.

Las imágenes, y la voz tierna, profunda y emocionada de Cal consiguieron que a Nora le temblaran las rodillas.

—Nunca pensé... —susurró ella.

Él se inclinó y la tomó en brazos, y después se sentó en la cama con ella. Siguió acariciándole el pecho suavemente, dulcemente.

—Tienes la piel de alabastro —murmuró Cal—. Y hueles a rosas. Quiero sentirte bajo mi cuerpo, Nora, y quiero sentir la suavidad de tus piernas frotándose contra las mías mientras me hundo en ti.

—¡Cal! —exclamó ella, y escondió la cara contra su cuello, avergonzada por las cosas que él le decía sin ninguna inhibición.

—Eres muy tímida, esposa mía —le dijo él al oído—, y demasiado receptiva a mí. Acércate. Hace demasiado tiempo que no siento tu piel contra la mía.

Él hizo que le rodeara el cuello con los brazos y la apretó contra sí, sin dejar de mirarla a los ojos mientras la movía suavemente contra su pecho.

—Es agradable, ¿no?

Ella no respondió, y él sonrió.

—Una dama no puede admitir que siente estos placeres oscuros, ¿es eso? —preguntó, bromeando.

—Se supone que una mujer decente no puede sentir placer —dijo ella con preocupación.

Él se rió.

—Oh, Nora, ¿de verdad eres tan inocente? ¿Piensas que, como la sociedad dicta indiferencia estoica hacia lo sensual, no existe? Dime que nunca has echado un vistazo a las palabras de Swinburne.

Ella se ruborizó y bajó la mirada hacia su pecho.

Lo que sintió Cal le borró la sonrisa del rostro, y le tomó la cara con las manos mientras se estremecía. Ella notó aquel escalofrío. Parecía que a él le gustaba sentir su cara contra el pecho, pensó, fascinada. Cal estaba titubeando, como si quisiera pedirle algo pero no se atreviera por miedo a asustarla.

—¿Cal? —susurró—. Haré... cualquier cosa que te guste.

Él cerró los ojos y gruñó. Apretó suavemente las manos en su pelo.

—Nora, cariño... posa la boca sobre mi piel —le pidió en un susurro—. No, así no... ábrela. Y... ahí —dijo, y la guió hacia su pezón.

Ella se quedó asombrada, primero por la petición, después por su modo de reaccionar, y después por sus gemidos de placer. En la boca, Nora notó el pezón pequeño, duro, y también la humedad de su piel y los latidos imperiosos de su corazón.

Le mordisqueó el pecho perezosamente, disfrutando de aquella intimidad. ¡El matrimonio era muy excitante! Sonrió y alzó la cabeza, y se encontró con sus ojos pálidos, brillantes.

—¿Te gusta hacerme esto? —le preguntó él con la voz ronca—. ¿Te gusta verme a tu merced?

Ella asintió. Tenía la respiración demasiado entrecortada como para hablar.

—Entonces, hazlo de nuevo.

Nora se deslizó contra él para encontrar el otro lado, y con las manos le acarició los músculos cálidos, mientras saboreaba la extraña masculinidad de su torso con los labios suaves y ansiosos.

Cuando él no pudo soportarlo más, se inclinó y encontró su boca, y la besó hasta que ella tuvo los labios hinchados y el cuerpo se le elevaba al ritmo de las lentas caricias de la mano de Cal.

Él le había subido el vestido hasta las caderas, y estaba acariciándole la suave redondez del vientre y el estómago. Levantó la cabeza y miró hacia abajo, y sonrió posesivamente al ver la ligera elevación.

—Tienes una cara muy petulante —le acusó ella, entrecortadamente.

—Te he dejado embarazada —dijo él, y la miró con el ceño ligeramente fruncido—. Me inquieta que todo sucediera tan fácilmente, y tan rápidamente.

—Porque podría haber un gran número de niños —dijo ella, entendiendo lo que pensaba.

Cal asintió.

—La alternativa es la abstinencia —dijo él—. U otras mujeres. Y eso no estoy dispuesto a considerarlo —añadió antes de que ella pudiera hablar—. Nora, me he dado cuenta de que no he vuelto a desear a otra mujer desde aquella tarde que pasamos juntos.

Lo dijo como si le molestara, pero a ella se le iluminó la cara.

—No te preocupes tanto —le dijo—. Debemos vivir el momento.

Él posó con ternura la mano sobre su vientre, y la miró a los ojos.

—Te deseo. Sería seguro, porque no hay riesgo de que vuelva a dejarte embarazada. Pero no haré nada en contra de tu voluntad.

—Es vergonzoso admitirlo —confesó ella—, pero yo también te deseo.

—¿Será peligroso para el bebé? —preguntó Cal—. Tendré mucho, mucho cuidado contigo.

Ella le rodeó el cuello con los brazos.

—Lo tuviste incluso la primera vez —recordó Nora, y escondió la cara en su cuello—. Oh, ¡ámame! —le susurró con fervor—. ¡Ámame, ámame!

Él emitió un sonido áspero desde la garganta y la tendió sobre la cama.

Nora se estremeció durante un largo rato después, acurrucada contra el cuerpo desnudo de Cal, bajo la sábana blanca que los cubría. Él estaba preocupado.

—¿Qué te ocurre? —le preguntó ella.

—Has sangrado un poco.

Ella se acurrucó más contra él.

—Sí, pero no me ha dolido.

—De todos modos, quizá no sea bueno para el bebé —dijo él—. Al final fui brusco contigo. No quería, pero mi cuerpo estaba demasiado ansioso como para atenerse a razones.

Nora recordó las últimas sacudidas fieras con placer, viendo de nuevo el cuerpo de Cal arqueado sobre ella, mientras él gemía entre convulsiones. Al verlo, ella misma había llegado a la cima del placer, y aunque fue menos violento, fue igual de satisfactorio.

Él le acarició el pelo.

—Me gusta que me mires. El placer se vuelve casi insoportable al sentir tus ojos.

Ella escondió la cara en su cuello.

—Me gusta… mirarte —le confesó en un susurro—. Es muy íntimo.

—Estamos casados —le recordó él.

—Si, pero he aprendido cosas sobre mí misma que hacen que me sienta un poco avergonzada. Te susurro cosas que después hacen que me ruborice.

—¿Y te parece extraño, entre amantes?

—Tú eres el único amante que he tenido.

Él se movió e hizo que ella alzara el rostro ruborizado, para mirarla.

—Y tú eres la única amante que yo deseo —le dijo, observándola. Su pelo castaño estaba suelto, extendido por la almohada blanca, apenas visible en la penumbra del compartimento, cuando las luces de una ciudad pasaban por entre las rendijas de las persianas y lo hacían brillar.

Él metió una pierna entre las de ella e hizo que se moviera suavemente para quedar perfectamente adaptados el uno al otro. Él posó un dedo sobre sus labios cuando ella empezó a hablar otra vez.

—Pon tu pierna sobre la mía para que pueda acercarme más —le susurró.

Ella le obedeció, y notó la aspereza de su pierna larga contra la piel. Segundos después, él los había tapado y había posado la cabeza sobre la almohada.

—¡Cal, no podemos dormir sin los pijamas! —exclamó ella—. ¡Estamos desnudos!

—Sí, y es delicioso, Nora —susurró él, pasándole las manos por la espalda suave—. Qué exquisito es acariciarte la piel.

—Pero quizá entre alguien —dijo ella con preocupación.

—He cerrado la puerta con el pestillo, y las persianas están bajadas. Cariño, no hay nada de lo que preocuparse, te lo prometo. Y ahora, a dormir. Ha sido un día largo y difícil, y estás cansada. Y yo también.

Ella dejó de discutir y cerró los ojos. Tenía que admitir que era muy dulce. Tan dulce...

Cuando el movimiento de los rayos del sol a través de las persianas le rozó los párpados, Nora se sintió desorientada. Abrió los ojos y se encontró en un lugar extraño, y oyó el sonido de una respiración tranquila a su lado.

Volvió la cabeza y vio, con asombro, a un magnífico Cal Barton, totalmente desnudo, sobre la cama. Apartó los ojos rápidamente, pero al instante volvió a mirarlo y acarició con los ojos las líneas fuertes de su cuerpo, y se detuvo en el lugar secreto que había en la unión de sus piernas poderosas. Su anatomía la fascinaba. No había podido mirarlo bien la primera vez que habían estado juntos, por vergüenza. Sin embargo, en aquel momento él estaba dormido y ella podía satisfacer su curiosidad.

Alargó la mano hacia él, pero cuando se dio cuenta de lo que estaba haciendo, la apartó de golpe. Entonces oyó una risa y alzó la vista; se encontró con la expresión divertida de Cal.

—Acaríciame —le dijo él en tono de desafío—. Adelante, gallina, no te voy a morder.

—¡No puedo! —susurró ella.

—¿Por qué no? Soy de carne y hueso. Yo te acaricié anoche de todas las formas posibles.

Ella se tapó hasta el pecho con la sábana y apartó la mirada.

—Ven aquí, cobarde —Cal la atrajo hacia sí y, riéndose, arrastró la mano de Nora hasta el objeto de su curiosidad—. Deja de resistirte —le susurró—. Sabes que quieres hacerlo. Abre la mano.

Fue... extraño. Algo desconocido. Sin embargo, después de un minuto, Nora comenzó a relajarse y se rindió a los movimientos persuasivos de los dedos de Cal. Ella no sabía nada del cuerpo de un hombre, pero él se lo contó, con delicadeza, sin causarle vergüenza. Se lo explicó todo en el silencio de la madrugada de aquel compartimento.

—El matrimonio es muy complicado —dijo ella al final, cuando él le soltó la mano.

—Oh, sí —convino Cal—. Y también muy placentero.

Después, Cal se estiró y la apartó suavemente para poder ponerse en pie. Ella se sentó y lo observó con fascinación.

Al volverse y verla, Cal sonrió.

—¿Lo ves? Ya no te soy tan extraño, ¿verdad?

Ella le devolvió la sonrisa.

—Sólo un poco.

—Eres muy bella —respondió Cal. Le quitó la sábana de las manos e hizo que se levantara y se quedara quieta ante él. La estudió con admiración de pies a cabeza—. Exquisita. Perfecta.

Ella se apretó contra él, pero él la apartó entre risas.

—No, no —le dijo sin aliento, retrocediendo—. Estás demasiado frágil para eso, y yo no tengo demasiado control en este momento.

—¿Pero no puedes abrazarme? —le preguntó ella con curiosidad.

—Claro que sí. Después de que me haya vestido y me haya calmado —respondió él.

Cuando ambos se hubieron puesto la ropa, él se volvió hacia ella, pero su mirada quedó prendida en la mancha de sangre que había en la sábana. Ella también la observó, y se mordió el labio con preocupación.

—Quizá sea natural —dijo.

—Tienes que ver a un médico —respondió él con firmeza, y alzó la mano—. Nadie tiene por qué saber cuánto tiempo llevamos casados. Si tu tía te pregunta algo, dile que nos encontramos en secreto y que nos casamos antes de que te marcharas.

—Pero, ¿dónde? ¿Y quién?

—Nos casó el juez de paz de Richmond, por supuesto —dijo él, y se sacó la licencia de matrimonio del bolsillo, aunque escondió el lugar estratégico con el dedo pulgar—. Mira el nombre del sitio en el que se celebró el matrimonio.

—¡Tyler Junction! —exclamó ella—. ¿Pero cómo...?

—El juez de paz era un hombre muy comprensivo, y como sabía que era improbable que volviéramos a encontrarnos, no le importó quebrantar un poco la ley para concederme lo que le pedía.

Todo estaba claro. La amabilidad y la simpatía del hombre que les había casado y de su esposa, la breve ceremonia, el hecho de que no hicieran preguntas...

—Oh, Cal. ¡Le dijiste lo del bebé! —dijo ella angustiadamente.

CAPÍTULO 11

Cal plegó la licencia y la guardó.

—Tenía que decirle al juez de paz por qué queríamos casarnos con tanta prisa. Él quería que esperáramos —comentó él.

Ella exhaló un largo suspiro.

—¿Y si se lo cuenta a alguien?

—Te aseguro que es un hombre decente —respondió Cal—. No se lo dirá a nadie, y yo no podía llevarte al rancho de tu tío deshonrada, Nora.

—Lo hiciste para protegerme.

Él sonrió.

—Parece que no hago otra cosa, últimamente.

Ella se movió un poco y lo miró.

—Cuando yo esté completamente bien, te protegeré a ti —le dijo.

A él le brillaron los ojos.

—Una excelente sugerencia —se inclinó y le besó la frente—. Irás a ver a un médico —repitió él—. Y no tendremos más... relaciones hasta que lo hayas visto.

A Nora se le borró la sonrisa de la cara.

—Para ser una dama tan puritana, tienes un rostro extraordinariamente expresivo.

—No me siento muy puritana después de semejante noche —confesó ella.

Él sonrió. Le tomó las manos y se las besó.

—De todos modos, lo eres —dijo.

Nora sonrió.

—Estoy cansada —dijo con suavidad—. Quizá me venga bien para el estómago tomar un poco de té y una tostada.

Él le pasó un brazo por los hombros.

—Vamos a ver.

El día en que llegaron a Tyler Junction estaba lloviendo, pero Chester, Helen y Melly los estaban esperando en la estación, en el coche de caballos.

—¡Vaya bienvenida! —exclamó Nora cuando se habían abrazado todos y habían terminado de saludarse.

—Cal nos informó por telegrama de vuestro matrimonio secreto, y de la felicidad que va a llegar —dijo Melly alegremente—. ¡Oh, Nora, qué suerte tienes! Un marido y un bebé... ¡y estarás muy cerca de nosotros, así que podremos visitarnos mucho!

El jadeo de asombro de Nora fue disimulado por un gesto de Cal, que le pasó el brazo por los hombros y la atrajo hacia sí.

—Sabía que querrían saber cuanto antes que nos hemos reconciliado por nuestro bebé.

—Queremos saber todo lo que ha ocurrido últimamente —dijo Helen con firmeza.

—Sí, es verdad —convino Chester—. Pero, mientras, hemos preparado una pequeña fiesta de celebración para mañana por la noche. Así podréis instalaros en la cabaña y descansar, y Cal puede ayudarme con los detalles de las nuevas compras. He estado esperándolo antes de tomar ninguna decisión —dijo, y sonrió a Cal—. Él es un experto en todo lo referente a las invenciones mecánicas.

—Oh, he trabajado en sitios donde tenían maquinaria y tractores —dijo Cal, sin añadir que era la empresa de ranchos de su familia aquel sitio donde había aprendido.

—Bien, pero ahora no es momento de hablar de trabajo —dijo Helen, y tomó del brazo a su sobrina—. Melly y yo hemos hecho unas cortinas nuevas para la cabaña del capataz, y hemos mandado que la limpiaran a fondo. Esperamos que te guste lo que hemos hecho.

—Estoy segura de que me gustará —dijo Nora.

No quería admitir que estaba aterrorizada por tener que vivir en unas condiciones tan primitivas, y por ser menos que un miembro de la familia. Sin embargo, Melly y Helen no la estaban tratando como a una intrusa ni a una inferior. Y la noticia del bebé no asustó a nadie, gracias a la rapidez de pensamiento de Cal.

Le asombró un poco la amabilidad de su tía y su rápida aceptación del matrimonio, puesto que la tía Helen había expresado con claridad su desaprobación antes. La pregunta que no podía hacer le fue contestada de camino al coche.

—Estoy segura de que este matrimonio apresurado le ha roto el corazón a tu madre —le dijo Helen con tristeza—. Ella tenía grandes esperanzas para ti, Nora, y yo también. Pero si tus sentimientos por el señor Barton son tan fuertes, sólo podemos esperar que tu elección no haya sido equivocada.

Nora sonrió, pero la sonrisa no le alcanzó los ojos.

—El señor Barton es un hombre bueno —dijo—. E inteligente.

—Claro que sí —respondió su tía—, pero es un trabajador, Nora. Y por ese motivo, tú vas a tener que aprender a hacer todas las cosas que los sirvientes han hecho para ti durante toda tu vida.

A Nora se le ocurrió que su tía sabía de lo que estaba hablando.

—Tú... lo entiendes —dijo.

Helen sonrió con melancolía.

—Sí, querida, lo entiendo muy bien. Me casé en contra de la voluntad de mi familia. Me desheredaron, y viví en una cabaña con Chester hace veinticinco años. Sin duda, tu madre pensará que la historia se repite contigo; ella intentó convencerme de que no me escapara con Chester, pero yo no la escuché. Siempre consideró que ella había hecho un matrimonio mejor que el mío. Aunque —añadió con un poco de altivez—, francamente, Nora, tu padre no tenía dinero hasta que se casó con tu madre, aunque sí tuviera un apellido ilustre.

Nora recordó en aquel momento la crueldad de su padre y la falta de compasión de su madre.

—Ellos me desprecian por haberme casado con Cal —le dijo a su tía con la voz ahogada—. El momento en que se lo dije no fue fácil, pero Edward Summerville estaba presionándome para que me casara con él, y restaurar así la fortuna de su familia. Yo tuve que pedirle a Cal que fuera a casa y les contara la verdad de nuestro matrimonio.

Aquélla no era la verdad, porque entonces no estaban casados; sin embargo, el comentario fue suficiente para distraer a tu tía.

—¡Ese hombre! —exclamó con ira—. Ese hombre tan espantoso, después de haber causado tu enfermedad... —de repente, Helen frunció el ceño—. Nora, ¿se lo has contado a Cal?

Nora hizo una mueca de tristeza.

—No. No puedo hacerlo. Ya es suficiente carga para él tenernos al bebé y a mí. ¿Cómo voy a decirle que tiene otra carga más?

—Oh, querida —dijo Helen.

—Estaré bien —dijo Nora, con más seguridad de la que sentía—. No me queda más remedio —añadió—. Además, tú has estado en mi situación y has sobrevivido. Yo también.

Helen esbozó una sonrisa forzada.

—Claro que sí.

El trayecto hasta el rancho fue cansado para Nora. Cal la ayudó a entrar a la pequeña cabaña que iba a ser su hogar, y ella se obligó a actuar de una manera alegre. Sin embargo, se sintió menos confiada al ver la antigua cocina de hierro de la cocina. Aquélla era su nueva casa, y ella tendría que limpiarla, cocinar para Cal, lavar y planchar su ropa...

Se volvió hacia él, pálida.

—No hablabas en serio —le preguntó— cuando dijiste que tenía que matar un pavo, ¿verdad?

Él se rió suavemente.

—Oh, Nora —dijo, sacudiendo la cabeza—. ¡Claro que no!

La abrazó y la miró con ternura.

—Deja de preocuparte. Sé que esto es un gran cambio para ti, pero te las arreglarás.

—Sí —dijo ella—. Lo conseguiré.

—Sin embargo, mañana mismo irás al médico —le dijo él con firmeza.

—De acuerdo.

Aquella noche no hubo nada que hacer, porque sus tíos los invitaron a la casa principal a cenar. Nora se sintió muy agradecida por su cortesía. Su miedo más grande era conseguir hacer una comida que se pudiera comer.

—Tienes que prestarme un libro de cocina —le susurró a Melly después de cenar, mientras los demás estaban hablando—. Y enseñarme cómo encender un fuego.

—Cal puede encenderlo —le aseguró Melly con cariño—. Y cocinar no es difícil, de verdad. Es sólo cuestión de práctica.

Nora negó con la cabeza.

—Lo envenenaré el primer día que cocine, lo sé.

—Claro que no —dijo Melly con firmeza. Estaba mirando a Nora entre la diversión y el asombro—. Imagínate... casarte tan rápidamente, en secreto, antes de volver a casa. ¡Y ni siquiera me lo dijiste!

Nora bajó la mirada.

—Bueno, es que nos preocupaba mucho la desaprobación de la tía Helen —dijo evasivamente.

—Lo aceptará. Después de todo, ella hizo lo mismo —dijo Melly con una sonrisa.

Nora la miró a los ojos.

—¿Y tú y el esquivo señor Langhorn?

La sonrisa se desvaneció.

—El señor Langhorn sigue persiguiendo a la señora Terrell. No he vuelto a hablar con él desde la noche del baile, y no tengo intención de volver a hacerlo después de lo que me dijo. ¡Ese hombre es un zafio, es cruel y desagradable!

Y Melly lo quería. Nora no dijo nada. Le acarició el brazo a su prima.

—Lo siento.

Melly se encogió de hombros.

—Lo superaré. Estoy dando clases de manualidades a los niños. Su hijo viene a las clases, y disfrutamos mucho juntos.

—¿Qué tipo de clases son, Melly?

—Les enseño arte, sobre todo escultura. Bruce tiene unas manos maravillosas —añadió reflexivamente—. Hizo un busto de su padre muy bueno. Sin embargo, no quiere enseñárselo, por miedo a que lo ridiculice. El señor Langhorn piensa que la escultura es un buen pasatiempo para un niño, pero no un buen oficio para un hombre. Quiere que Bruce sea ganadero, ¡pero a Bruce no le gusta el ganado!

Nora se quedó callada. Pensó que aquel niño tendría que enfrentarse a tiempos difíciles, y se preguntó si, en caso de que su propio hijo tuviera talento artístico, Cal querría reprimirlo. Los hombres tenían ideas extrañas sobre las correctas ocupaciones de sus hijos, pero ella quería que su hijo fuera libre para decidir por sí mismo.

Así que se lo preguntó a Cal más tarde, cuando estaban solos en la cabaña.

—¿Tú querrás que tu hijo haga lo mismo que tú?

Él sonrió.

—Si tenemos un hijo, sí me gustaría que se involucrara en mi negocio, sea cual sea —respondió, sin mencionar el petróleo, ni Látigo—. Pero no debe obligarse a un niño a que siga exactamente los pasos de su padre o su madre.

Ella sonrió con calidez.

—¡Bien! ¡Piensas lo mismo que yo!

Él se rió.

—Eres poco convencional en algunos sentidos.

—Me temo que en muy pocos —dijo ella con una sonrisa de cansancio—. Si fuera menos convencional, te habría librado de un matrimonio que no querías.

Él dejó sobre la mesa un reloj al que estaba dando cuerda y la tomó por los hombros.

—Quiero al niño —le dijo con rotundidad—. Además, el matrimonio no es la terrible experiencia que yo me había imaginado. De hecho —añadió, pasándole los ojos por el cuerpo esbelto—, tiene beneficios evidentes.

—¿Como por ejemplo? —bromeó ella.

Él la abrazó.

—Como conseguir besos siempre que me apetezca —murmuró él contra los labios ansiosos de Nora.

La besó hasta que le resultó incómodo, y de mala gana, la apartó de sí con una risa.

—Mi única queja en este momento es que no puedo desnudarte por completo, tirarte a la cama y devorarte.

Ella se ruborizó y suspiró.

—¡Oh, cuánto me gustaría eso! —dijo con sinceridad.

Él estalló en carcajadas. La levantó en brazos y giró con ella antes de besarla con ternura. Después volvió a dejarla en el suelo.

—No me mientas nunca —le dijo de repente con seriedad—. Tu honestidad es la virtud que más valoro.

Ella apartó los ojos rápidamente, antes de que él pudiera darse cuenta de que todavía le ocultaba secretos. Pero era un secreto bueno, se dijo para justificarse. Era un secreto por el bien de Cal.

—Y tú serás honesto conmigo, ¿verdad? —le preguntó suavemente, mirándolo de nuevo.

Nora se sorprendió al ver algo en su rostro, algo que no entendió, pero que desapareció rápidamente.

—Por supuesto —afirmó él—. Tengo que comprobar que el ganado está bien antes de acostarme. No tardaré.

Ella miró la enorme cama de hierro, tan diferente a la

cama de madera con dosel que tenía en casa. Esbozó una sonrisa forzada.

—¿Vamos a… dormir juntos?

—Como hemos hecho desde que nos casamos —dijo él, y después arqueó una ceja—. ¿Tienes alguna objeción?

Nora sonrió.

—Oh, no. Me encanta dormir entre tus brazos. Pero es difícil para ti, ¿no?

Él se encogió los hombros.

—No será para siempre —le recordó—. Sólo hasta que nuestro pastelillo esté horneado y listo —añadió, mirando el vientre de Nora.

—Qué modo más bonito de decirlo.

—Estar embarazada te sienta bien —le dijo él—. Estás muy guapa.

Ella hizo una reverencia coqueta.

Él le hizo una mueca y salió sonriendo por la puerta.

El desayuno fue un desastre. Cal le encendió el fuego de la cocina, y después fue a visitar el establo y el corral, cosa que hacía dos veces al día, porque allí se dejaba a los animales enfermos.

Mientras él estaba fuera, Nora rebuscó en el libro de cocina que le había prestado Melly e intentó hacer galletas. El beicon no era difícil aunque se le quemó por un lado; utilizó la grasa que había quedado en la sartén para freír los huevos, pero saltó y le quemó la piel de los brazos; mientras observaba las pequeñas salpicaduras, los huevos se pusieron más y más duros. Cuando los sacó, habrían botado de haber caído al suelo.

Al menos todo aquello era comestible, se dijo para consolarse. Lo puso todo sobre la mesa, incluida la mantequilla y la mermelada que le había regalado la tía Helen.

Cal arrugó la nariz involuntariamente al percibir el olor quemado que había en la pequeña cocina. Después de saludarla, ambos se sentaron a comer.

—He hecho mis primeras galletas —dijo Nora.

Él tomó una sin decir nada.

—Aquí tienes la mantequilla y la mermelada —dijo, empujando ambas cosas hacia él.

Él tomó el cuchillo e intentó abrir una de las galletas. Fue más difícil de lo que había pensado. Nora, con estoicismo, untó mantequilla en el exterior e intentó morderla. Después la dejó en el plato sin ningún comentario y se dispuso a comer el huevo. Sin embargo, fue imposible; al verlo cubierto de grasa, mirándola, sintió náuseas. Salió corriendo al porche trasero justo a tiempo.

—Vamos, vamos —la consoló él, tendiéndole un pañuelo que había humedecido en la cocina—. Ésa fue mi primera reacción, pero los huevos no están tan mal. El beicon estaba un poco crujiente, pero le tomarás el truquillo.

Nora se apretó el pañuelo contra la boca y miró hacia arriba.

—No has mencionado las galletas.

Él sonrió con timidez.

—Bueno, en realidad, estoy intentando olvidarlas.

Ella también se rió, y sus miedos se desvanecieron cuando Cal la abrazó y le besó el pelo despeinado.

—Eres valiente, Nora —le dijo con orgullo—. ¡Dios, eres valiente!

—Sólo quiero agradarte —dijo ella. Apoyó la cabeza sobre su hombro y se quedó entre sus brazos—. Intentaré ser una buena esposa con todas mis fuerzas, Cal. Debes perdonarme que no sea eficiente, pero tengo mucho que aprender. Todo esto es... nuevo para mí.

Él sintió una terrible punzada de culpabilidad. Ella siempre había sido muy mimada, y estaba embarazada. Él no debería someterla a aquella vida. Nora se merecía algo mejor.

Quería llevarla a Látigo y presentarla ante su familia. Quería sacarla de aquella cabaña y llevarla al tipo de casa que ella tenía derecho a esperar. Sin embargo, no podía dejar a Chester en la estacada. Y no podía dejar a un lado las perforaciones petrolíferas; había invertido todo el dinero que tenía en aquellas dos últimas parcelas, y en las torretas para las prospecciones. Había invertido demasiado. Si perdía aquella apuesta, tendría que vivir en Látigo, de la caridad, durante el resto de su vida, y Nora con él. Eso heriría su orgullo. King iba a heredar Látigo; aunque habría mucho dinero para repartir entre sus hermanos y él cuando sus padres murieran, Cal no quería la fortuna de la familia. Quería hacer la suya.

—Estás muy callado —comentó Nora.

Él volvió a besarle el pelo.

—Estaba pensando en algo. Tengo que irme este fin de semana.

Ella frunció el ceño y alzó la cara.

—¿Adónde?

Cal sonrió.

—Por el momento, es secreto —le dijo, y puso el dedo índice sobre sus labios—. Es por negocios, te lo aseguro, no por otra mujer —le dijo, y la abrazó—. Tú eres más mujer de lo que yo puedo manejar —le susurró al oído—. Mucho más.

Ella se ruborizó de placer y frotó la nariz contra su camisa.

—Le pediré a Melly que me lleve al médico —le prometió.

—Buena chica —dijo él, y sonrió—. Cuídate.

—Lo haré.

Nora lo miró mientras se iba, agradecida porque hubiera tenido paciencia y no hubiera sido exigente y sarcástico como su padre. Era un buen augurio para su futuro el hecho de que él no esperara demasiado de ella.

El médico fue muy amable. Ella le habló de sus fiebres y del pequeño sangrado, aunque se ruborizó profundamente al tener que admitir cómo había ocurrido, y expresó sus miedos con respecto a su salud.

Después de que él la examinara, se sentaron en su oficina. El doctor tenía una expresión solemne.

—No debe fatigarse —le dijo—. Hay una fragilidad que no es poco común en una mujer de su constitución. No tiene por qué causarle ningún problema si se cuida. En cuanto a la fiebre —comenzó, y se interrumpió. Se quitó las gafas y prosiguió—: Hay muchas teorías sobre cómo se provoca. Yo creo que el cansancio es un agente que la causa. Debe comer bien, descansar mucho y cuidarse, no caer enferma por ninguna otra causa. Un simple resfriado podría causarle las fiebres otra vez.

—¿Y puede hacerme daño? ¿Puede hacerle daño al bebé?

—Es posible. Me gustaría que volviera a verme en un mes.

—Sí. Sí, lo haré.

—Si tiene cualquier dificultad, por favor, no dude en enviarme aviso.

Ella le estrechó la mano.
—Es usted muy amable.

«No debe fatigarse». Aquellas palabras se repitieron en la mente de Nora una y otra vez durante los días siguientes, pero, ¿cómo iba a evitarlo? Tenía que llevar agua del pozo a la casa y trasladar cazuelas pesadas de un sitio a otro en la cocina. Tenía que agacharse y ponerse de puntillas para intentar mantener limpia la cabaña, y también tenía que hacer esfuerzos al subir y bajar de la carreta. Antes de que terminara la semana, estaba exhausta.

—Nora, ¿es que ni siquiera puedes encontrarme una camisa limpia? —refunfuñó Cal mientras rebuscaba por las sucias que había en el dormitorio—. ¡Por Dios!

—Aquí tienes —le dijo ella con tirantez.

—¿Qué...?

La camisa tenía quemaduras de la plancha por las mangas, y en la espalda, pero era lo mejor que había podido hacer. Nora no tuvo el valor de mencionarle que había hecho un agujero en la pechera de la blanca. Se encogió ante la expresión de su marido.

—¡No me has contratado para que sea tu doncella! —le dijo con la voz ahogada—. ¡Debes tener en cuenta mi educación!

Él exhaló lentamente, intentando contener su genio. El desayuno quemado, la cena quemada, el suelo sucio, y además, las camisas abrasadas.

—Necesito una criada —continuó ella, enfadada.

—No puedo permitirme pagar una criada con mi sueldo —mintió él—. Y creo que tú te has gastado todos tus ahorros en un sombrero de París en la sombrerería del pueblo, el día que fuiste al doctor.

Ella se ruborizó. Había comprado aquel sombrero impulsivamente, para alegrarse, pero sabía que había gastado demasiado en algo que no necesitaba.

—Lo siento —murmuró—. Siempre he gastado lo que quería.

—Pues eso tiene que terminar —dijo él—. De ahora en adelante, siempre que vayas a gastar dinero, debes preguntarme si podemos permitírnoslo. ¿Entendido?

Ella lo miró con rabia. ¿Cómo era posible amar y odiar tanto a un hombre? Apretó con fuerza los dientes.

—¡Cuando era una mujer rica no te hubieras atrevido a hablarme así! —estalló.

—¿De veras? Fueras lo que fueras antes de que nos casáramos, ahora eres la esposa del capataz de un rancho, y yo soy quien tiene el dinero.

Ella se quedó callada, respirando pesadamente, con la espalda y los pies doloridos de trabajar. Ojalá tuviera fuerzas para lanzarle una sartén a la cabeza.

Él debió de ver la luz de la batalla en sus ojos, porque sonrió ligeramente. Sin embargo, un minuto después se puso la camisa quemada con visible resignación y se marchó a trabajar.

Llegó Acción de Gracias, y pasó. Cal cedió cuando Helen les rogó que se unieran a la familia para celebrar aquella comida especial, y Nora se lo agradeció. Sin embargo, fue un respiro de un solo día. Al día siguiente, ella tuvo que enfrentarse otra vez a las comidas y las tareas domésticas. Se sentía muy mal, y tenía muy mal aspecto. Su salud frágil estaba empezando a deteriorarse con la doble presión de su matrimonio y el trabajo físico que no estaba acostumbrada a realizar.

El comienzo de un resfriado la tomó por sorpresa, pero consiguió levantarse de la cama y hacerle el desayuno a Cal. Fue un esfuerzo en vano. Él miró con frialdad su último desastre y se fue a comer al barracón con los hombres. Ella tiró la comida sin mirarla; se le había quitado el apetito, y no estaba comiendo bien, ni descansando. Dejó de intentar cocinar, y se contentó con comer el pan, la verdura y la carne que Melly le llevaba a escondidas a la cabaña.

Si Cal se dio cuenta, no dijo una palabra. De hecho, no podía notarlo; había empezado a dormir en el barracón, además de comer allí, porque, según le dijo a todo el mundo, molestaba a Nora, y ella necesitaba descansar.

Lo cierto era que le hacía daño verla. Ella no sabía lo desesperadamente frágil que parecía. Cal se sentía muy culpable, más a cada día que pasaba. Era cierto que se había cambiado al barracón para ahorrarle el cocinar y las tareas que ella no podía llevar a cabo. Además, las discusiones no le hacían bien en absoluto.

Cal tenía que ir a Beaumont aquel fin de semana para comprobar los progresos de Pike. Pensó seriamente en llevarla a El Paso después. Estaba avergonzado por el modo en que la había tratado. Todos los días se culpaba por hacerle vivir una vida para la que no estaba preparada. Y la tensión de estar cerca de ella sin poder tocarla había empeorado su mal humor, de modo que habían chocado frecuentemente, porque el de Nora no era demasiado bueno tampoco. Cuando él volviera de Beaumont, haría lo que tenía que hacer para ahorrarle a Nora más dificultades. Ya la había hecho sufrir demasiado.

CAPÍTULO 12

A Nora no le sorprendió que Cal estuviera ansioso por marcharse el viernes por la tarde a su misterioso negocio, del cual todavía no le había contado nada. No le molestó con sus dolores ni con el resfriado, y mucho menos con lo que le había dicho el doctor, porque él se había vuelto distante, casi inalcanzable, como si tuviera demasiadas preocupaciones.

Él llegó a la cabaña aquel viernes para hacer la bolsa de viaje. No hizo ningún comentario sobre sus camisas, perfectamente dobladas, que por fin ella había conseguido planchar con bastante habilidad después de practicar horas y horas con sacos de harina, hasta que había conseguido no quemar ninguno. Cal se sintió culpable de nuevo, porque se imaginó todo el tiempo que ella había pasado aprendiendo a planchar tan bien.

—Gracias —le dijo con tirantez.

Nora se encogió de hombros. Conversar con él era difícil, y no se sentía bien. Contuvo una tos, pero no pudo evitar estornudar.

—¿Estás bien? —preguntó Cal.

—Es el polvo —explicó ella, y se sacó un pañuelo del bolsillo del delantal para sonarse la nariz—. Sólo es el polvo.

Él miró a su alrededor con tristeza, a la capa gruesa que había sobre los muebles.

—Sí.

Ella le lanzó una mirada fulminante.

—Tengo muchas cosas que hacer, como para perder el tiempo con los muebles. El polvo no deja de aparecer.

—Lo que tú digas —respondió él. No quería discutir. Ella estaba más delgada que nunca—. ¿Estás comiendo lo suficiente? —le preguntó—. Tienes que intentarlo. ¿Estás segura de que el médico dijo que estás bien?

—Sí —mintió ella—. En realidad, no hago nada demasiado agotador.

Como Cal pasaba todo el día trabajando fuera, no sabía lo que ella tenía que hacer en la casa. Asintió, más calmado.

—Cuídate. Yo volveré el lunes por la tarde.

Ella miró la bolsa.

—Has tomado el arma —le dijo.

Cal se sorprendió.

—Siempre me la llevo —contestó—. No somos tan civilizados como pensamos. Hay robos todo el tiempo.

Ella frunció el ceño.

—¿Y qué tienes tú que pudiera querer un ladrón? —dijo, sin pensar.

De repente, la mirada de Cal se volvió muy fría.

—¿Cómo?

Ella enrojeció.

—Quiero decir que...

—Todavía crees que te has casado con alguien inferior a ti, ¿no? —le preguntó él con rabia—. Soy un hombre pobre al que no merece la pena robar, ¿no es eso?

Ella se mordió el labio.

—Cal, estás retorciendo mis palabras —le dijo, intentando llegar a un entendimiento—. Soy tu esposa. Ahora yo también vivo como la gente normal. Estoy intentando adaptarme. De veras.

—Pero lo detestas —dijo él—. Me he fijado en cómo bajas la mirada cuando vamos a la ciudad, como si estuvieras avergonzada de que te vean conmigo. Y aquí haces las tareas con cara de mártir, porque te criaron creyendo que las mujeres decentes no tienen que trabajar en casa. Te avergüenzas de tu posición aquí, y te avergüenzas de tenerme como marido.

Ella apretó los dientes.

—Por favor...

—¡Imagínate! La señorita Marlowe, de Richmond, casada con un pobre vaquero —continuó él. Su voz era como un látigo, mientras continuaba poniendo en palabras todo su resentimiento—. Y para rematar, tu tía me ha parado cuando venía hacia acá y me ha preguntado si no puedo permitirme contratar a una criada para que te ayude un poco con las tareas diarias. Me dijo que una dama no está acostumbrada a hacer esas tareas tan fastidiosas, y que tú dependías de Melly para que te trajera comida que puedas comer —añadió deliberadamente.

Ella enrojeció todavía más.

—¡Pero yo no le he dicho nada! —protestó—. Sí, Melly es muy buena, y me trajo unas cuantas cosas... ¡Tú te has ido de la cabaña! ¿Por qué tengo que cocinar para mí sola? ¡Y yo no le he pedido a mi tía una criada!

Él exhaló un suspiro de irritación.

—Pero a mí sí, y yo te lo negué. Si no le has pedido a tu tía que hablara conmigo, quizá sea capaz de leer el pensamiento —dijo—. Dices que me quieres, Nora, pero los dos sabemos que nunca serás feliz aquí.

—¡Sí lo seré! —gritó ella.

—¿De verdad? Entonces, ¿por qué le pediste a tu tía que escribiera a tus padres una carta de disculpa? —le preguntó él, revelando por fin lo que más le había disgustado.

Ella se quedó estupefacta.

—¡Yo no he hecho tal cosa!

Se quedó boquiabierta, espantada por el hecho de que él la acusara de haberse humillado ante sus padres después de cómo la habían tratado. No sabía en qué pensaba su tía al decirle algo así a Cal. Si la tía Helen había pensado en conseguir que cambiara su frialdad hacia Nora con semejante comentario, había fracasado estrepitosamente.

—Son ricos, y tú eres su única hija —continuó él—. Sin embargo, quiero que escuches esto: me parece bien que te reconcilies con ellos, pero no permitiré que les pidas nada, ni para vestidos, ni para caprichos. Porque durante el tiempo que sigas siendo mi esposa, no permitiré que aceptes ni un centavo de tu familia.

Ella lo miró con rabia. Se olvidó de defenderse de la acusación, en un nuevo arrebato de ira.

—¡Haré lo que quiera! Puede que sea tu esposa, ¡pero tú no eres mi dueño! Puedo cuidarme perfectamente bien, y eso era lo que estaba haciendo hasta que tú me sedujiste y me sometiste a esta vida de... ¡pobreza abyecta! ¡Al menos, un hombre de mi condición social no habría esperado que yo cocinara, limpiara y trabajara de fregona! —estalló febrilmente. Se sentía muy acalorada. Probablemente sólo era un poco de fiebre del catarro, pensó, pero se sentía tan enferma que apenas sabía lo que estaba diciendo.

Él no dijo nada. Su expresión se cerró, y entornó los ojos.

—El trabajo honesto no es una desgracia —le dijo con orgullo y frialdad—. Yo trabajo con mis manos y no siento ningún deshonor por ello, y mi madre nunca se ha quejado de tener que trabajar en la casa, ni de cocinar y limpiar para su marido y sus tres hijos. De hecho, se enorgullecía de ello. Pero si tu apellido y tu condición significan tanto para ti, entonces reconcíliate con tu padre y vuelve a Richmond. Que Dios no quiera que tengas que vivir como una fregona. Por nada del mundo te rebajaría más.

Ella no pudo hablar. ¿Le estaba pidiendo que se marchara? ¿La estaba echando?

—Tengo que irme —le dijo él—. Si no estás aquí cuando vuelva, no necesitaremos hablar más. Considérame una aberración temporal de tu vida, si te parece bien. Dios sabe que yo nunca quise este matrimonio, para empezar —añadió de manera hiriente, aunque no fuera cierto—. Sólo quería acostarme contigo.

Aquello era una mentira, pero sirvió para calmar su orgullo herido. Tomó su bolsa, y se dio la vuelta rápidamente para no ver más la expresión de dolor del rostro de Nora. Su tía había hecho que se sintiera horriblemente mal por la situación de su esposa, y aquel comentario sobre que Nora les había pedido a sus padres que cambiaran su situación de pobreza lo había puesto enfermo.

Nora se sentía muy rígida. Lo miró con los ojos brillantes de fiebre.

—Nunca me has hablado de tu familia, ni me has llevado a conocerlos...

Él la miró también.

—¡Eso nunca se me ocurriría! ¿Acaso piensas que voy a llevarte a ver a mi madre y permitir que la avergüences porque ella cocina y hace las labores domésticas? ¿Que permitiría que la miraras por encima del hombro? Nuestro matrimonio ha sido el peor error de mi vida. ¡No tengo ganas de mostrárselo a mi familia!

Nora se quedó tan asombrada que no pudo hablar. Él estaba... ¡avergonzado de ella! Se quedó pálida al pensar que Cal estaba tan avergonzado de ella que ni siquiera quería presentársela a su familia. Aquél fue el peor golpe de todos.

Él no volvió a mirarla. La dejó en el porche de la cabaña y subió al coche con el hombre que iba a llevarlo a la estación.

Con un grito de angustia, ella entró en la cabaña y se tiró sobre la cama recién hecha para sollozar hasta quedar exhausta. Ojalá se sintiera un poco mejor. Ojalá no le doliera tanto la garganta. Volvió la cara sobre la almohada fresca y pensó en que era muy agradable. Más tarde, cuando despertara, ya pensaría en el fracaso de su matrimonio y en lo que podía hacer. Cerró los ojos durante un momento y cayó en un sueño febril.

Bruce Langhorn fue el último estudiante que quedó en la pequeña clase de arte de Melly, en Tyler Junction, aquella noche. Ella daba la clase en la escuela, con el permiso especial de la junta escolar, y normalmente los padres llegaban con puntualidad a recoger a sus hijos. Sin embargo, Bruce todavía estaba esperando a su padre, y ya casi había oscurecido. Así pues, Melly decidió que llevaría ella misma al niño a su casa.

Cuando se detuvieron frente al porche delantero de la

casa había anochecido, y Melly estaba preocupada por su trayecto al rancho Tremayne. Además, aunque no quisiera admitirlo, también estaba angustiada por la ausencia del señor Langhorn, que según Bruce nunca llegaba tarde. ¿Estaría enfermo?

—Vamos, entra deprisa —le dijo Melly al niño—, y hazme una seña para avisarme de que tu padre está dentro y de que todo va bien. Yo no me bajaré.

—De acuerdo. ¡Gracias por traerme, señorita Tremayne!

—De nada.

Agarró las riendas con fuerza y esperó a que Bruce entrara y volviera a salir. Él corrió hacia la puerta.

—No pasa nada, se ha quedado dormido en su butaca —le dijo Bruce, riéndose—. Han estado arreglando vallas y reparando el establo. Creo que ha trabajado hasta que se ha quedado dormido.

Ella se relajó.

—Entonces, buenas noches, querido.

Agitó las riendas sobre el lomo del caballo y se puso en marcha.

La oscuridad se la tragó. Había luna creciente, pero iluminaba muy poco la carretera. Gracias a Dios, el camino iba directamente hacia el rancho de sus padres, y el caballo lo conocía perfectamente. Todo iría bien si no había bandidos esperando...

Oyó el sonido repentino de los cascos de un caballo por la carretera, acercándose por detrás. Iba al galope, y la alcanzaría muy pronto.

Melly volvió a agitar las riendas para que su caballo galopara también, pero no sirvió de nada; a los pocos instantes, una mano delgada alcanzó el carruaje, agarró las riendas del caballo y lo detuvo.

Ella ya sabía quién era su perseguidor, pero eso no sirvió para que se le calmaran los latidos acelerados del corazón. Él se apartó el pelo de la cara y la miró ceñudo, con una mano apoyada sobre la puerta de la calesa.

—¡Sabe que no se puede hacer correr a un caballo a esta velocidad! —le rugió a Melly.

—¡Y naturalmente, usted se preocupa más por el caballo que por mi seguridad a estas horas de la noche, señor Langhorn! —protestó ella acaloradamente.

—¿Por qué no se detuvo lo suficiente como para hablar conmigo en casa? —le preguntó él.

—Porque no tenía ganas —le dijo ella—. Bruce me dijo que se había quedado dormido. Yo sólo quería saber si era seguro dejar al niño allí antes de volver a mi casa.

—He tenido un día muy largo, y estuve toda la noche despierto con un ternero enfermo —dijo él.

—Su avanzada edad debe de estar pasándole factura —dijo ella con sorna.

—¡Descarada!

A ella se le cortó la respiración.

—¡Señor Langhorn!

Él se agarró a la puerta de la calesa, e incluso sin luz, Melly veía el brillo de sus ojos oscuros, clavados en ella.

—No tengo modales, ¿no lo sabías? —le dijo él—. Soy un hombre divorciado, deshonrado a los ojos de la comunidad. Claro que ellos se olvidan de mencionar que mi esposa era casi una prostituta, que no prestaba atención a su hijo y que se vendía para conseguir opio. Se entregaba a cualquier hombre que pudiera pagarle...

—¡Por favor!

—¿Es demasiado sórdido para tus dulces oídos, señorita Pureza? ¿No quieres saberlo todo sobre el hombre por el que sientes esa pasión secreta? ¿O acaso pensabas que no sé cómo me adoras desde lejos?

Ella quiso que se la tragara la tierra. Él hacía que se sintiera baja; no sólo la estaba insultando, sino que arrastraba las palabras al hablar, y estaba poniéndola muy nerviosa.

—Tengo que irme a casa —le dijo ella—. Por favor, apártese.

—No es eso lo que me pide la viuda —replicó él—. Ella haría cualquier cosa que yo le pidiera.

—Entonces, por favor, vaya y permítaselo. Yo deseo irme a casa.

—Yo también, pero no tengo un hogar —dijo él con cansancio—. Tengo una casa en cuyo mantenimiento me rompo la espalda, un rancho que absorbe todo mi tiempo y un hijo que no tiene atención de nadie porque yo no tengo tiempo para ser su padre. Tú le gustas —añadió con enfado—. Sólo habla de ti. ¡La señorita Tremayne, su santa patrona!

—¡Oh, señor Langhorn, tiene que dejarme...!

—Sal de ahí —murmuró él. Alzó los brazos, la tomó por la cintura y la bajó al suelo, a su lado.

—El caballo se va a escapar —dijo ella rápidamente.

Pero, en realidad, el caballo no tenía aliento para correr a ningún sitio. Todavía respiraba pesadamente y, de repente, había descubierto algo de agua en un surco del camino, y un poco de hierba junto a él.

Langhorn le agarró la cara con sus manos de acero, intentando verla a través de la penumbra.

—Me obsesionas —le dijo con inseguridad—, con tus enormes ojos castaños y tu cuerpo virginal, y ese pelo largo, precioso, que quiero acariciar sobre mi pecho...

Entonces la besó con la fuerza de un trueno. Ella jadeó al sentir el impacto, asombrada, porque nunca la habían besado. Él la abrazó con fuerza y la pegó contra su cuerpo delgado, y ella notó su fuerza férrea y su deseo descarado contra el vientre.

Melly se asustó e intentó apartarse, pero él no se lo permitió. Ella notó sus manos en el pelo; le estaba quitando las horquillas para dejárselo suelto, y la melena le cayó en pesadas ondas hasta la cintura. Y mientras, no dejó de besarla ni durante un segundo.

—Rígida —susurró él con aspereza contra sus labios, mientras entrelazaba las manos de un modo sensual en su pelo—. Rígida como una tabla contra mí —añadió, y le mordió el labio inferior, haciendo que ella gimiera—. No eres más que una niña —dijo con disgusto, deteniéndose a tomar aire—. No sabes besar, tienes miedo de la pasión, ¡no le sirves de nada a un hombre!

Ella tragó saliva y volvió a tragar. Le temblaban las rodillas y la boca, y sentía dolor en donde él le había mordido el labio inferior. Se puso las yemas de los dedos sobre él.

—Quiero irme a casa —dijo con un hilillo de voz.

—Claro, ¿por qué no? —le preguntó él—. ¡Niña cobarde! ¿Ves ahora lo que estabas pidiendo? ¡Ni siquiera eres capaz de fingir que te gusta!

Ella intentó apartarse de nuevo, y de nuevo, él la envolvió entre sus brazos.

—Y ahora vas a llorar, ¿verdad? —la provocó él.

Melly apoyó la frente contra su pecho y dejó que las lágrimas ardientes le resbalaran por las mejillas. No hizo un solo sonido, y no se movió.

Él notó que temblaba. El whisky que había bebido le había robado la razón. No quería asustarla. Un hombre no podía soportar tanto, y ella lo había atormentado durante meses.

Le acarició el pelo largo, sedoso, con embeleso, disfrutando de su tacto entre los dedos.

—Tienes el pelo como un ángel —dijo suavemente—. Tan suave. Como la seda oscura.

—Va a casarse con la viuda Terrell —respondió ella con la voz ronca—. No tiene ningún derecho a ponerme las manos encima.

—Lo sé —le dijo con angustia. Le rozó con los labios el pelo oscuro y la frente—. No llores.

Ella se secó las lágrimas con los puños apretados, y mientras, él volvió a acariciarle el pelo, como si estuviera fascinado. Le tomó un mechón y se lo llevó a los labios.

—Señor Langhorn —dijo ella con tirantez.

Entonces, él le besó los párpados e hizo que cerrara los ojos. Su aliento tenía olor a whisky, y era cálido en contraste con la frialdad de la noche.

—Tengo un nombre de pila.

—Que yo no voy a usar —dijo ella, aferrándose a su orgullo.

Sin embargo, él había conseguido que le temblaran de nuevo las rodillas con sus caricias de hechicero. No dejaba de tocarle el pelo; deslizó las manos por toda su longitud. Después las posó sobre el corpiño de su vestido, y accidentalmente rozó con los nudillos las carnes prietas y altas de su cuerpo, de un modo que consiguió que ella quisiera inclinarse hacia sus manos.

Melly notó un dolor extraño en el cuerpo, un latido que se incrementaba a cada toque de sus labios, a cada roce de sus nudillos en el pecho. Debería protestar. Pensó en hacerlo cuando él acercó nuevamente sus labios a los de ella. Sin tocarla y después tocándola, rozándola y apartándose y volviendo a tocarla, con más y más fuerza... Melly gimió y abrió los labios bajo los de él.

Él susurró algo. La tomó por el pelo de la nuca e hizo que inclinara la cabeza hacia atrás para tener acceso a su boca, y se abrió paso con delicadeza en la oscuridad dulce que había más allá de sus labios. Ella jadeó al notar que, mientras la besaba, le tomaba un pecho con la mano y se lo cubría.

Después, Melly no recordaba quién había interrumpido primero el beso. Ella se sentía henchida, temblorosa por una necesidad que no entendía.

Él la sujetó entre sus brazos, porque Melly no podía mantenerse en pie, y ella se aferró a él y apoyó la cabeza contra los latidos de su corazón.

—No debería haber... hecho eso —susurró.

Él le acarició el pelo con la mejilla.

—Shhh...

—Señor Langhorn...

Él se rió, tembloroso.

—¿No hemos superado eso? Me llamo Jacob.

—Jacob —susurró ella. Cerró los ojos y siguió temblando, con las emociones a flor de piel.

Él la abrazó con ternura, sin exigencias, acariciándole la espalda hasta que ella se calmó.

Finalmente, Melly retrocedió, y él la soltó, mirando cómo se alejaba.

—Me voy a casa —dijo ella.

—Una sabia idea. Puede haber hombres malos en la carretera por la noche.

—¿Peores que usted?

Él se echó a reír.

—Quizá. ¿Te... he hecho daño? —le preguntó al recordar la caricia ferviente de su mano sobre aquella suavidad, y le miró el vestido para acentuar la pregunta.

Ella se cruzó de brazos sobre el pecho.

—¡Señor!

Él suspiró con melancolía.

—¿Cómo te has sentido, Melly? —le susurró él—. Me deseas desde hace mucho tiempo. ¿Cómo te has sentido al besarnos, al tener mis manos en tu cuerpo?

Ella se volvió hacia la calesa con una mirada de tristeza.

Él la detuvo junto a la rueda, le pasó el brazo por la cintura y la abrazó con brusquedad.

—Iré mañana a tu casa —le dijo al oído—. Los dos tenemos que hablar largo y tendido con tus padres.

—¿Sobre qué? —le preguntó ella, espantada. ¡No podía referirse a lo que acababa de ocurrir!

—Sobre nosotros —respondió Langhorn solemnemente—. ¿De verdad piensas que podremos parar, ahora que nos hemos probado el uno al otro?

CAPÍTULO 13

Melly lo miró con los ojos abiertos como platos.
—¿Cómo…?
Langhorn le acarició la boca con el dedo índice.
—Te deseo —dijo él—. Y voy a hacer que tú me desees a mí.
—¡Jacob! —gritó ella.
Él se rió.
—Bruce te adora —dijo, y su voz se suavizó—. Y yo también.
—Pero… la viuda Terrell —protestó ella con desconcierto.
—No era más que un subterfugio. Yo soy demasiado mayor para ti, Melly —le dijo él con seriedad—. O tú eres demasiado joven para mí. Pero ya no puedo luchar más contra ello. Me rompió el corazón tener que decirte lo que te dije en aquel baile. No puedo hacerte daño otra vez, aunque sea por motivos nobles. La viuda Terrell es una amiga. Sólo una amiga. No ha habido entre nosotros ni la más mínima inconveniencia.
—¿Has dicho… que vamos a hablar con mis padres?

—Sí. De algún modo... —suspiró él— tenemos que convencerlos para que me permitan cortejarte.

Sus oídos no registraron aquello. No podía estar oyéndolo bien. Lo miró fijamente.

—Melly —dijo él con gentileza—. Quiero casarme contigo.

Ella sintió tanta alegría que se echó a temblar. Le brillaron los ojos con fuerza.

Langhorn la abrazó con ansia.

—¿Qué creías que quería decir? —le gruñó al oído—. A pesar de lo que creas de mí, no soy un hombre sin ética.

—Lo sé. Soy tan feliz —dijo ella, y se colgó de su cuello—. Pensaba que me odiabas.

Él suspiró.

—Intenté que esto no sucediera para protegerte. Melly, sólo tienes dieciocho años. No has vivido.

—Y nunca habría vivido si te hubieras casado con la viuda. Sin ti no habría vuelto a querer a nadie. No me habría casado, ni habría tenido hijos.

—¿Te gustan los niños? Deben de gustarte, porque Bruce dice que eres estupenda.

—Me encantan los niños —respondió Melly.

—Entonces, podríamos tener uno o dos —musitó él—. Me gustaría tener una niña con el pelo como tú.

—¡Oh, Jacob! —exclamó ella. Estaba tan cerca del cielo que se sentía como si pudiera flotar.

Él se rió y se inclinó para besarla.

—Pero, por el momento, creo que será mejor que sigamos nuestro camino por separado. Estoy agotado, y me tomé un whisky sólo para intentar relajarme. No ha sido la combinación más inteligente para tener la cabeza despejada.

Ella se preocupó, pero él volvió a reírse.

—Te aseguro —dijo Langhorn— que soy perfectamente consciente de lo que he dicho. Pero necesito estar más calmado cuando hablemos con tus padres.

—¿Mañana? —le preguntó ella.

Él asintió. Por un momento pareció inquieto.

—Sé que no soy de su agrado. Y cuando sepan que su hija está involucrada... Espero que vaya bien.

—¿Y si no es así?

Él sonrió con tristeza.

—Parece que tu prima Nora encontró la solución a la oposición de su familia.

—Sí, Cal y ella se casaron en secreto —dijo Melly, y se le iluminó la mirada—. ¿Nosotros lo haríamos también?

—Sólo como último recurso —dijo él, y le acarició los labios con ternura—. Así que no te preocupes, ¿de acuerdo?

Ella sonrió y asintió. Él la ayudó a subir a la calesa y montó a su caballo, que no llevaba silla.

—¡Así que por eso llegaste tan rápido! —exclamó ella, que no se había dado cuenta de que su caballo no estuviera ensillado.

Él se rió.

—Monto igual de bien con silla que sin ella —dijo—. Te seguiré a casa, pero de lejos, para que no nos vean —añadió cuando Melly lo miró con preocupación.

No tardó mucho en llegar al rancho, y al entrar en casa nadie se dio cuenta de su llegada. Toda la casa estaba alborotada, y su madre estaba llorando.

—¿Qué ha pasado? —preguntó.

—Es Nora —dijo Helen entre sollozos—. Oh, Melly, tiene muchísima fiebre.

—Oh, no... ¡Pobre Nora! Y Cal...

—Cal se ha ido fuera para el fin de semana. No sabemos cómo ponernos en contacto con él. No volverá hasta el lunes como pronto, y ella está muy enferma. Tan enferma... —Helen no dijo nada más, pero Melly entendió.

Fue a la habitación de invitados, donde habían instalado a Nora cuando Helen la había encontrado delirando de fiebre aquella tarde. Su prima estaba inconsciente, empapada en sudor, y atendida por un médico solemne y agotado. Lo habían llamado mucho antes de la comida y no había podido tomar ni siquiera una taza de té.

—¿Le traigo algo de comer, doctor? —le preguntó Helen amablemente.

—Le agradecería que me trajera una taza de té y unas galletas —dijo él con agradecimiento—. Ella necesita más agua fría, y han de cambiar también sus sábanas y su camisón —dijo, sacudiendo la cabeza—. En toda mi vida había visto una fiebre tan alta. ¿Es que no ha estado descansado lo suficiente, como le advertí cuando vino a verme?

Aquello era nuevo para Helen y para Melly, que intercambiaron una mirada de espanto.

—Entiendo —dijo el médico—. No se lo dijo a nadie, por lo que veo, ni siquiera a su marido. Le advertí que levantar peso podía ser peligroso, y que no debía fatigarse. ¿Nadie se dio cuenta de que tenía un resfriado, y de que eso, sumado a su debilitamiento, casi garantizaba un ataque de fiebre?

—No lo sabíamos —respondió Helen con tristeza—. Estaba bien, que nosotros supiéramos, pero desde que se casó ha sido muy reservada. Apenas la hemos visto durante estos últimos días, salvo cuando Melly le llevaba cosas para que comiera. Ha estado intentando aprender a cocinar...

—Un momento de lo más inoportuno, se lo aseguro —le dijo el doctor con irritación. Sin embargo, parecía que ellas se sentían tan culpables que se ablandó—. Me temo que nada podría haber salvado al bebé, pero la fiebre... —sacudió la cabeza.

—¿Va a morir? —preguntó Melly tímidamente.

—No puedo decirlo. Es un caso muy grave.

—¿Y qué podemos hacer? —preguntó Helen con ansiedad.

El médico miró a las dos mujeres por encima de la montura de las gafas.

—Rezar.

Rezaron mucho durante los dos días siguientes. Nora sufría dolores, y gemía cuando tenían que moverla para refrescarla con la esponja e intentar bajarle la fiebre. Dejó exhausto a todo el mundo, incluida a Melly, y no hubo ninguna oportunidad de que Jacob hablara con sus padres, por descontado. Melly le mandó aviso de lo que estaba sucediendo y volvió a velar junto a la cama de Nora, olvidando temporalmente sus problemas.

Llegó el lunes, y la fiebre continuaba muy alta.

Un Cal Barton muy cansado bajó del tren y alquiló un carruaje en el establo del pueblo para que lo llevara al rancho. Pike y él habían dado con un agujero seco, el segundo desde que él había empezado a buscar petróleo. Sólo les quedaba una extensión en la que perforar, y Pike había empezado aquel mismo día.

Cal quería quedarse para ver si su último esfuerzo daría beneficios. Todo dependía de aquello. Él nunca había sido jugador, y en aquella parcela había apostado todo lo que tenía basándose en su instinto y en un geólogo que le había asegurado que tendría éxito. Sin embargo, pese a aquella preocupación, no pudo quitarse de la cabeza su discusión con Nora de ningún modo. Tenían que resolver sus diferencias de alguna manera por el bien de su hijo. Ojalá él supiera cómo.

Cuando llegó al rancho y entró en la cabaña, la encontró vacía. Lo primero que pensó fue que Nora había vuelto a Virginia. Él le había dicho que lo hiciera, aunque no era lo que quería en realidad. Estaba muy disgustado por lo que le había dicho Helen, pero deseaba poder borrar todas las palabras que había pronunciado.

Con el corazón encogido de tristeza, entró al dormitorio, esperando encontrárselo vacío. Sin embargo, cuando abrió la cómoda de Nora con las manos temblorosas, vio que su ropa seguía allí. Cerró los ojos y le dio las gracias a Dios. Nora debía de estar con su tía en la casa grande. ¡Y él había pensado que ella lo había abandonado!

Sonriendo de alivio, volvió al salón y se dejó caer pesadamente en su butaca. No se había dado cuenta de lo mucho que iba a echar de menos a Nora mientras estuviera fuera, pero así había sido. Nunca debería haberla puesto en aquella situación. Antes de tomar el tren de vuelta a Tyler Junction había decidido que debía compensarle el daño que le había causado y olvidar sus estúpidas ideas de cambiarla. Al recordar las cosas hirientes que le había dicho, supo que no iba a ser fácil hacerse perdonar.

Sin embargo, quizá no fuera demasiado tarde. Podría llevarla a casa, a Látigo, y ella no tendría que sufrir más privaciones. El rancho Tremayne había mejorado mucho, y Chester iba por el buen camino. Pike y él podían encontrar petróleo o no; si no lo encontraban, pensó Cal, él tenía una buena espalda y un buen cerebro. Se tragaría el orgullo y volvería a Látigo a trabajar en el rancho de la familia. Si Nora lo quería lo suficiente, se adaptaría. El resto... bueno, el resto se arreglaría de algún modo. Cuanto más pensaba en sus problemas, más fácil le parecía la solución.

Unos pasos en el porche le llamaron la atención. Se puso en pie, sonriendo, con el corazón acelerado mientras esperaba a que Nora abriera la puerta y entrara. Sin embargo, la puerta no se abrió. Alguien llamó.

Él fue a abrir y se encontró con Melly. Parecía muy preocupada.

—Le he oído llegar —dijo la muchacha—. Será mejor que venga a la casa, mientras todavía haya tiempo.

Por su mirada, y por aquel último comentario, Cal no perdió el tiempo haciendo preguntas. La ausencia de Nora y la cara pálida de Melly le contaban una historia que no quería oír. Corriendo, con el corazón rompiéndole las costillas, salió de la cabaña.

En la habitación de invitados, Nora seguía bañada en sudor, con el médico a su lado. El doctor no había dejado el rancho desde que lo habían llamado por primera vez. Le clavó a Cal una mirada fulminante.

—Supongo que es usted el marido descarriado —le preguntó con frialdad—. ¡Vea lo que ha hecho, señor! Su esposa perdió el bebé hace dos días. Ahora ya sólo nos preocupamos de salvar su vida. ¿Es que no sabía lo peligroso que era permitirle levantar cubos de agua y fatigarse tanto en su estado, sobre todo cuando tenía un resfriado?

—Según ella, usted le había dicho que estaba perfectamente —respondió Cal, atenazado por el miedo mientras miraba a Nora, tan inmóvil y tan enferma—. Estornudó, pero me dijo que era debido al polvo...

—Tenía un resfriado. Eso fue suficiente, estando tan cansada, para que tuviera una recaída de fiebre negra. Me temo que este ataque puede terminar matándola. Nunca había visto una fiebre tan alta.

—¿Fiebre negra? ¿Qué fiebre? —preguntó Cal con la voz ronca.

—¿Qué clase de matrimonio tienen ustedes? —le preguntó con indignación el médico—. Ha tenido fiebres por la malaria durante más de un año, esporádicamente. Su propio médico le dijo que algún día podría ser mortal.

Aquél fue un golpe que alcanzó a Cal en el alma. Respiró profundamente.

—No me lo había dicho —susurró.

—No quería contárselo a nadie —intervino Helen con tristeza, secándose los ojos con un pañuelo—. Decía que nunca podría casarse porque no podía suponer semejante carga emocional y económica para un hombre, porque la fiebre era incurable. ¡Oh, maldito Summerville! Si él no se le hubiera insinuado y no le hubiera rasgado la ropa, si los mosquitos no la hubieran picado en África, ¡qué diferente habría sido su vida!

—¿Summerville? —preguntó Cal, mirando a Helen sin entender nada—. ¿Fue Summerville quien causó esto?

—Sí —dijo Helen entre lágrimas—. Yo tenía mucho miedo cuando la trajiste de vuelta, porque no sabía si Nora tendría fuerzas suficientes como para aprender una forma de vivir completamente nueva para ella, y además, estando embarazada. Ésta es una vida difícil para las mujeres, y ella era tan frágil... pensaba que lo sabías, hijo. Debería haber hablado. ¡Debería haber dicho algo...!

Se le quebró la voz y se dio la vuelta. Cal estaba empezando a darse cuenta de lo que le había hecho a Nora. Ella tenía malaria, y no se lo había dicho. Era evidente que no quería cargar a un hombre pobre con una enfermedad incurable que necesitaba tratamiento médico constante, aunque no fuera mortal. Qué irónico y trágico que él hubiera tomado su reticencia a trabajar en la cabaña como desprecio por lo que la rodeaba, cuando en realidad sólo quería tomarse las cosas con calma para proteger su salud. Él cerró los ojos de dolor.

—Oh, Dios Santo. ¿Va a sobrevivir? ¿No se puede hacer nada más? ¡Doctor, debe salvarla!

El médico se había dado cuenta de que aquello no era culpa de Cal. Se había ablandado un poco.

—He hecho todo lo que podía —dijo con sinceridad—. Quinina, baños, sangrías, todo lo que se me ha ocurrido. Si la fiebre baja, tendrá una oportunidad. De lo contrario... No sé. Está muy debilitada por la pérdida del bebé y el resfriado.

Cal se acercó a la cama y tomó la mano ardiente de Nora. La apretó para transmitirle su fuerza. Debía vivir. ¡Tenía que vivir! Era parte de sí mismo. ¿Por qué no se había dado cuenta antes, cuando todavía tenía tiempo para decírselo? Si ella moría, su último recuerdo de él sería el de su voz áspera, diciéndole que se avergonzaba demasiado de ella como para presentársela a su familia, y que su matrimonio había sido un error. En aquel momento tenía que soportar la carga de su propia crueldad y verla sufrir. Le había fallado en todos los sentidos.

Durante toda aquella noche tan larga, Cal estuvo sentado junto a Nora, con el doctor al otro lado de la cama, frente a él. La refrescaron con toallas húmedas, cambiaron las sábanas, le cambiaron el camisón, todo mientras ella temblaba y lloraba y deliraba.

Melly y Helen acudían frecuentemente a la habitación, y a la mañana siguiente, Chester se fue solo a supervisar el trabajo del rancho, porque Cal no tenía intención de dejar a su mujer.

El doctor le llevó una taza de café cuando amaneció. Cal lo miró a los ojos.

—¿Se... recuperará?

—Pronto lo sabremos.

Pronto. Aquella palabra lo sostuvo durante el día, durante la tarde, hasta por la noche. Fue consciente de que comía, de que había voces de consuelo a su alrededor mientras seguía aferrado a la mano de Nora, y angustiado por su condición. Ella se movió y rodó por la cama, sudando, gimiendo, mientras la fiebre atormentaba un cuerpo que nunca había parecido tan frágil y delicado.

El doctor salió con los demás a comer, y dejó a Cal a solas con ella durante unos momentos en la habitación silenciosa y fría. Él había encendido la chimenea para caldear un poco el aire de diciembre, para que Nora no pasara frío.

Ella no le había contado nada de las fiebres, y él debería haberse dado cuenta mucho antes de que Nora era una mujer que guardaba secretos, incluso cuando haberlos revelado le habría reportado beneficios. Debería haberse dado cuenta cuando había sabido que iban a tener un bebé. Así habría podido ahorrarle todo aquello, y quizá el niño hubiera sobrevivido.

El niño. Ya no iba a nacer, y eso sería lo que más daño iba a hacerle a Nora si se recuperaba. Al pensar en el dolor que ella iba a sentir, estuvo a punto de soltar un gruñido. Sin poder evitarlo, se rindió a la pena que sentía y apoyó suavemente la mejilla en su pecho, sobre la tela húmeda de su camisón y dio rienda suelta al llanto.

Nora oyó un sonido grave, áspero. Le dolía el cuerpo como si la hubieran golpeado. Notaba una presión en el pecho, una humedad cálida, no como el frío que sentía en el resto del cuerpo. Abrió los ojos y miró al techo. Estaba oscuro justo encima de la chimenea, donde el hollín había manchado las tablas blancas.

Bajó la mirada y vio una cabeza morena apoyada en su pecho. Frunció el ceño. ¿Cal? ¿Estaba allí? Aquélla no era su cabaña. Aquélla era la casa grande, y ella estaba empapada. Entonces recordó lo que había sucedido. Recordó la terrible discusión y las palabras hirientes. Recordó que se había sentido enferma y que tenía fiebre... mucha fiebre...

Separó los labios y empujó la cabeza que tenía sobre el pecho.

—Mi bebé —dijo con la voz ahogada.

Cal se quedó rígido. Alzó la cabeza y los ojos pálidos le brillaron salvajemente.

—¿Nora?

Ella lo empujó por los hombros. Estaba recordándolo todo muy deprisa. Recordaba todos los detalles de su última conversación, las cosas que él le había dicho, las acusaciones que había hecho.

La debilidad que sentía empeoró su tristeza.

—Oh, ¿por qué estoy viva todavía? —susurró—. ¿Por qué no he muerto?

Él se quedó hundido al oír aquello.

—Nora, por favor...

—He perdido el niño, ¿verdad? —susurró, y entonces esperó, temiendo la respuesta, aunque ya lo sabía.

—Sí —dijo Cal.

Las lágrimas comenzaron a resbalársele por las mejillas. Al principio, los sollozos fueron silenciosos, y más dolorosos para Cal por aquel silencio.

Él le acarició el pelo áspero con ternura, pero ella apartó la cabeza como si su cercanía le resultara odiosa.

Con un suspiro, él se puso en pie. Ella ni siquiera lo miraba. Cal tuvo un sentimiento de pérdida más grande del que nunca hubiera conocido. Era increíble que no hubiera sabido hasta aquel momento que estaba enamorado de ella.

Mientras todavía estaba asimilando aquello, se abrió la puerta y entró el doctor. Al ver que Nora tenía los ojos abiertos, al médico se le iluminó el semblante.

—¡Lo ha superado! —exclamó—. ¡Gracias a Dios!

—He perdido el niño —susurró ella con tristeza, y comenzó a llorar.

El doctor hizo una mueca y miró a Cal, cuya expresión atormentada contaba su propia historia.

—Vaya a comer algo, muchacho —le dijo con amabilidad—. Ella necesita un sedante y mucho descanso. Se recuperará.

«Se recuperará y me dejará», pensó Cal mientras la miraba por última vez. Ella no le devolvió la mirada. Se iba a marchar a su casa de nuevo, y todo era culpa de él.

Cal salió al pasillo. En aquel momento apareció Helen y, al ver su expresión, temió lo peor.

—¿Ha muerto? —preguntó con un hilillo de voz.

Él no respondió. Siguió caminando, alejándose de la habitación.

Sin embargo, Nora estaba despierta; miró a su tía y sonrió débilmente.

—Estoy viva —susurró—. Por poco.

—Y estará recuperada en muy poco tiempo —les aseguró el médico, mientras le daba un vaso de agua con un sedante que había disuelto previamente.

—Oh, gracias a Dios —susurró Helen con fervor, acercándose a la cama—. Estoy tan contenta de que te hayas puesto bien. Todos hemos velado y esperado juntos.

—¿Cuándo ha vuelto? —preguntó Nora.

Helen sabía a quién se refería.

—Anoche —dijo—. Ha estado a tu lado toda la noche y todo el día. Estaba destrozado.

—¿Ha habido alguna respuesta al telegrama que les enviaste a mis padres? —preguntó Nora.

Helen se ruborizó.

—Oh, Nora, lo siento —susurró—. Sólo quería demostrarle a Cal que no tenías por qué estar aquí si te reconciliabas con tus padres. Tenía buena intención.

—Ya lo sé —dijo Nora con cansancio—. Pero les mandaste un telegrama, ¿no?

—Sí.

—¿Y han respondido?

La tía Helen titubeó. Habían recibido uno, pero ella no lo había abierto. No quería dárselo en aquel momento a su sobrina, por si acaso empeoraba su ánimo. Miró al médico, y él asintió. Entonces, se levantó y fue a buscar el telegrama.

Nora lo agarró con las manos temblorosas, y cuando lo abrió, supo que había sido inteligente por no guardar demasiadas esperanzas. El telegrama era brutal: *No tenemos hija*, decía. Estaba firmado con las iniciales de su padre.

Nora lo dejó caer sobre la colcha con un largo suspiro. Se había quedado verdaderamente sola, aunque no era menos de lo que esperaba. De no haber interferido su tía, nunca habría rebajado tanto su orgullo como para pedirle perdón a su padre. Era él quien debía disculparse, y no al revés.

Suspiró nuevamente. Viviría, sí, pero su vida no volvería a ser igual.

CAPÍTULO 14

Cal Barton estaba sentado, en silencio, en un pequeño bar a pocos kilómetros de Tyler Junction. Después de su segundo whisky había empezado a sentirse un poco mejor. Había intentado ver a Nora, pero ella le había mandado un recado a través de su tía: no quería que volviera a su habitación, y consideraba que su matrimonio había terminado. Iba a volver a Virginia y no quería volver a verlo en toda su vida.

Él se lo esperaba, pero aquel mensaje le había herido igualmente. Sabía que su matrimonio estaba acabado, y era trágico pensar que todo había sido por su culpa.

Salió del bar y caminó, tambaleándose, hasta su caballo. Consiguió montar y sujetó las riendas con una mano. Era una suerte que el animal supiera cuál era el camino de vuelta a casa.

—¡Eh, amigo! —le dijo una voz, que lo despertó.

Él se irguió, parpadeando. Aquello no parecía el rancho. Frunció el ceño.

—¿Dónde estoy?

—En el Establo de Dalton. En Tyler Junction —le dijo el viejo, sonriendo—. Tiene una buena borrachera, ¿eh?

—Eso parece —dijo Cal, y bajó del caballo, gruñendo.

—Será mejor que vaya al hotel y pida una habitación, joven. No está en condiciones de volver a casa así. Yo le cuidaré el caballo.

—Gracias. Me llamo Cul... Barton —dijo, recordando en el último momento que estaba usando su segundo nombre como apellido.

Dejó el caballo en el establo y se dirigió al hotel, pero le pareció que la estación estaba más cerca. Mucho más cerca.

Se acercó a la ventanilla.

—Beaumont —dijo—. De ida.

—Vaya, tiene suerte —le dijo el taquillero—. El último tren está a punto de salir. ¿No lleva equipaje?

—No tengo equipaje. Ni esposa. Ni nada —murmuró Cal.

Pagó el billete y salió al andén. El taquillero se quedó mirándolo, sacudiendo la cabeza.

Cal se despertó en Beaumont con un terrible dolor de cabeza. Alquiló un caballo y fue hasta el campo petrolífero, donde Pike estaba desenroscando una tuerca de una parte de la torre, que se había estropeado inesperadamente.

—Demonios, tenía que ocurrir justo ahora —dijo Pike—. No tenemos otra pieza de repuesto, y el proveedor tampoco la tiene en el almacén. Dice que hasta enero no podrá conseguir otra.

—¿Hasta enero?

Pike alzó las manos.

—No hay remedio.

—Pídela a Saint Louis, o a Nueva York, o a Pittsburgh.

—Tampoco la tienen. No sé si te has dado cuenta, pero hay bastante gente haciendo perforaciones por aquí —le recordó Pike, e indicó el paisaje llano, vacío salvo por las torretas que rodeaban la pequeña Beaumont.

—Sí, claro que me he dado cuenta. Quizá todos estemos locos —dijo Cal—. Parece que lo único que vamos a encontrar es agua.

—A lo mejor, después de todo, el geólogo tiene razón. ¿Y si damos con el petróleo?

—Seremos ricos —respondió Cal.

—Podríamos repartir las ganancias —sugirió el hombre—. Ya sabes, para sufragar el coste de la prospección, para tener más dinero con el que trabajar. Vender participaciones.

—Todavía no estamos tan desesperados —le recordó Cal.

Pike no sabía nada de Cal, y mucho menos que era rico. Él había sido muy cuidadoso en no hablar de sí mismo. Pike era un buen buscador de petróleo, pero tenía una mirada huidiza que a Cal le gustaba cada vez menos. Ya lo habría reemplazado, pero había estado muy ocupado con Nora.

Nora. Cal gruñó por dentro. Ni siquiera le había dicho adiós, ni había hablado con ella antes de tomar el tren. Probablemente, ella pensaría que la había abandonado, lo cual no era cierto. Sólo había estado sufriendo y bebiendo, y había hecho algo impulsivo. Sin embargo, ¿tenía alguna importancia? Seguramente, ella ya estaba de camino a Virginia y no quería saber nada más del hombre que le había destrozado la vida. Él nunca olvidaría el modo en que ella había apartado la cabeza cuando había intentado acariciarle el pelo. La expresión de su cara lo iba a obsesionar para siempre.

—¿Adónde vas a ir? —le preguntó Pike.

Cal vaciló. Lo pensó sólo durante un instante.

—Voy a casa —dijo de repente—. Pide a Corsicana la pieza que necesitamos —añadió, con una súbita inspiración.

Le dio a Pike el nombre de un hombre para el que había trabajado después de salir del ejército, un hombre que se había enriquecido con el petróleo. Tenía varias perforaciones, y si había una pieza de sobra en algún sitio, él lo sabría. Además, se la enviaría rápidamente, por lealtad hacia Cal.

Nora guardó reposo durante varios días, lo justo para recuperar las fuerzas. Después, se sentó en el salón con su tía y su prima, y se obligó a sí misma a enfrentarse con la realidad. No tenía padres que se ocuparan de ella; parecía que su marido la había abandonado y se había desvanecido sin dejar rastro. No tenía dinero, ni forma de ganarlo. Sin embargo, al menos había superado el último ataque de fiebre, y pese a la tristeza que sentía por haber perdido el bebé, cada día se sentía más fuerte.

—Tengo que encontrar trabajo —les dijo Nora a las otras dos mujeres.

—Hay un puesto vacante de profesora en la escuela —dijo Melly.

—Melly, no puedo ser profesora —dijo Nora—. La idea de estar con niños me entristece mucho en este momento.

—Perdóname —dijo Melly rápidamente—. No lo pensé.

Nora movió la mano para quitarle importancia.

—Con el tiempo, lo pensaré. Por el momento no sé qué puedo hacer.

—Sabes que puedes quedarte con nosotros —dijo Helen.

Nora sacudió la cabeza.

—Pero no como invitada —dijo—. Si me quedo, trabajaré. Si me aguantáis durante un tiempo, puedo aprender las cosas básicas sobre llevar una casa —dijo, aunque fue un golpe terrible para su orgullo—, y creo que me las arreglaría bien.

Helen entrecerró los ojos con tristeza.

—Oh, Nora —susurró.

—¡No es tan terrible! —le aseguró Nora—. De hecho, ya sé planchar. Se me da muy bien. Y si me enseñáis cómo poner las cazuelas a la temperatura adecuada, creo que podré aprender a cocinar.

—Claro que te enseñaré —le dijo Helen—. Serás una alumna excelente. Pero, Nora, éste es un cambio muy drástico para ti, una mujer de tu condición social y tu educación. ¡Oh, cómo es posible que Cynthia le permita a tu padre ser tan duro contigo!

—No importa. Ahora no podría volver con mis padres —dijo. Sentía una nueva madurez, una nueva confianza. Aquella terrible experiencia la había templado, como el fuego a la hoja de un cuchillo—. No me vendrá mal aprender cómo hacer las cosas. Debo empezar mañana.

—¿Estás lo suficientemente bien? —le preguntó su tía con afecto.

—Tengo que estarlo. ¿Dónde podré quedarme? —preguntó ella—. ¿En la cabaña del capataz?

Helen y Melly se miraron con agobio.

—¿Qué ocurre? —preguntó Nora—. Por favor, no intentéis protegerme. He averiguado que puedo ser muy fuerte cuando es necesario. ¿Qué pasa?

—Cal Barton ha dejado el trabajo —dijo Helen—. Le envió un telegrama a Chester. Llegó esta mañana desde Beaumont.

—¿Beaumont? ¿Es allí donde está? —preguntó Nora, sin poder disimular su interés.

—Desde allí envió el mensaje —dijo su tía—. En él decía que no vendría a trabajar hoy. No sabemos adónde va. No nos lo contó.

—Es evidente que me ha abandonado —dijo Nora sin emoción—. Bueno, mejor. Así no he tenido que echarlo yo misma.

—Él no se apartó de tu lado cuando estabas tan enferma —dijo Melly—. También era su hijo, Nora.

—¡Melly! —la reprendió Helen.

Nora se mordió con fuerza el labio. Apartó la mirada mientras intentaba reprimir el dolor. No podía soportar pensar en nada de aquello.

—Sé que tienes buena intención, Melly —consiguió decir—, pero, por favor, no digas nada más.

—Perdóname —dijo Melly con expresión de culpabilidad.

Nora se encogió de hombros y se retorció la falda entre las manos.

—Hoy debo descansar un poco, pero mañana por la mañana empezaré con mis deberes —dijo; alzó una mano para acallar las protestas de su tía, mirándola con cansancio—. No quiero avergonzaros buscando trabajo en el pueblo. Debes hacerme caso. No puedo quedarme aquí y comer de tu comida sin trabajar para mantenerme. Es impensable. Pese a lo que pueda decir mi padre, sigo siendo una Marlowe. No quiero aceptar caridad, aunque sea con buena intención.

Helen se levantó y la abrazó.

—Y todavía eres mi sobrina, así que no sería caridad —le recordó ella—. Pero haré lo que tú quieras.

Nora asintió. Impulsivamente, también abrazó a Melly, que todavía tenía cara de culpabilidad.

—Algún día podré hablar de ello sin disgustarme —le explicó, un tanto temblorosa.

Después salió del salón, y Melly volvió a sentarse con su madre.

—Está sufriendo. Pero me temo que el señor Barton también.

—Chester estará perdido sin él —dijo Helen con pena—. Qué rumbo más malo ha tomado todo. Cuánta tristeza.

—¿No me has dicho tú a menudo que la tristeza siempre se recompensa con una alegría? —bromeó Melly.

Helen sonrió.

—Pues sí.

Melly observó atentamente el estampado de su falda, en silencio, mientras su madre la miraba.

—¿Sabes? —le dijo Helen a la muchacha—. Me he fijado en que el señor Langhorn se está uniendo a los clubes cívicos últimamente. Y Bruce y él estuvieron en misa este domingo.

Melly se ruborizó. Se preguntó si su madre se habría dado cuenta de que Jacob y ella habían hablado un minuto, durante el cual ella le había explicado cómo iban las cosas en el rancho.

Helen tomó su bordado con una rápida mirada a su hija.

—Había pensado que podíamos invitarlos a cenar, a él y a su hijo, el domingo de la semana que viene. Tu padre está de acuerdo conmigo en que no es el libertino que pensábamos al principio. De hecho, tu padre le ha tomado mucha simpatía, porque el señor Langhorn le ha ofrecido uno de sus toros sementales, que son magníficos, a un buen precio.

Melly se quedó tan asombrada que no podía disimularlo. Se le iluminaron los ojos.

Helen dejó el bordado.

—Eres mi hija. ¿Acaso pensabas que no me daba cuenta de cómo os miráis el señor Langhorn y tú cuando estáis juntos? Hasta un ciego se daría cuenta de que te adora. Y creo que tú también a él. ¿Por qué no me lo habías dicho?

Melly corrió hacia su madre y se arrodilló a su lado, abrazándose a ella con palabras de explicación y alegría.

—Jacob tenía miedo de que no le permitierais cortejarme, de que estuvierais en contra de nuestra unión por su reputación. Pero él no es un hombre malo, y su esposa era una mujer horrible.

—Sí, lo sé. A Chester se lo contó un familiar de su mujer, no hace mucho. Tu señor Langhorn es bienvenido aquí, Melly. Ni por todo el oro del mundo te pondría en la misma posición en que han puesto sus padres a Nora, que tuvo que escaparse para casarse en secreto. Eso me ha enseñado una triste lección.

—Yo también estoy triste por Nora. Su vida no ha sido muy feliz durante este último año.

Helen le acarició el pelo oscuro a su hija con cariño.

—Ni tú tampoco. Pero creo que vienen tiempos más felices para todos, querida. Y la Navidad se acerca rápidamente.

Melly hizo una mueca.

—No va a ser una Navidad muy alegre para la pobre

Nora. Ni para el señor Barton —dijo, y frunció el ceño—. Me preguntó adónde habrá ido.

Cal Barton había ido a El Paso. Más concretamente, había ido a Látigo.

Una mujer joven y muy bella, con el pelo dorado y unos enormes ojos castaños, lo miró a través de la puerta mosquitera cuando él subió al porche. Ella salió, y entonces él vio que llevaba un pequeño fardo entre los brazos. Cal se detuvo en seco con una expresión atormentada al darse cuenta de que llevaba un bebé.

Amelia Howard Culhane miró al recién llegado de ojos plateados y cuerpo atlético con curiosidad. Su suegro, Brant, su suegra, Enid, y su cuñado Alan, todos tenían el pelo y los ojos oscuros. Sin embargo, los ojos de King eran también plateados, aunque incluso más claros que los de aquel hombre. Y tenía el mismo físico ágil, de vaquero, con las piernas largas, los hombros anchos y las caderas estrechas. El extraño tenía la misma vaga arrogancia que ella asociaba con su marido.

—Vaya, ¡tú debes de ser Callaway! —dijo de repente, al recordar la descripción que habían hecho de él sus familiares—. Soy Amelia, la mujer de King. Y éste es nuestro hijo, Russell —dijo con orgullo, sonriéndole al pequeño que llevaba en brazos—. Pasa, por favor.

Él se quitó el sombrero y se pasó la mano por el pelo espeso, oscuro, mientras la seguía al interior de la casa. Su bolsa todavía estaba en el coche que había alquilado. Le había dado instrucciones al conductor para que dejara su equipaje en el porche. Tenía una sensación extraña al estar en casa por primera vez después de tanto tiempo.

—¡Enid! —dijo Amelia—. ¡Mira quién ha venido a verte!

Una mujer menuda, de ojos oscuros, salió de la cocina y se quedó inmóvil al ver a su hijo.

—Oh, cariño —dijo suavemente, y abrió los brazos.

Cal la levantó del suelo y la abrazó con amor. Su pequeña madre. Había echado mucho de menos a su familia. Y en aquel momento los necesitaba más que nunca.

—Me alegro de estar en casa —dijo él, dejándola en el suelo con una sonrisa desvaída.

—¡Llevas mil años fuera! —le reprendió ella—. ¡Y apenas has escrito! ¿Puedes quedarte hasta después de Año Nuevo?

Él se encogió de hombros.

—Puedo, sí —dijo él—. Estamos esperando que llegue una pieza importante de la torreta de perforación, y no la tendremos hasta primeros de enero.

—¿Y por qué no usáis una pieza de otra torreta? —le sugirió su madre sabiamente.

—Porque es un nuevo tipo de torreta —dijo él—. Las piezas de las viejas no sirven, una lástima. Mi socio se ha quedado allí para proteger nuestros intereses hasta que podamos empezar de nuevo. Espero que sólo sea un retraso de dos o tres semanas. Tengo que aprender a ser paciente.

—Brant, Alan y King se van a alegrar mucho de verte —dijo ella—. No entenderán nunca por qué no te estableces aquí y formas parte del negocio del rancho.

Él sonrió.

—Látigo es de King. Todos lo sabemos —dijo, y miró a la mujer que estaba a su lado—. King, casado y con un hijo —comentó, sacudiendo la cabeza—. No podía creerlo cuando Alan me lo dijo.

—Yo tampoco podía creerlo —dijo Amelia—. Tuvimos un comienzo difícil. Pero Russell ha sido nuestra mayor alegría. Sólo tiene dos semanas.

Cal no tocó al niño. Intentó hacerlo, pero tuvo que forzar una sonrisa.

—No se me dan bien los niños —dijo, encogiéndose de hombros—. Pero es muy bonito.

—Es la viva imagen de su padre —dijo Amelia.

—King nunca fue un niño —la corrigió Cal—. Nació dando órdenes y reventando caballos.

—Eso tengo entendido —respondió Amelia con una sonrisa.

—Ven y toma un poco de bizcocho con nosotras —dijo Enid, y se apartó el pelo sudoroso de la cara—. He estado limpiando la cocina.

Un recordatorio de que ella hacía el trabajo de la casa; a Cal le dolió. Le recordó a Nora, y eso le resultó doloroso.

Hablaron un poco más, hasta que se hizo el café y el bizcocho estuvo cortado sobre un plato. Entonces, el bebé comenzó a llorar, y Amelia dijo que tenía que cambiarlo y se fue con él por el pasillo.

Enid se sentó con su hijo y con la bandeja de café y bizcocho que llevaron al salón.

—Y ahora, dime por qué has venido a casa, con esa cara de pena y con una alianza en el dedo.

Él se quedó espantado. Se le había olvidado el anillo. Lo miró fijamente.

—Te has casado —le dijo Enid.

Él bajó los ojos, avergonzado.

—Sí —dijo, pero no pudo contarle toda la historia—. Ella ha perdido nuestro hijo esta semana.

—¿Y la has dejado sola?

—No quería que me quedara con ella —dijo Cal—. Ha sido difícil. Es una mujer del Este, de la alta sociedad. No quería casarse conmigo, pero yo... la comprometí. La llevé de vuelta al rancho donde estaba trabajando como capataz y la instalé en la cabaña. Ella nunca había cocinado, ni limpiado.

Enid estaba entendiendo muy bien la situación.

—¿Y?

—Fue demasiado esfuerzo para ella —dijo él con frialdad, sin buscar excusas para sí mismo—. Además, había contraído unas fiebres en África. Son recurrentes. Se puso muy enferma y perdió el niño.

—Pero hay más, ¿no?

—He descubierto, demasiado tarde, que la quiero.

—¿Y ella?

—Oh, ella me odia. Y no puedo culparla por ello. La arrastré a una vida de pobreza para intentar enseñarle algo de humildad. Pero fui yo el que aprendí la lección.

—Una dama de la alta sociedad viviendo en la cabaña del capataz —dijo Enid—. ¿Por qué no la trajiste aquí, como era lógico, a tu casa?

—No podía hacerlo porque ella cree que se ha casado con un capataz de rancho llamado Callaway Barton —dijo él con una sonrisa burlona—. Yo no podía decirle a su tío quién era, y menos a ella. Pensaba que yo era un vaquero pobre y sucio y lamentaba el destino que la había encadenado a mí.

—Oh, Cal. Has montado un buen lío.

—Pues sí. Ella ni siquiera me habla. Yo bebí demasiado y me fui a Beaumont. De allí, vine directamente aquí.

—¿Y no hay esperanza para vosotros?

—Creo que ya estará de vuelta en casa de sus padres,

en Virginia. Su padre es un esnob y su madre hace lo que él ordena —dijo él, y miró a su madre con los ojos brillantes—. Al contrario que las mujeres de esta familia.

—Oh, yo nunca he hecho lo que me decía tu padre —convino Enid—. Al final él se dio cuenta y dejó de mandar. Amelia es igual —añadió con alegría—. Es un gusto ver a King intentando convencerla de las cosas.

—Parece muy amable.

—Las apariencias pueden ser engañosas.

El sonido de unos caballos fuera hizo que ambos salieran al porche.

—¡King! ¡Papá! —dijo Cal, y bajó los escalones para abrazarlos.

King, que tenía unos ojos tan claros que parecían transparentes, sonrió a su hermano.

—Me alegro de que por fin hayas vuelto a casa —dijo—. ¿Cómo va el negocio del petróleo?

—Lento.

—Bien. Entonces puedes quedarte para la Navidad —dijo Brant Culhane.

—Sí —dijo Cal—. Tengo poco que hacer. He dejado ya el rancho Tremayne.

—¿Conseguiste esos cambios, entonces? —preguntó Brant.

—Todo lo posible. Ahora es cuestión de tiempo. Parece que Chester va por el buen camino. Fue una buena idea dejar que yo fuera allí a trabajar de capataz y le convenciera, en vez de darle órdenes —respondió Cal—. También me dio la oportunidad de estar cerca de Beaumont y vigilar el campo. Pike puede manejar las cosas hasta que yo vuelva.

—¿Es de fiar? —le preguntó King mientras entraban en la casa.

—Eso no lo sé —murmuró Cal—. Hay algo que no me convence. Tendré que vigilarlo. Pero su carácter apenas importa si damos con otro agujero seco.

—¡Aquí estás! —dijo Amelia riéndose, con el bebé en brazos, al saludar a su marido.

El cambio en su hermano era asombroso. La mirada dura y despiadada desapareció. Sonrió a Amelia con un brillo en la mirada que dejó a Cal boquiabierto. Nunca en la vida había visto aquella expresión en la cara de King.

—Hola, pequeña —dijo King, y le dio un beso a Amelia con afecto mientras acariciaba la cabecita de su hijo—. ¿Cómo está mi Rusty?

—Muy bien —dijo Amelia—. Vamos al salón a tomar café y bizcocho. ¡Enid lo ha hecho de limón!

—Están así de cariñosos todo el tiempo —dijo Brant, riéndose, mientras los veía alejarse, y sacudió la cabeza—. ¡Nunca había visto algo así!

Cal tampoco. Se sentía vacío, porque acababa de ver cómo podían ser las cosas si Nora y él estuvieran juntos, si tuvieran a su bebé y se hubieran casado por amor. Él la quería, pero ella nunca lo había querido a él. Si lo hubiera querido, su condición de hombre trabajador no le habría importado. A Cal le hacía daño pensarlo.

Brant habló del rancho cuando se unió a los demás.

—Alan ha vuelto a ver a esa chica de Baton Rouge —dijo con una expresión divertida—. Parece que esta vez va en serio.

—Sí, y está hablando de hacer carrera en un banco, en Baton Rouge. No creo que se quede aquí —dijo Enid, mientras servía dos tazas de café más.

—Yo nunca pensé que se quedara —comentó Cal, y miró a su hermano mayor afectuosamente—. Siempre hemos sabido que Látigo sólo le pertenecería a King. Su corazón está aquí.

—En varios sentidos —respondió King mirando a su esposa y a su hijo.

Enid tomó un sorbito de café.

—Cal se ha casado.

—¡King! —exclamó Amelia, intentando limpiarle el café ardiendo que se le había caído sobre los pantalones.

King estaba mirando a su hermano, sin darse cuenta del café.

—¿Cómo? ¿Te has casado y no nos has traído a tu mujer?

Cal miró a su madre con el ceño fruncido.

—No podía traerla. Me estaba haciendo pasar por capataz, y ella se lo ha creído. Es una rica del Este que tiene un problema con su actitud hacia los seres inferiores —dijo, y apartó la mirada con incomodidad.

—Le estaba enseñando una lección haciéndola vivir como esposa de capataz de rancho —continuó Enid—. En vez de eso, ella le enseñó una lección a él y se fue a casa. Cal se emborrachó.

—Gracias, mamá —murmuró Cal.

—De nada, cariño —dijo ella.

King supo que había más, pero Cal ya tenía aspecto de estar lo suficientemente hundido.

—Sean cuales sean las circunstancias, me alegro mucho de que hayas vuelto a casa —dijo.

Enid supo que la estaba censurando, y sonrió a King.

—No es necesario, King, querido, ya he terminado.

Él se rió.

—Bruja.

Ella asintió.

—Ha sido por vivir con tu padre.

—Claro —suspiró Brant—. Échame la culpa a mí.

Cal volvió a sentirse seguro, acogido y querido. Se acomodó en la butaca con un suspiro. Sin embargo, la sonrisa que tenía en los labios no era real.

CAPÍTULO 15

Cuando llegó el día de Navidad, un martes aquel año, había grandes cambios en la casa del rancho Tremayne. Nora había dejado a un lado sus elegantes vestidos y se vestía con más sencillez, y era quien cocinaba y limpiaba en casa. Ni Helen, ni Melly ni Chester la trataban como a una criada; era una más de la familia, y comía con ellos en la mesa del salón. Sin embargo, en los demás sentidos estaba adaptada a su nuevo estatus en la vida.

Sabía planchar, ordeñar vacas, hacer mantequilla; incluso había aprendido a matar un pollo, desplumarlo y cocinarlo. Aquello había sido una experiencia difícil, pero con ayuda de su tía había superado su repugnancia y hacía lo que tenía que hacer. Ya no tenía tantos reparos a ensuciarse, algo que antes le producía horror. Estaba ayudando a planear la boda de Jacob y Melly, que se celebraría en primavera, y también estaba aprendiendo a coser.

El hecho de aprender todo aquello la había cambiado. Estaba menos nerviosa y excitable. Se sentía distinta, libre de las ataduras de la actitud y de la mentalidad rígida y clasista de sus padres. Helen también había cambiado de actitud. Se sentía mal por sus prejuicios contra Jacob Langhorn, y él y su hijo ya eran bien acogidos en el rancho.

Melly le estaba enseñando a montar a caballo a Nora. Todavía no se le daba muy bien, pero al menos podía mantenerse en el lomo del animal. A menudo pensaba en Cal y en dónde y cómo podía estar. Él no había intentado ponerse en contacto con ella. Claro que ella le había dicho que se marchaba a Virginia para que no supiera que todavía estaba con sus tíos. También le preocupaba cómo se estaba ganando la vida.

Se sentía responsable por haberle costado un trabajo que le gustaba. No sabía si él la culpaba a ella por no haberle dicho la verdad de su estado de salud. Melly había comentado que Cal se había quedado hundido cuando la tía Helen le había dado su frío mensaje. Ella sólo pensaba en su propio dolor. Sentía haberse negado a verlo. Como Melly había dicho, también era su bebé. Él debía de haberse sentido muy triste por esa pérdida, y seguramente también culpable al llegar a casa y encontrarse a Nora en una situación tan horrible después de su discusión. Cal era un hombre bueno, y ella lo sabía muy bien.

Echaba mucho de menos a su marido, más de lo que nunca hubiera pensado. Su vida nunca había estado tan vacía. Toda la riqueza del mundo, y la mejor posición social, ya no significaban nada para ella. Si sus padres todavía hubieran querido que volviera, ella no lo habría hecho. En el fondo de su corazón, no podía dejar de esperar que Cal volviera algún día.

Finalmente, desesperada por la falta de noticias, le preguntó por él a su tía.

—¿Has tenido noticias de Cal? —le preguntó Nora mientras servían la cena de Navidad.

La ligereza aparente de aquella pregunta no engañó a Helen.

—Vaya, pues sí.

A Nora le temblaron las manos. Posó los platos cuidadosamente.

—¿Y cómo está?

—Está con su familia —le dijo Helen mientras colocaba un bonito cuenco de porcelana sobre la mesa—. Dijo que esperaba que te hubieras recuperado por completo.

A Nora le brillaron los ojos. Por primera vez desde su enfermedad, se sentía viva.

—¿De veras?

—Querida —preguntó Helen con delicadeza—, ¿lo echas tanto de menos?

Nora se mordió el labio y apartó la mirada.

—No fui justa con él. Él no sabía nada de mi enfermedad, y yo fui demasiado orgullosa como para decírselo. Tuvimos una pelea terrible antes de que se fuera. Me acuerdo muy bien de las cosas crueles que me dijo, y yo me negué a hablar con él después. Estaba muy dolida.

—Es normal.

Ella alisó el mantel.

—Hay algo que no sabes —le dijo—. El motivo por el que nos casamos.

—¿Por el bebé?

Nora alzó la vista con resignación.

—Sí.

—Como yo pensaba.

—Él no me quería. Me lo dijo antes de irse. Dijo que nuestro matrimonio había sido un error, y que se avergonzaba de mí, tanto que ni siquiera le había hablado a su familia de mí. Quizá tuviera razón, porque yo me sentía superior a los demás. He aprendido una lección muy dolorosa, tía Helen. La decencia no puede medirse en dólares. Y echo tanto de menos a Cal...

—Es una pena que no pudieras escribirle —dijo Helen.

—Pero quizá pudiera escribirle ahora...

—Me refiero a que su carta no tenía remite —respondió Helen con una sonrisa triste—. Y el matasellos era ilegible.

—Oh. ¿Crees que quizá escriba de nuevo?

—Envió el nombre de su abogado —dijo Helen de mala gana—. Verás... pensaba que quizá lo necesitaras... para divorciarte de él.

Nora no comió apenas. No podía tragar bocado del delicioso pavo, ni de la guarnición, ni de la salsa de arándanos, ni de nada. Intentó sonreír y fingir que estaba alegre, para no disgustar a la familia, incluidos Jacob y Bruce Langhorn. Sin embargo, su ánimo no era festivo, sino al contrario. Cal quería librarse de ella, quería que ella se divorciara. Cuando le había dicho que su matrimonio era un error, lo había dicho en serio. Nunca la había querido, y nunca la querría.

Escuchó distraídamente la conversación de sobremesa, y se entristeció por las noticias de Galveston, donde el tifus y la malaria estaban diezmando a la población. La ciudad no se había recuperado todavía de la devastadora riada de septiembre.

Hubo comentarios más humorísticos de Montana; allí, supuestamente, una docena de vaqueros había sufrido la persecución durante veinte millas de dos forajidos. El incidente estaba narrado de una manera muy irónica en un periódico de El Paso que había llegado para Cal Barton, aunque ya no estuviera viviendo allí.

—Esto es interesante —dijo, después de revisar la página de sociedad—. El periódico menciona que los tres hijos de la familia Culhane están con sus padres para la Navidad por primera vez en varios años —Chester alzó la vista—. Es la antigua familia de rancheros que te mencioné, la propietaria del grupo industrial que compró este rancho. El hijo mayor, King, y su mujer han tenido un hijo hace poco.

—¿Y por qué está suscrito Cal a un periódico de El Paso? —preguntó Nora con curiosidad.

—Bueno, él y yo queríamos saber de los Culhane —dijo Chester con timidez—. Nunca está de más saber qué traman, y cualquier cosa que hagan es noticia en El Paso.

—Ya no han vuelto a ponerse en contacto con nosotros —dijo Helen—. Deben de estar satisfechos con los cambios que el señor Barton te ayudó a hacer.

—Eso parece —dijo Chester, sonriendo—. Lo cual hace que estas Navidades sean verdaderamente estupendas para mí —le dijo a Helen—. No le has dado a Eleanor su carta.

—Chester...

—Vamos —le dijo él con firmeza.

A Nora se le iluminó la cara. ¡Cal le había escrito! No debía de haber dicho en serio lo del divorcio.

Helen se levantó y sacó una carta del escritorio del salón. Volvió a la mesa con ella, pero se la entregó lentamente a su sobrina.

Nora tenía una expresión de esperanza hasta que vio la carta. Su sonrisa se desvaneció.

—Ábrela —dijo Chester con suavidad.

Nora lo miró con miedo.

—Hice que tu tía les escribiera y les contara lo de tu terrible enfermedad —dijo él—. No son crueles, Nora.

Ella abrió la carta después de vacilar unos instantes. Era una tarjeta de Navidad, alegremente decorada. La abrió y reconoció la escritura de su madre.

Sentimos mucho que hayas estado tan enferma. Si quieres volver a casa, tu padre está dispuesto a aceptar tus disculpas. Escríbele, querida. Besos de papá y mamá.

Nora respiró profundamente durante un momento. Después se levantó, fue hasta el fogón de la cocina, lo abrió y echó dentro la tarjeta. Cerró el fogón y colgó la pinza en su percha.

—Entiendo —murmuró Chester.

Nora se unió a los demás y se sentó muy erguida en su silla.

—Mi padre desea que me disculpe. No os había contado que me abofeteó cuando le dijimos que íbamos a casarnos. No le gustó el marido que había elegido.

Chester puso mala cara.

—¡Querida! No tenía ni idea... Nunca habría...

Ella alzó la mano con una vaga sonrisa.

—He guardado demasiados secretos.

—¡Abofetear a una mujer en tu estado! —exclamó Chester, indignado—. ¿Y qué hizo Cal?

—Le dio un puñetazo a mi padre y lo tiró al suelo, y le desafió a que volviera a tocarme —recordó Nora con melancolía—. Al principio, me quedé muy asombrada. Y mi padre también.

—Bien por Cal —murmuró Melly, y su madre asintió.

—A mi padre nunca le habían hablado así —continuó Nora—. Supongo que todavía está furioso por el hecho de que lo haya vencido un hombre de condición social inferior —dijo Nora con los ojos brillantes—. ¡Si lo hubierais visto! Cal llevaba pistola, y la chaqueta de lana de borrego, las botas y el sombrero negro viejo. ¡Mi madre le preguntó si era un forajido!

Todos se rieron al oírlo, y Nora comenzó a relajarse y a superar el dolor que le había causado la tarjeta.

—No vas a disculparte, ¿verdad? —le preguntó Helen de repente.

—¡Disculparme! ¿Por qué? ¿Por perder a mi hijo y a mi marido, y casi la vida? —Nora sacudió la cabeza—. Puede que mi padre no sea capaz de cambiar, pero yo sí. No deseo disculparme, ni deseo volver a Virginia. ¡Después de todo, aquí tengo un trabajo!

Se rieron incluso más ante la expresión petulante y pícara de Nora. Ella no añadió que había otro motivo para no querer volver al Este. Si Cal Barton volvía por allí, ella estaría esperándolo. Lo quería con toda su alma, y ya no le importaba que llevara las botas sucias ni que tuviera que trabajar con el ganado. Sólo deseaba que volviera, para poder decírselo.

Cal estuvo en Látigo dos días más, arrepintiéndose de no haber escrito remite en la carta que les había escrito a los Tremayne. El abogado de la familia, el viejo Walpole, no había sabido nada de Nora ni de sus padres. Aquello podía ser bueno o malo; quizá ella estuviera enferma de nuevo, porque según el médico aquellas fiebres eran recurrentes. Cal se preocupaba porque, si ella estaba enferma, él no lo sabría.

—Es hora de que me vaya —le dijo a su familia durante la comida, al día siguiente. Había habido una celebración tranquila; de todos modos, él tenía la mente en Tyler Junction.

—¿Vuelves al campo petrolífero? —le preguntó Alan con una sonrisa—. Iré contigo y tomaré un tren desde Beaumont a Baton Rouge.

—Debe de ser toda una dama —comentó King.

—Lo es —dijo Alan—. La traeré a casa en primavera.

Aquello apartó la atención de todo el mundo del anuncio de Cal, y le libró de las inevitables preguntas. Sin embargo, King se las formuló, más tarde.

Su hermano apoyó la bota en el travesaño más bajo de la cerca del corral, mientras observaban cómo uno de los vaqueros domaba a un caballo nuevo.

—Le has hecho daño, ¿verdad? —le preguntó a Cal.

—Sí —admitió él—. Le dije algunas cosas imperdonables.

—Y tienes miedo de volver, porque quizá ella no te quiera.

—Supongo que sí.

—Ve con ella —le aconsejó King—. Averigua lo que siente en realidad.

Cal sonrió con tristeza a su hermano.

—Probablemente, su padre me reciba con un agente de policía en la puerta. Le di un buen puñetazo.

—Esta vez —le dijo King—, viste como un caballero. ¡Y compórtate como tal!

—Yo pensaba que mi ropa y mi situación no le importarían, si de verdad me quería. No debería haber importado, ¿verdad?

King apartó la mirada.

—Ve y averígualo antes de tomar una decisión. Siempre es mejor saberlo con seguridad.

Cal asintió.

—Tú has tenido suerte —dijo de repente.

—Al principio no —respondió King—. Fue muy difícil, y durante un tiempo, ella me odiaba. Fueron días muy duros —dijo, y se rió—. Pero ahora... ahora no envidio a ningún hombre sobre la tierra. ¡Dios, cómo la quiero!

La emoción que percibió en la voz profunda de su hermano le provocó envidia a Cal. Un hombre ciego podría darse cuenta de que Amelia adoraba igualmente a su marido. Él esperaba que tuvieran años y años juntos.

—Voy a sacar un billete para Virginia —dijo Cal—. De ida.

—Yo compraría dos de ida y vuelta —murmuró King—. Y si es necesario, la llevaría pataleando y gritando al tren. Y tú también lo habrías hecho, antes de que todo esto te deprimiera.

Cal se echó a reír. King y él se parecían mucho. King le dio una palmada en el hombro a su hermano y se volvió hacia la casa.

—Iré a la estación contigo y traeré a tu caballo de vuelta.

—Parece que me marcho, entonces.

King asintió.

—Sí. Y como vas a pasar por Tyler Junction de todos modos, para en el rancho de los Tremayne y mira a ver cómo va todo. Dile que te has enterado de que estamos contentos con sus progresos. Eso le dará seguridad.

—Es un poco engañoso, ¿sabes? —respondió Cal.

King se encogió de hombros.

—Pero es por una buena causa.

—Supongo —dijo Cal, aunque de mala gana.

No estaba muy contento con la idea de tener que ver otra vez a los Tremayne, después del modo en que se habían despedido. Y los recuerdos de Nora en aquella casa iban a causarle mucha pena. Quizá se limitara a enviarles un telegrama desde la estación.

Sin embargo, finalmente Cal dejó a Alan en el tren que se dirigía a Luisiana, alquiló un caballo y se acercó al rancho de los Tremayne.

Hacía frío, como era habitual en diciembre incluso en el este de Texas. Vio los campos desnudos, sin vida, ante sí, pero supo que el ganado había tenido alimento gracias a la nueva maquinaria y los tractores que Tremayne había comprado por insistencia suya. Por todas partes, veía los beneficios de aquellas mejoras, y pensó que su padre y su hermano iban a sentirse satisfechos.

Cuando llegó al rancho y dejó el caballo al cuidado de un mozo, subió al porche y encontró la casa Tremayne silenciosa. Llamó a la puerta.

Al abrir, Chester se quedó boquiabierto. Cal estaba muy distinto con el traje oscuro, la corbata, las botas y un Stetson negro muy elegante. Parecía más un hombre de negocios que el capataz que se había marchado varias semanas antes. Cal le estrechó la mano y le dio la bienvenida como si fuera un hijo pródigo.

—¡Estábamos a punto de sentarnos a cenar! Pasa, pasa y únete a nosotros. ¿Cómo estás? —le preguntó con entusiasmo.

—Bien. Las cosas tienen muy buen aspecto por aquí —respondió Cal—. Muy prósperas.

—No pensarías lo mismo si vieras las cuentas. ¿Seguro que no quieres tu viejo puesto de trabajo otra vez? —le preguntó Chester mientras pasaban al salón, donde Helen estaba sentada a la mesa, sola—. No he contratado a ningún otro.

—No, ahora estoy en otros asuntos —dijo Cal misteriosamente. Se quitó el sombrero y saludó a Helen con una sonrisa muy agradable.

Helen lo estaba mirando como si hubiera visto un fantasma. Le hizo un gesto a Chester, pero él hizo caso omiso y le dijo a Cal que se sentara.

Un minuto más tarde, ajena a que tuvieran un invitado, Nora entró en el salón con un delantal manchado y un vestido descolorido, y con una gran bandeja de carne en una mano y un plato de galletas en la otra. Dejó ambas cosas sobre la mesa, y entonces, al alzar la vista, vio a Cal al otro extremo.

Primero palideció, y después se ruborizó, y después comenzó a temblar mientras su corazón se aceleraba incontrolablemente.

Cal apretó la mandíbula. Se puso lentamente en pie, observando cómo iba vestida y lo que estaba haciendo, y se dio cuenta de que estaba trabajando de sirvienta allí. Miró a Chester con rabia.

—¿Le importaría explicarme esto? —preguntó secamente, con una arrogancia y una autoridad que puso a todo el mundo nervioso de repente.

—¿Por qué no me lo preguntas a mí? —inquirió Nora, que irguió los hombros y recuperó la compostura—. Estoy trabajando para ganarme la vida. No quiero volver a casa.

Aquellas noticias, aunque bienvenidas, no consiguieron mitigar la indignación de Cal.

—Todavía eres mi esposa —dijo con ira.

Ella arqueó las cejas.

—¿De veras? ¡Vaya, y yo que pensaba que te habías desvanecido de la faz de la tierra!

—Tenías la dirección de mi abogado —le dijo él con frialdad.

—He estado demasiado ocupada como para usarla —mintió ella—. ¿Para qué has venido?

—No a verte a ti. He parado para preguntarle a Chester por sus progresos. Y para decirle que la empresa piensa que está haciendo un buen trabajo. Yo... eh... me encontré con uno de sus representantes en mis viajes.

Chester sonrió.

—¡Qué coincidencia!

Nora se alisó el delantal.

—Si te sientas —le dijo a su marido fríamente—, terminaré de servir la comida.

Y volvió a la cocina. Cal se levantó y la siguió, sin una disculpa ni una explicación.

Ella estaba poniendo galletas en un cuenco, pero se volvió cuando él entró en la cocina y cerró la puerta.

—Estoy ocupada —le dijo sin miramientos.

Él se apoyó en la encimera para observarla atentamente. Todavía estaba delgada, pero parecía que estaba en forma. Seguía tan guapa como siempre. Sus ojos se alimentaron de aquella visión, y se sintió en paz por primera vez desde que había salido de aquella casa la noche en que ella había empezado a recuperarse.

—¿Has vuelto a tener fiebre? —le preguntó.

—No —respondió ella mientras seguía poniendo galletas en el cuenco—. Estoy mucho mejor. No quería volver a casa y no quería avergonzar a mi familia pidiendo trabajo en otro sitio. Hago las tareas domésticas y cocino, y vivo en casa con ellos. Melly se va a casar en primavera. Ha ido al pueblo de compras con el señor Langhorn y con Bruce.

—Me alegro mucho por ella —dijo Cal, y se cruzó de

brazos—. Voy de camino a Beaumont —le dijo, omitiendo el detalle de que iba a ir a Virginia a buscarla. Ella no estaba muy receptiva, aunque él no esperaba otra cosa. Le había causado heridas que seguramente continuaban abiertas.

—¿De veras? ¿Por qué?

—Estoy haciendo una prospección petrolífera —le dijo—. Allí es donde voy los fines de semana. Tengo un socio. Estamos en la tercera perforación. Los dos primeros agujeros estaban secos. Esperamos dar con el petróleo esta vez.

Ella frunció el ceño.

—El periódico de Beaumont ha mencionado que hay algunos pequeños éxitos allí, pero uno de los geólogos más conocidos ha dicho que allí no hay ninguna bolsa importante —dijo.

—Y yo te digo que sí la hay —respondió Cal—. Trabajé en los campos petrolíferos de Corsicana antes de empezar a buscar en Beaumont, hace más o menos un año. Tengo el usufructo de varias hectáreas de tierra, y tengo a hombres que trabajan duramente.

Nora se quedó muy sorprendida. Sabía mucho menos de él de lo que pensaba. No quería preguntarle cómo estaba costeando aquella empresa tan cara. Seguramente, su socio era rico.

—¿Vas a quedarte a cenar? —le preguntó amablemente.

Él asintió.

—Si es conveniente.

—Pregúntale a mi tía, no a mí. Yo sólo trabajo para ella.

Él enrojeció.

—Eres mi esposa, por Dios. ¡No quiero que trabajes de criada sin sueldo!

—Tengo sueldo. Trabajo a cambio del alojamiento y el sustento. Tú te fuiste y me dejaste —le recordó Nora con calma.

—Sé muy bien cómo estabas cuando te dejé. Y te recuerdo que tú me ordenaste que me fuera. No me diste la oportunidad de decirte nada.

—¡Ni siquiera lo intentaste! —respondió ella acaloradamente.

—Estaba demasiado disgustado. No me habías contado nada de tu salud, salvo que estabas embarazada de mí. Yo llegué y me encontré con que habías tenido un aborto y estabas a punto de morir. ¿Cómo crees que me sentí?

Nora bajó la cabeza.

—Me imagino que te quedaste asombrado.

—Destrozado —corrigió él—. Supe que te había causado un gran perjuicio trayéndote aquí, a una vida de pobreza y trabajo duro. Estabas demasiado frágil para ello. Me sentí muy culpable, y me pareció que lo mejor que podía hacer era marcharme. No me extrañaba que no quisieras verme, Nora.

Al ver su expresión de sufrimiento, Nora se ablandó.

—Me diste la mejor vida que podías —le dijo con suavidad, aunque se sintió confusa al ver cómo él se encogía—. Lo que me enfadaba a mí era mi incapacidad de hacer las cosas más sencillas. No sabía cocinar, ni limpiar. Ahora hago bastante bien ambas cosas. Ya no soy tan inútil. Me he fortalecido con mis problemas.

—Nunca deberías haber tenido tantos —dijo él con tristeza—. Después de que te negaras a hablar conmigo, me fui a una taberna y me emborraché. Durante el camino de vuelta, pensé en que no tendría sentido que me quedara por el rancho, y que seguramente te recuperarías mejor sin mí, así que me subí al primer tren para Beaumont. Creía que tú volverías rápidamente a Virginia y te divorciarías de mí.

Lo que ella había pensado. No era de extrañar que no se hubiera puesto en contacto con ella.

—Mi padre me permite volver a casa si me disculpo —dijo—. Como pienso que no tengo nada de lo que disculparme, aquí sigo.

—Él sí que tendría que disculparse, y no tú. Es una desgracia para su sexo.

Nora arqueó las cejas.

—Pues sí —dijo—. Y se esfuerza mucho en serlo.

Él tardó unos instantes en captar aquel humor irónico. Cuando lo hizo, sonrió ligeramente.

—Sí, es cierto.

Nora cubrió las galletas con un trapo para que se conservaran calientes. Ella también sentía calidez por tener cerca a Cal de nuevo, y por poder mirarlo. La vida se había vuelto bella una vez más.

—Debería haberte contado lo de la malaria —le dijo a modo de disculpa—. Si lo hubiera hecho, si hubiera sido sincera desde el principio, nos habríamos ahorrado mucho sufrimiento.

—Ninguno de los dos ha sido muy sincero con el otro, Nora —dijo él—. Pero, ¿por qué me ocultaste tu estado de salud?

—Al principio, porque no te conocía lo suficiente como para contarte algo tan íntimo. Después, porque me parecía duro decirle a un recién casado que iba a tener un hijo y que su esposa tenía una enfermedad que, de no matarla, la acosaría durante toda la vida —dijo, y alzó la cara con una expresión de tristeza—. Tú apenas podías mantenernos a los dos con lo que ganabas, y ya había un bebé en camino. Quería ahorrarte más... cargas.

Él cerró los ojos y se dio la vuelta para ocultar la angustia que le habían producido aquellas palabras.

—Tus padres... ¿sabían que estabas enferma y no cedieron ni siquiera cuando perdiste el bebé? —le preguntó.

—Lo sabían. Soy una marginada —dijo, y sonrió de repente—. ¡Pero sé planchar! —anunció con alegría—. ¡Y hacer galletas que no botan, y carne que se deshace en la boca!

Aquel resplandor tomó a Cal por sorpresa. Buscó su mirada azul con ansia.

—Lo que me molestaba no eran las cosas que no sabías hacer —le dijo con la voz ronca—. Era el hecho de que, si realmente me hubieras querido, no te habría molestado cómo me ganaba la vida —dijo, y volvió a apartar la mirada—. Pero tú despreciabas mi condición, mi trabajo, mi forma de vestir. Fui cruel porque me hacía daño que dijeras que te habías casado por debajo de tu condición social.

Nora no supo qué decir. Aquellas acusaciones eran ciertas. Ella había dicho aquellas cosas y las había sentido. Sin embargo, en aquel momento, al mirarlo... se le derretía el corazón en el pecho. Lo quería, lo necesitaba. No le importaba que fuera pobre, ni que ella tuviera que trabajar de lavandera o de cocinera para estar con él. Sin embargo, le resultaba difícil expresarlo, después de todas las cosas dolorosas que habían ocurrido. No sabía cómo empezar.

CAPÍTULO 16

La puerta se abrió y llamó la atención de ambos. Helen entró en la cocina y los miró, consciente del silencio y la tensión que había en la estancia.

—¿Y la cena? —preguntó suavemente.

Nora agitó la cabeza.

—¿La cena? ¡La cena! —exclamó—. ¡Oh, tía Helen, lo siento! Estábamos hablando y me olvidé de todo lo demás.

Helen se echó a reír.

—Supongo que tendré que empezar a cocinar muy pronto —murmuró—. A menos que me equivoque, ya no te quedarás aquí mucho más, ¿verdad? —dijo, y miró a Cal, que tenía el ceño ligeramente fruncido—. Seguramente, te llevarás a Nora, ¿no?

Cal no pensaba que Nora quisiera ir con él. La miró, con una pregunta en los ojos que no se atrevía a formular en voz alta.

—Un campo petrolífero es un lugar difícil —dijo lentamente—. Es sucio y primitivo, con pocos servicios y ninguna privacidad. Tú eres frágil, y el tiempo es frío e implacable —Cal sonrió con tristeza—. No sería inteligente llevarte allí.

Nora sintió que sus esperanzas se desvanecían lentamente.

—Pero yo estoy fuerte —protestó, dejándolo asombrado—. El médico dice que, aunque volviera a tener otro ataque de fiebre, no moriría. ¡Y sé cocinar!

Él vaciló.

—Comed primero, y después podéis hablar de ello —dijo Helen sabiamente.

Los dos estuvieron de acuerdo. Nora puso toda la comida sobre la mesa, y cenaron charlando tranquilamente. Después, Nora quitó la mesa y lavó los platos, y finalmente, Cal y ella se sentaron a solas en el salón, a hablar.

Nora lo encontraba muy diferente con aquel traje negro, porque nunca lo había visto vestido con otra cosa que no fuera piel de borrego y vaqueros. No se le ocurrió preguntarle por qué tenía un aspecto tan próspero si no tenía trabajo.

—No sería práctico que te llevara a Beaumont —le dijo Cal resignadamente—. Estás mejor aquí. De hecho... si te disculparas con tus padres...

—¡Nunca! —dijo ella con firmeza—. Es él quien debe disculparse por haber insultado a mi marido.

Él arqueó las cejas y sonrió con satisfacción.

—Has cambiado.

—He tenido que cambiar —respondió ella—. ¿Quieres que te diga la verdad sobre mí? Nunca fui una aventurera. Fui a África y me alojé en una casa magnífica, mientras mis primos salían a cazar. Sólo fuimos de acampada una noche, y durante esa noche, Edward Summerville se volvió repugnantemente acosador y me rasgó la ropa. Entonces fue cuando me picaron varios mosquitos y me contagiaron las fiebres.

—La malaria —dijo él.

Nora asintió.

—Sí, pero el médico me ha dicho que no será mortal. Yo creía que sí, y por eso no te lo había contado. Temía por nuestro hijo —le explicó. Aquel recuerdo le causó dolor, y apartó la mirada.

—Siento lo del bebé —dijo él—. Podría haberte ahorrado todas las labores domésticas, Nora, sólo con haber contratado una criada...

—¿Y cómo te lo habrías podido permitir? —preguntó Nora, sin percatarse de la breve expresión de culpabilidad de Cal—. Cal, no sirve de nada mirar atrás. Es Dios quien decide los asuntos de la vida y la muerte. Yo también siento lo de mi bebé. Sin embargo, mucha gente sufre esas pérdidas y continúa con su vida. Nosotros también debemos hacerlo.

Él se apoyó en el respaldo del sofá y la observó fijamente.

—Todavía hay cosas sobre mí que tú no sabes —le dijo, preguntándose cómo iba a contarle sus secretos sin hacer que ella lo odiara todavía más.

Nora se alisó la falda.

—Me gustaría ir contigo a Beaumont.

Es una cabaña pequeña, y los trabajadores viven en tiendas alrededor. No estaríamos solos, y además, únicamente hay una cama —añadió con tirantez.

Ella se ruborizó un poco.

—Entiendo.

—Claro que... podrías alojarte en un hotel de Beaumont.

Ella volvió a alisarse la falda.

—Sí.

—De todos modos, allí la vida sería más dura que aquí. Yo estaría en la explotación con mis hombres. No me gusta la idea de que estés lejos de mí, sobre todo por las noches. Nora, es una mala idea.

Ella le clavó los ojos azules.

—¿No quieres que vaya contigo?

Él se puso tenso.

—Si quieres que te diga la verdad, no hay nada que desee más.

La preocupación se le borró de la cara a Nora. Se había quedado asombrada.

—¿De veras?

—Sí, pero, ¿y si te pones enferma?

—¿Y si te pones enfermo tú? —replicó ella—. Tú no tienes malaria, pero podrías resfriarte, o sufrir una neumonía, ¿y quién te cuidaría?

Él exhaló un suspiro.

—¿Tú... me cuidarías a mí?

—Por supuesto —respondió ella—. Y si voy, Cal, no me alojaré en Beaumont —añadió con firmeza—. Aunque sea duro, iré contigo al campo petrolífero. No deseo separarme de ti otra vez. Soy tu mujer.

Su mujer. Él recorrió su cuerpo con la mirada, con avaricia, y después la miró a la cara. El corazón se le aceleró. Ya le diría después toda la verdad sobre su familia y sobre sí mismo. Pero si lo hacía, Nora volvería a odiarlo. Sabría que había sufrido innecesariamente y lo culparía de ello.

Sin embargo, si esperaba para decírselo, si la llevaba a Beaumont y era bueno con ella, entonces quizá se enamorara de él. Y si lo hacía, cuando le dijera la verdad...

—Si te llevo conmigo, tendrás que avisarme cuando las cosas se vuelvan demasiado duras para ti. Tu salud será lo primero. Nada de orgullo, Nora, nunca más.

—Muy bien —dijo ella.

—Y si vas conmigo... —titubeó, y volvió a mirarla a los ojos—. Dormirás conmigo, Nora —dijo con la voz ronca.

Ella se ruborizó, pero no apartó la mirada. La paseó por su rostro, por su boca y por su pecho.

—Muy bien —susurró tímidamente.

Los altos pómulos de Cal enrojecieron. Todo su cuerpo se puso rígido al oír aquella suave respuesta. Recordó, como debía de recordar ella, el placer que podían darse el uno al otro. Nora ni siquiera intentó fingir que no lo deseaba, gracias a Dios.

—Entonces, recoge tus cosas, Nora —le dijo él—. Quiero que salgamos antes de que oscurezca.

La sonrisa le cambió la cara a Nora.

—¡Iré a decírselo rápidamente a la tía Helen! —dijo ella, levantándose de un salto.

Él también se levantó, y se irguió ante ella con una expresión solemne y los ojos brillantes.

—No será fácil —le dijo—. Incluso la cabaña de aquí te parecerá un lujo comparada con la de allí. Aunque ya no será necesario cocinar. Podemos comprar la comida hecha y...

—¡Claro que no! —le aseguró ella—. No, porque me he pasado días enteros con la cocinera del barracón, aprendiendo a cocinar y a preparar comidas en la fogata del campamento!

La sorpresa de Cal fue visible. Se quedó sin aliento.

—¡Veo que todavía piensas que soy una inútil! —le dijo ella con vehemencia—. ¡Pues bien, deja que te diga que ya no lo soy! Puedo...

Sonriendo, él se inclinó e interrumpió sus protestas con un beso cálido, hambriento, en el que se mezclaron la ternura y las largas semanas de abstinencia que había pasado.

El arrebato de placer hizo que Nora se apretara contra su cuerpo largo y poderoso, que lo abrazara con fuerza y abriera la boca e inclinara la cabeza hacia atrás.

Él gruñó; aquella reacción lo había tomado por sorpresa. Nora sintió que temblaba mientras la abrazaba y sus labios presionaban su boca.

Cal se movió contra ella, disfrutando de su respuesta, de su sabor y de su tacto. Tímidamente, Nora deslizó la lengua en su boca, y sintió en el vientre, con orgullo, la increíble rapidez con la que había reaccionado el cuerpo de Cal.

Él apartó su boca y la empujó suavemente hacia atrás, sujetándola a distancia con las pupilas dilatadas.

—Estamos casados —suspiró ella, sin aliento.

—Recuerda dónde estamos, por favor —le dijo él con irritación.

Ella sonrió con ternura, con los ojos llenos de placer.

—Te he echado de menos —le dijo soñadoramente.

Él tomó aire profundamente.

—Y yo a ti —le dijo—. ¿Estás segura, Nora? —añadió—. No podría soportar que corrieras más riesgos para tu salud por mi culpa.

—Mi lugar está contigo —respondió ella.

Él asintió. Nora pensó distraídamente que parecía un hombre distinto con aquel traje. Tenía una autoridad y una severidad que no tenía cuando ella lo había conocido.

—Eres como un extraño —le dijo, confundida.

Él le acarició la cara con ternura.

—Soy un extraño —le dijo—. En más sentidos de los que piensas. Sólo me conoces como amante.

Ella se ruborizó.

—Es el único modo en que me has permitido conocerte. Y yo tampoco he hablado mucho de mí misma. Tenemos que hablar más el uno con el otro en el futuro.

—Las noches son largas en el campamento —murmuró él—. Y no tendremos mucha privacidad para hacer otra cosa —añadió con una sonrisa de disculpa.

—Pero tú has dicho que iba a dormir contigo —dijo Nora.

—Y así será —respondió Cal—. Pero, por desgracia, eso es todo lo que habrá entre nosotros. Hay tiendas muy cerca de la cabaña, donde se alojan mis hombres —dijo, y la miró con una sonrisa de diversión—. Y tú eres muy ruidosa cuando hacemos el amor —susurró.

Ella escondió la cara contra su chaleco. Él la abrazó, riéndose con ternura por encima de su pelo despeinado.

—Qué delicia eres para mí —le dijo con la voz ronca, mientras le acariciaba la nuca—. Nora, hay algo más que tengo que decirte —añadió después—. Perdona que sea tan directo, pero no quiero dejarte embarazada otra vez tan pronto. Tu cuerpo necesita tiempo para recuperarse. Cuando pienso en que concebimos a nuestro hijo la primera vez que estuvimos juntos...

—Sí, lo sé. ¿Quieres... tener un hijo conmigo algún día?

—¿Qué pregunta es ésa? ¿Por qué no iba a querer tener un hijo contigo?

—Dijiste que no era el tipo de mujer con el que tenías que haberte casado.

—Dije muchas cosas crueles. Y tú también. Eso ya ha terminado. Estamos casados, y estoy deseando tener una vida larga y feliz contigo. Los niños serán parte de ella, en cuanto estés completamente restablecida.

—Oh. Entiendo.

—No te desanimes —le dijo él—. No será para siempre.

Ella asintió, pero no lo miró a los ojos.

—Se te ha olvidado algo que te dije cuando nos casamos —insistió él.

—¿Qué?

Cal acercó los labios a su oreja.

—Que hay formas de darnos placer el uno al otro con las que no tendríamos por qué concebir un hijo —le susurró—. Aunque corro el riesgo de hundir más mi reputación, tengo que decirte que soy muy hábil en ese sentido.

—¡Cal Barton! —exclamó ella, estupefacta.

Él se rió y la soltó para que ella se alejara de él con la cara enrojecida.

—¡Libertino! —le dijo Nora.

Él arqueó una ceja.

—Y peor —confesó—. Te acostumbrarás a ello.

—Supongo que no me quedará más remedio, pero espero que te reformes. Ahora eres un hombre casado y respetable.

—Los dos lo esperamos. Y ahora, ve a recoger tus cosas, por favor, y yo le pediré a Chester que nos lleve a la estación. He alquilado un caballo para venir aquí, y tendremos que devolverlo. Creo que es un poco prematuro pensar que puedas montar a la grupa de mi caballo.

—Ojalá pudiera montar —confesó ella—. Melanie comenzó a darme clases, pero todavía no he llegado muy lejos.

A él le cambió la cara.

—Montar a caballo será imprescindible para ti —le dijo enigmáticamente—. Es algo que debes saber hacer.

—¿Por qué? Podemos alquilar un coche en Beaumont, ¿no? —le preguntó ella con desconcierto.

Cal estaba pensando en Látigo, y en el tiempo que pasarían allí. Los veranos y las vacaciones las compartirían con su familia, y a ella le encantaría. Cal lo sabía. Pero primero tenía que encontrar el modo de decírselo.

—No te preocupes por eso ahora.

—Tú montas muy bien. Fue una de las primeras cosas que noté sobre ti.

Él deslizó la mirada por su cuerpo.

—Yo lo noté todo de ti la primera vez que te vi —le dijo él—. Estabas exquisita con tu traje de última moda y ese sombrerito francés.

Ella se quedó inmóvil.

—¿Cómo sabes que era francés?

Su madre tenía uno muy parecido, pero Cal no podía admitirlo. Frunció los labios.

—Quizá me lo dijeras tú.

—Quizá te lo dijera otra mujer.

Él arqueó las cejas y sonrió.

—¿Celosa?

Ella se dio la vuelta y se fue a abrir la puerta.

—¿Nora?

—¿Qué? —le preguntó ella con cara de pocos amigos.

—No he mirado a otra mujer, ni siquiera del modo más inocente, desde que te vi. Pero me complace saber que te molestaría si lo hubiera hecho.

—Yo no te habría culpado —confesó Nora.

—Pero yo sí me habría culpado a mí mismo —le dijo Cal; se acercó a ella y la abrazó con ternura—. Eso nunca será una opción para mí. Si discutimos, cosa que sucederá de vez en cuando, nunca te avergonzaré de ese modo. Me parezco mucho a mi hermano mayor, que adora a su esposa y a su hijo. Creo que te caerán muy bien, y el resto de mi familia también, cuando los conozcas.

—¿Ya no estás... avergonzado de mí?

—Oh, Dios mío, perdóname —susurró Cal, y la abrazó con fuerza.

Nora se aferró a él y dejó escapar un suave sollozo.

—Estaba tan equivocada... tan equivocada en cuanto a ti y a otras muchas cosas. Mi padre es un esnob, y yo no me di cuenta de que era exactamente igual que él hasta que llegué aquí. Ahora no puedo soportar volver y ver cómo denigra a la gente porque tienen menos que él.

Cal se inclinó y la besó con ansia, gimiendo suavemente cuando ella respondió a su pasión.

—Esto es tan dulce —susurró Nora cuando los dos estaban sin aliento, y apoyó la mejilla en su pecho—. Debemos besarnos muy a menudo a partir de ahora.

—Pero no en público —gruñó él.

Ella se rió, porque podía sentir el motivo de su negativa.

En aquel momento alguien llamó a la puerta de la cocina. Se apartaron el uno del otro, y a los pocos instantes, entró Chester.

—Me preguntaba si queréis que os lleve a la estación —preguntó con una sonrisa.

—Qué amable es por ofrecerse —dijo Cal, sonriendo—. Nora iba a hacer las maletas.

—Es lo menos que puedo hacer, muchacho. ¿Te gustaría ver la nueva embaladora de heno mientras ella va haciendo el equipaje?

—¡Claro que sí!

Cal se despidió cariñosamente de Nora y se fue con Chester.

—Supongo que no puedo convencerte para que vuelvas —le dijo Chester mientras se acercaban al establo.

—No. Lo siento. Disfruté mucho trabajando aquí, pero tengo mucho dinero invertido en Beaumont y no puedo descuidarlo ahora. Estoy haciendo sondeos petrolíferos —confesó—. Es el tercer pozo que perforamos, y tengo la esperanza de que cambie mi suerte.

—¿No es un poco arriesgado hacer prospecciones petrolíferas? —le preguntó Chester con curiosidad, aunque se sentía impresionado por los muchos recursos que tenía aquel hombre.

—Sí —respondió Cal—. Pero he aprendido que casi ninguna fortuna se ha ganado sin riesgos. Quiero abrirme mi propio camino en el mundo, y no depender de nadie para ganarme la vida.

Chester lo malinterpretó.

—Bueno, yo creo que aquí tenías bastante independencia, y yo intentaba no interferir...

Cal se rió y le dio una palmada a su antiguo jefe en la espalda, con afecto.

—Lo sé. No era eso lo que quería decir. ¿Sabe? Debería considerar el hecho de invertir en esa prospección ahora que todavía hay tiempo.

—He leído noticias sobre Beaumont en el periódico —confesó Chester—. Y si realmente hay una bolsa de petróleo, el precio de esas tierras ascenderá astronómicamente de la noche a la mañana. Pero es muy arriesgado.

—La vida es un riesgo —le dijo Cal—. Voy a darle el dos por ciento de mi participación —le dijo, y le tendió la mano a Chester cuando éste comenzó a protestar, mirándolo fijamente—. Si tengo éxito, será mucho dinero. Podrá comprarle de nuevo este rancho al grupo industrial, y dirigirlo como quiera. Ahora que está en el camino de la modernización, no tendrá problemas para hacerlo rentable.

Chester estaba completamente asombrado.

—Pero, ¿por qué vas a hacer eso por mí?

Cal no podía decirle la verdad, que era por Nora y por lo bien que se habían portado con ella. Y no sólo eso; además, él le había tomado mucho cariño a aquella familia durante el tiempo que había estado trabajando para ellos.

Le pasó un brazo por los hombros a Chester.

—Escuche, ¿no le gustaría formar parte de una gran operación petrolífera y contarle a su cuñado de Virginia cómo lo consiguió?

Chester emitió un silbido.

—¡Vaya si me gustaría! ¡Estaría restregándoselo por la nariz hasta el fin de mis días!

Cal le sonrió.

—Y Nora también.

—¡Entiendo! —exclamó Chester, y se echó a reír—. Está bien, entonces. Acepto tu amable oferta. Pero si das con una bolsa de petróleo, hijo, tienes que llevar a Nora a Virginia a visitar a su familia. Preferiblemente, en un coche de oro.

—Tengo algo más grandioso en mente —respondió Cal con una carcajada.

Chester no sabía por qué su antiguo capataz le había hecho aquel regalo, pero siempre se había sentido inferior a su familia política, desde que se había casado con Helen, y fueran cuales fueran las razones de Cal, estaba encantado. Sólo deseaba tener algo que ofrecerle a Cal a cambio. Tendría que investigar si podía conseguir un buen caballo purasangre para el muchacho. Conocía a un criador que le debía un favor, y Cal siempre había tenido cierta debilidad por los buenos caballos.

CAPÍTULO 17

Beaumont era una ciudad en desarrollo, con unos pocos miles de habitantes. Un cuarto de la población era negra, y había varios negocios judíos. También había inmigrantes holandeses e italianos, y algunos vaqueros. Era una ciudad acogedora, pero adolecía de instalaciones industriales modernas que serían necesarias si era cierto que había un gran pozo petrolífero en sus límites, algo que preocupaba a Cal y a los demás inversores.

Las enormes instalaciones de Gladys City habían sido, al principio, objeto de burla, y había gente que todavía no lo consideraba un proyecto serio. Cal también había sufrido burlas por parte de los hombres de negocios locales, por el hecho de invertir tanto dinero en un sueño, y aunque ellos trabajaban construyendo sus torretas de perforación, los contratistas del pueblo se reían de él a sus espaldas. Sin embargo, como los demás buscadores de petróleo, él creía en las instalaciones de Gladys City y tenía gran respeto por ellas y por su fundador.

Había sido una gran ventaja para Cal el hecho de que

nadie conociera su verdadera identidad. Impidió que nadie se aprovechara de su dinero.

Él no era el único que tenía un equipo trabajando en aquella franja de terreno. El capitán Lucas, un caballero brillante de orígenes eslavos, tenía una torreta cerca y había inventado algunas técnicas asombrosas para combatir los problemas que se ocasionaban durante las perforaciones, problemas característicos de aquella zona costera de Texas. Él, como Cal, tenía contactos en Corsicana, a quienes podía pedir equipamiento para la perforación, y consejos.

Las innovaciones que habían desarrollado sus hombres y él, y que usaban para penetrar en el yacimiento de sal, que también contenía arenas movedizas y grandes rocas, iban a revolucionar la industria del petróleo. Existía el rumor de que incluso el señor Rockefeller y su gente del gigante Standard Oil tenían los ojos puestos en Beaumont. Todo el mundo estaba esperando. Esperando.

Mientras, sólo había pozos secos e informes prematuros de fracaso, e historias de pozos asombrosos que inventaban los reporteros de los periódicos.

Cal le contó todo aquello a Nora, que escuchó con fascinación, durante su primera noche en un hotel de Beaumont. Él había ido directamente al pozo para comprobar los progresos de Pike y los demás hombres, y había vuelto al hotel desanimado y cansado.

—¿Qué ocurre? —le preguntó ella, mientras Cal se quitaba las botas llenas de barro y la chaqueta.

—Otro atasco —dijo él con cansancio—. El capitán Lucas ha superado su problema con las arenas movedizas, pero nosotros todavía no. Hemos tenido que pedir otra pieza a Corsicana —explicó y se tendió sobre el colchón con cansancio—. Tengo a tanta gente esperando que tengamos éxito... estoy impaciente. El capitán Lucas lleva perforando desde octubre. Dio con una bolsa de gas, pero no encontró petróleo. Al menos, por ahora no —añadió, y miró el cuerpo de su mujer—. Estás muy delgada, Nora. Tienes que intentar comer más para recuperar fuerzas.

—Tengo muy poco apetito —le dijo ella, y sonrió—. Pero ahora que has vuelto, tengo más hambre.

Él se rió.

—Dentro de un momento tenemos que bajar al comedor a cenar —murmuró Cal, tendiéndole la mano—. Pero todavía no.

Nora le dio los dedos delgados y él tiró de ella hacia su regazo. La besó y, durante unos largos momentos, no se pronunció una palabra en la habitación.

Él pasó la mano por su canesú, de manera posesiva, mientras ella se acurrucaba entre sus brazos y esperaba a que volviera a besarla.

—No quiero distraerte —le dijo, sonriendo—, pero van a servir la cena y hay tarta de manzana de postre. La patrona me ha dicho que lo ha hecho con las manzanas que tiene guardadas en el sótano.

Cal le devolvió la sonrisa.

—¿Y te gusta la tarta de manzana?

—Me encanta. Tú también me encantas, pero la tarta de manzana me resulta irresistible en este momento.

—En ese caso, permíteme que me ponga un par de zapatos limpios, y bajaremos.

Cal la soltó y fue hasta la maleta. Un minuto después se había puesto unos zapatos de cuero que tenían aspecto de ser muy caros. Nora no hizo ningún comentario mientras se ponía un chal negro sobre su bonito vestido, pero se preguntó de dónde los habría sacado. Cal era todo un extraño para ella.

A la mañana siguiente, alquilaron un coche y recorrieron los siete kilómetros que les separaban del terreno en el que Cal estaba sondeando. Todo el paisaje era llano, salvo la colina de las perforaciones.

—Patillo Higgins es la fuerza que ha movido todo esto —le explicó Cal a Nora mientras se dirigían hacia las torretas, en la distancia—. Él casi se había rendido, sin embargo, cuando el capitán Lucas le compró el usufructo de las tierras. Ahora, todo depende de que esa torre saque petróleo —dijo, sacudiendo la cabeza—. Por su bien, y por el nuestro, espero que así sea.

Nora lo observó de reojo. Cada día sentía más curiosidad hacia él. Aquella mañana se había quedado dormida, y cuando había abierto los ojos, él ya estaba vestido e iba a ver al dueño del establo del pueblo para alquilarle una calesa. Ella se vistió e hizo el equipaje en su ausencia, y estaba lista para bajar a desayunar con él y con los demás huéspedes.

En secreto, había albergado la esperanza de que él la despertara muy temprano y le enseñara algunos de aquellos secretos que le había insinuado. Sin embargo, parecía que él estaba completamente concentrado en el pozo de petróleo. Nora se resignó a estar en segundo plano hasta que él encontrara el petróleo o se rindiera, aunque tenía el presentimiento de que Cal nunca se rendiría. Parecía que lo llevaba en la sangre. Se preguntaba si su familia también estaba involucrada en el negocio del petróleo. Se lo preguntaría cuando tuviera la ocasión.

Cal le presentó a Pike, y a ella le cayó mal a primera vista. No era atrevido, ni tampoco grosero, pero ella percibió en aquel hombre la falta de honradez, por el modo en que apartaba la vista cuando le hablaba, o cuando hablaba con Cal.

Después, su marido la condujo hasta la cabaña, y se la enseñó. No había mucho que mostrar; sólo tenía una habitación amueblada con unas cuantas sillas, una cama de hierro con un colchón combado y las sábanas gastadas, y una chimenea con un horno holandés colgado de su trípode sobre el hogar. En un mueble desvencijado había un lavabo y una jarra, y debajo, algo parecido a una toalla. Nora pensó inmediatamente en que no iba a poder darse un baño a no ser que fuera al pueblo.

—Sé que no es mucho —le dijo él.

Además, hacía muchísimo frío. Cal salió al porche a tomar un brazado de leña para la chimenea. Había un frasco de queroseno junto al atizador; él colocó la leña y tomó el frasco.

—¡No! —exclamó Nora—. ¡Cal, vas a incendiar la casa!

Cal se dio la vuelta, riéndose.

—No quiero estar diez minutos encendiendo el fuego. Si te da miedo, sal.

—Oh, Cal —refunfuñó ella.

Él colocó unos cuantos palos, los roció de queroseno, se apartó, encendió una cerilla y la arrojó a la chimenea. La madera se encendió de forma explosiva, pero después de un minuto, los palos estaban ardiendo y las llamas se extendían rápidamente hacia los troncos de roble.

—Pardilla —le dijo él con afecto—. Entonces, ¿en el Este no hay chimeneas?

Ella lo miró con cara de pocos amigos.

—Sí, pero tenemos papel con el que encender el fuego.

Cal se rió.

—Bueno. Ahora tengo que enviar a uno de los hombres a recoger las provisiones. Las encargué ayer, pero se me ha olvidado parar a recogerlas de camino al pueblo. No tendremos nada que comer si no mando a nadie. También he encargado un colchón nuevo, y sábanas nuevas.

—Eso era innecesario —dijo ella—. Yo podría haberlas lavado...

—¿Con qué? No tenemos olla para hervir la ropa, ni para aclararla, ni cuerdas para colgarla, porque aquí no hay árboles.

Nora estaba horrorizada. Él la calmó.

—Hay una lavandería en Beaumont —le dijo—. No tendrás que llevar la ropa sucia.

De todos modos, ella seguía preocupada.

—Pero será caro —le dijo con delicadeza; no quería ofenderlo.

—Tu preocupación por mi bolsillo es loable —dijo Cal con una sonrisa—. Pero podemos permitírnoslo. Tengo crédito en el pueblo, ¿sabes?

—¡Oh! —exclamó ella alegremente—. Eso es otra cosa.

Lo que probablemente quería decir era que por eso podía permitirse ciertas cosas. Nora no le había preguntado por su fuente de ingresos, pero Cal sabía que debía de sentir curiosidad de todos modos. Muy pronto tendría que decirle la verdad.

Se instalaron en la cabaña. Después de los primeros días, Nora se sentía más cómoda cocinando al aire libre.

Se le daban bien los estofados, e incluso las galletas, una vez que aprendió a cocinarlas sobre el fuego directamente. Era imposible hacer bizcochos, así que Cal compró algunos en la panadería del pueblo. Compartieron la comida con los hombres, cuyas habilidades como cocineros no parecían muy grandes, teniendo en cuenta su delgadez.

Al principio, Nora pasó mucho tiempo dentro de la cabaña, arreglando las cortinas y haciendo lo que podía por mantenerla limpia. Él la sorprendió llevando cosas para hacer la casa más agradable, como una lámpara de queroseno de cristal decorado y una mecedora con un cojín bordado. Aquellos detalles la complacieron mucho.

Por las noches, se acurrucaba en brazos de Cal y dormía cómoda y segura. Él la abrazaba, pero nunca la animaba a ir más lejos. No la besaba mucho aquellos días, y cuando ella le acariciaba el pecho bajo las mantas, él le apartaba la mano. Nora sabía cuál era su intención. No quería arriesgarse a dejarla embarazada. Por desgracia, tampoco hacía ninguna otra cosa.

—Dijiste que podríamos probar formas nuevas de darnos placer —le susurró al oído, atrevidamente, una noche.

—Y lo haremos —respondió Cal con suavidad, besándole los párpados—. Pero no con mis hombres acampados en el porche —dijo, y se rió—. Comenzó a llover de repente y empapó el suelo. No podían dormir en el barro, Nora.

—Lo sé —dijo ella con un gruñido—. Es sólo que...

—Duérmete. Intenta no pensar en ello. Sé que estás aburrida aquí. Quizá pudiéramos comprar unas revistas. ¿Quieres?

Ella sonrió.

—Sí. Pero me gustaría que también me trajeras lana y unas agujas de hacer punto, por favor. Puedo hacerte un jersey.

—Nunca me lo pondré —murmuró él.

—Entonces, te haré algunos calcetines —replicó Nora, sin darse por vencida.

Él la abrazó contra su cuerpo.

—Los calcetines sí. Ahora, duérmete.

Ella cerró los ojos, pero como de costumbre tardó bastante en conciliar el sueño.

Al día siguiente hubo un gran alborozo en la colina. El pozo del capitán Lucas explotó hacia el cielo al final de la mañana del día 10 de enero de 1901, y todos los agoreros tuvieron que callar la boca para siempre.

—¡Lo ha conseguido! —gritó Cal desde el porche, porque podía ver el gran chorro de petróleo alzándose majestuosamente hacia el cielo—. Por Dios, lo ha conseguido, Nora. ¡Ven a verlo! ¡Lo ha conseguido! ¡Hay petróleo aquí. ¡Hectáreas y hectáreas de petróleo!

Ella salió al porche con él y observó el gran chorro de petróleo contra el azul del cielo, con el brazo alrededor de la cintura de Cal.

—Y nosotros estamos al lado —dijo él, saludando a sus hombres.

Estaban saltando y bailando junto a la torreta. Ya sólo era cuestión de tiempo, y todos lo sabían. Si se podía sacar petróleo de un lugar de la colina, se podía sacar de toda aquella zona. La tierra de Cal era dinero en el banco.

Siguieron trabajando y, a medida que pasaban los días, siguieron profundizando cada vez más en el terreno.

Entonces, la primera semana de marzo, hubo una explosión dentro de la torreta. Nora había estado lavando su ropa interior dentro de la cabaña, y al oír el estruendo salió al porche y se quedó mirando hacia el pozo mientras se protegía los ojos del sol con la mano.

Cal le gritó algo a Pike, que comenzó a retroceder. De repente, de la torreta comenzó a salir barro. Pike se deslizó por la escalera hacia abajo, seguido de Cal, que estaba gritando al ingeniero, Mick, y al resto de sus hombres que se apartaran.

Los hombres se alejaron mientras el lodo seguía volando por los aires. Entonces, de repente, un fragmento enorme de tubería se unió al barro y salió expelido hacia la parte superior de la torre. Toda la estructura cayó al suelo instantes después.

−¡Oh, no! −susurró Nora con angustia.

Sabía que Cal había invertido mucho dinero en aquella empresa, y parecía que lo iba a perder todo. Semanas de vigilar junto a él, de esperar junto a él, acababan de precipitarse al suelo junto a la tubería y la torre. Al menos, gracias a Dios, Cal y los demás hombres habían podido apartarse a tiempo. ¡De lo contrario, aquella tubería habría podido matarlo!

Cuando finalmente todo se detuvo, Cal comenzó a soltar juramentos. Era tan elocuente que Nora se tapó los oídos; y él no era el único hombre del campo que expresaba sus sentimientos sobre el barro, las torretas, las tuberías y los sondeos petrolíferos con toda claridad.

Los hombres se acercaron a la estructura intentando encontrar un modo de reemplazarla. El hallazgo del capitán Lucas había hecho subir de manera exorbitante los precios de los componentes de las torres y de los terrenos.

Cal se agachó a mirar una parte de la tubería. Estaba furioso.

−Dios Santo. Costará miles de dólares arreglar todo

esto, y cuando lo hayamos hecho habrá que empezar de nuevo, desde cero...

—Es una pena, jefe —dijo Pike. Parecía que estaba nervioso. Muy nervioso—. ¡Una maldita lástima!

Mick fue mucho más vehemente mientras se acercaba a los restos de la torre. Les ordenó a sus hombres que comenzaran a recoger los materiales, pero a los pocos instantes, el suelo comenzó a retumbar de un modo espantoso.

—¡Sal de ahí, Mick! —le gritó Cal.

El irlandés salió corriendo justo cuando surgía otro potente chorro de barro de la tierra. Sin embargo, aquello no terminó con el lodo; después surgió una columna de gas, y después... en segundos... un fluido espeso, verde y sólido... ¡Petróleo!

—¡Petróleo! —gritó Mike. Su voz no parecía humana. Levantó los brazos hacia el cielo y se dejó cubrir de líquido de la cabeza a los pies—. ¡Petróleo, petróleo!

Cal había estado conteniendo el aliento, y en aquel momento, lanzó su sombrero al aire y corrió a abrazarse con Mick bajo la lluvia de petróleo. Los dos bailaron como locos, e incluso el reservado Pike se unió a ellos. Nora rió y lloró a un tiempo cuando se dio cuenta de lo que había sucedido. La apuesta de Cal había obtenido su beneficio. Iban a ser muy, muy ricos.

Cal la vio en el porche, corrió hacia ella y la tomó en brazos.

—¡Lo hemos conseguido! —dijo riéndose—. ¡Lo hemos conseguido, lo hemos conseguido, lo hemos conseguido! Nora, ¡somos ricos!

—Sí, lo sé —respondió ella, riéndose también.

Intentó quitarle el líquido espeso de la cara, pero él la besó. No parecía que a ella le molestara el sabor del petróleo, ni la suciedad, así que volvió a besarla. Y, durante unos gloriosos segundos, estuvieron solos en su propio mundo.

Entonces, todo se llenó de gente que se acercaba en calesas, a caballo, o a pie. La gente iba a ver el pozo, a felicitarlos, a ofrecerles sugerencias.

Mientras Cal y Nora estaban recibiendo el saludo de la gente, Pike estaba hablando con un extraño trajeado y mirando nerviosamente hacia el porche. Nora entornó los ojos. Estaba ocurriendo algo muy sospechoso. Esperaba que Pike no hubiera hecho nada en ausencia de Cal para estropear aquel glorioso triunfo. Ella iba a tener que hablar con su marido sobre aquel hombre.

Lo intentó cuando todo el mundo, incluido el mismo capitán Lucas, se hubo marchado a casa.

—Escucha, Cal —le dijo ella, cuando estaban lavándose para quitarse el petróleo de la cara—. Quería hablarte de Pike...

—¿Qué pasa con él, querida? Está tan exultante como todos nosotros.

—¿Lo has visto hablando con ese hombre del traje?

—Mmm —dijo él, secándose los ojos con la toalla—. Es uno de los abogados del pueblo. Yo también lo conozco. Pike y él son amigos, eso es todo.

Nora tenía el desagradable presentimiento de que no era la amistad lo que unía a aquellos dos hombres. Sin embargo, por nada del mundo quería hacer algo que pudiera aguarle la fiesta a su marido.

—Esto no es posible —dijo él, al ver que no había conseguido quitarse casi nada del petróleo—. No es que me queje —dijo, riéndose al ver las manchas—, pero no vamos a conseguir lavarnos nunca con un lavabo. Vamos. Nos alojaremos en el hotel y nos daremos un buen baño.

Y después, tú y yo vamos a ir a celebrarlo con los hombres. De hecho —dijo, haciendo que ella girara con suavidad—, vamos a comprar todas las botellas de champán del bar y nos las vamos a beber.

—Pero yo no bebo.

—Esta noche sí —le aseguró él, con una sonrisa que hizo que le diera vueltas la cabeza—, porque acabamos de encontrar una de las bolsas de petróleo más grandes de la historia. ¡Y por nada del mundo voy a celebrar eso sin mi mujer!

CAPÍTULO 18

La celebración fue muy escandalosa, pero no parecía que a nadie del bar le importara, ni siquiera cuando se rompieron las copas. Cal sirvió champán y animó a beber a Nora, que se sentía un poco azorada al ser la única mujer de todo el salón.

—Vamos, bebe —le pidió Cal, mirando a su esposa con los ojos brillantes de placer. Aquellos dos meses abrazándola sin hacer nada más ardiente le estaban pasando factura. Pensaba que, de no haber estado tan concentrado en el sondeo petrolífero, quizá se hubiera vuelto loco. Deseaba a Nora con desesperación, pero pese a que su salud había mejorado mucho, él no quería hacer que corriera ningún riesgo.

Se había asegurado de que no tuviera que lavar ni cargar agua, ni hacer nada salvo las tareas más ligeras. Ella había pasado la mayor parte del tiempo tejiendo y probando recetas de cocina nuevas. Cal estaba verdaderamente maravillado de la diferencia entre la mujer con la que se había casado y la Nora que vivía con en aquel momento. Sin embargo, había cosas que no habían cambiado, como el sentido del humor y el espíritu valiente de Nora. Cada día que pasaba, Cal estaba más enamorado de ella. A menudo se preguntaba qué era lo que sentía su mujer, pero ella se había hecho muy hábil a la hora de ocultar sus sentimientos. Él había sido cruel, y no quería pensar que hubiera podido terminar con emociones más profundas que ella albergaba antes de perder al bebé.

Pese a que Cal había estado la mayor parte del tiempo trabajando en el pozo, Nora sabía que lo hacía por su futuro, y no se había quejado ni una sola vez. Él la encontraba bastante compleja, una vez que ella se había relajado en su presencia, y ambos disfrutaban mucho de sus charlas y debates. Nora estaba igualmente cómoda hablando de la situación política del país que del precio de los huevos en el pueblo.

Cuando Cal tenía tiempo libre, los domingos, iban a misa a la iglesia de Beaumont, y después comían en el hotel del pueblo, donde también se alojaban frecuentemente para tomar un baño y descansar.

Por sus charlas, él descubrió que Nora había sufrido muchos percances de pequeña, y que aunque había sido una niña mimada, sí tenía alma aventurera. Él hablaba poco de su infancia, salvo para recordar que había sido muy tempestuosa, y que sus hermanos y él habían sido felices. Quería contarle todo, incluido lo unidos que estaban King y él, y las desventuras que habían sufrido. Se prometió que un día le hablaría de la familia; aunque se preocupaba mucho de su reacción, sabía que Nora tenía que enterarse de quién era él y de cuál era su familia.

—Estás muy pensativo —le dijo ella.

Cuando Nora lo sacó de su ensimismamiento, él sonrió.

—Y tú estás muy guapa —le dijo él, y vio que a ella se le iluminaba la expresión por el cumplido—. ¿E incómoda? —le preguntó delicadamente.

Nora miró a su alrededor como si tuviera miedo de que alguien la viera allí, en un bar.

—Cal, he tenido una vida tan estirada —confesó ella, riéndose—. Tienes que ser un poco indulgente conmigo.

—Lo estás haciendo muy bien —respondió Cal con entusiasmo—. Salvo que no estás bebiendo champán. Es el mejor que tenían. Francés, y de una cosecha excelente.

Cal hacía comentarios como aquél a menudo. Sabía cosas que debían de sonarle a chino a un vaquero, como el hecho de que sus sombreros fueran de París y de que un vino era de una buena cosecha. Hablaba con inteligencia de política nacional e incluso internacional, y estaba como pez en el agua en el mejor restaurante de Beaumont, con modales impecables y un encanto aristocrático. Dejaba asombrada a Nora con sus regalos. Ella nunca había tenido la oportunidad de ver lo versátil que era, ni lo educado.

—No debería saber eso, ¿verdad? —murmuró él, menos reservado que de costumbre. Se rió al ver la expresión del rostro de Nora—. Bueno, no siempre fui vaquero —le dijo—. He trabajado en campos petrolíferos y he vivido en Nueva York. He estado al otro lado del océano, en Europa, y no sólo cuando era oficial del ejército en Cuba.

¡Oficial! Ella no lo sabía.

—¿Eras oficial? —le preguntó, con esperanza de sonsacarle algo más.

—Creía que iba a hacer carrera en el ejército. Me alisté diez años antes de la guerra con España, dos años después de terminar la universidad, cuando era joven y tenía la cabeza llena de pájaros. Llegué al rango de coronel y dejé el ejército cuando terminó la guerra.

Ella estaba tan impresionada que no pudo disimularlo. Aquellas revelaciones eran asombrosas para una mujer que había aceptado que su marido era un vaquero sin cultura.

Él le sonrió perezosamente.

—Me pregunto si te habría gustado ser la mujer de un oficial del ejército. Habría sido adecuado para ti ofrecer el té de la tarde y recibir a los dignatarios de Washington.

Ella se ruborizó.

—Me gusta igualmente el negocio del petróleo —le dijo—. E incluso me gustó la vida en un rancho, al final.

—Mientes maravillosamente —le dijo él con suavidad.

Nora se llevó la copa de champán a los labios y le dio un sorbito. Hacía mucho tiempo que no lo tomaba. Se le había olvidado lo suave y fragante que era aquel vino. Cerró los ojos y emitió un murmullo de placer.

—Un buqué excelente, ¿verdad? —le preguntó Cal cuando terminó su propia copa—. No lo había tomado mejor desde París.

Ella estaba aprendiendo mucho sobre su misterioso marido. Había viajado y había sido oficial del ejército, así que quizá recibiera una pensión. Eso explicaría de dónde había sacado el dinero para financiar la prospección petrolífera. Sin embargo, si había ido a la universidad, ¿cómo se había costeado los estudios?

Nora miró a su alrededor y frunció el ceño al ver a los hombres de Cal.

—¿Dónde está el señor Pike? —preguntó con curiosidad, porque no lo había visto con los demás.

—Quién sabe. Probablemente se ha emborrachado y

se ha ido a su habitación —dijo Cal riéndose—. Será mejor que se levante rápidamente. Hará falta que todos trabajemos para tapar el pozo.

—Se me había olvidado que había que hacerlo.

—Sí, bueno, no se puede bombear el petróleo si está saltando por los aires.

—Sí, eso sí lo sabía —respondió Nora, riéndose también. Dejó que él volviera a llenarle la copa, y comenzó a sentirse más y más relajada a medida que bebía.

Cal se fue quedando callado. No parecía que fuera violento cuando se embriagaba, pero la miraba de una manera inquietante, excitante. Después de la segunda copa de Nora, y de la tercera para él, Cal se puso de pie repentinamente y la tomó de la mano.

—Es hora de irnos —dijo—. Di buenas noches.

Ella se despidió de los hombres, que estaban demasiado felices como para darse cuenta, y siguió a Cal a la calle.

Él la llevó al hotel, y juntos subieron las escaleras hasta la habitación. Sin embargo, por una vez, Cal no le permitió que se pusiera el camisón ni entró después que ella. Cerró la puerta y comenzó a desnudarla con las luces encendidas.

—¡No debes hacerlo! —exclamó ella, porque hacía mucho tiempo que él no la veía desnuda, y sintió una profunda timidez.

Él se echó a reír.

—¿Quieres que apague las luces? —le preguntó.

—Pues... ¡sí!

—Está bien, gallina.

Cal apagó los faroles de gas y después se acercó a ella tambaleándose un poco.

—Cal, dijiste que no debíamos...

Él la abrazó y la besó. Incluso en aquel estado de embriaguez, fue tierno y experto. Nora se apoyó en su cuerpo y notó cómo sus manos se deslizaban hacia arriba y le tomaban los pechos. Ella también estaba un poco borracha. Cal la tendió sobre la cama y, entre besos, le quitó hasta la última prenda de ropa. Después se desnudó él también, y después, la volvió loca con una pasión desinhibida que nunca le había demostrado.

Cuando él se situó sobre ella, Nora era totalmente receptiva. Tenía las piernas separadas y el cuerpo elevado para acoger su penetración lenta, profunda, un poco dolorosa.

Él murmuró algo e inhaló bruscamente al notar que ella lo absorbía en su calor. La besó en la oscuridad, y comenzó a moverse dentro de su cuerpo tenso.

Súbitamente, toda la abstinencia y la necesidad acabaron con la reserva que él siempre había mostrado con Nora. Gruñó con aspereza y la aferró por las caderas. Le susurró cosas que la hicieron enrojecer; y de repente, su pasión se volvió tan violenta que a ella le hubiera asustado meses antes. En aquel momento sólo encendió un calor que la asombró por su intensidad.

Él se hundió en ella como un salvaje, acariciándola de un modo en que nunca la había acariciado, su boca sobre los pechos, sobre los labios, moviéndose una y otra vez para unir sus cuerpos, empujando, embistiendo y arrastrándola contra él hasta que ella fue presa del deseo.

Nora le rogó entre sollozos que acabara con aquella hambre que le hacía sentir.

Él se detuvo justo sobre ella, con la respiración entrecortada mientras esperaba.

—Por favor —suplicó Nora, estremeciéndose, elevando el cuerpo para llegar a él–. Oh, por favor, no puedo vivir si te paras...

Él le dijo con un susurro, con claridad, lo que iba a hacerle. Ella le susurró también, cosas provocativas, cosas asombrosas. Arqueó suavemente el cuerpo hasta que su espina dorsal estuvo tensa, y se estremeció al notar que él comenzaba a bajar de nuevo. Se arrepentía de haberle pedido que apagara la luz, porque quería verle la cara. Quería verle los ojos.

–¡No! –exclamó él cuando ella intentó envolverlo. La tomó por las caderas y detuvo su movimiento–. No. Estate quieta.

–¡No puedo! –susurró ella con desesperación, porque la tensión que sentía era insoportable.

–Sí puedes. Voy a tomarte despacio, despacio. Así...

–Oh, te deseo –sollozó ella.

–Arquea las caderas hacia las mías lentamente –le ordenó Cal. A él también le estaba matando, pero sabía lo que iba a darles la intensidad de aquella unión.

–Cal...

–Levanta las caderas –susurró–. Un poco, cariño. Sólo un poco. Ahora espera. No te muevas.

–Por favor... ¡Oh, por favor!

Él sintió que Nora le clavaba las uñas en los hombros, y supo que estaba a punto de alcanzar el orgasmo, y cuando notó que su propio control se desvanecía, se hundió en su cuerpo con tanta fuerza como pudo.

No había palabras para describir lo que ella sintió entonces. Gritó y se quedó tensa, y bruscamente perdió el conocimiento en una explosión de placer caliente, que superó cualquier cosa que ella hubiera experimentado en toda su vida.

Cal alcanzó el clímax con ella, y el placer atenazó su

cuerpo. Se rió con furia, gruñó con fuerza en los oídos de Nora mientras se convulsionaba en su interior. Parecía que aquella oleada de éxtasis no tenía fin, hasta que él se convirtió en un intenso latido de saciedad.

Nora estaba intentando recuperar el aliento, temblando bajo él, húmeda de sudor. Él sentía su calor como una marca, y sonrió, exhausto. Ni siquiera pudo apartarse de ella, debido a la exquisita fatiga que sentía.

—Como morir —susurró—. Demasiado placer para poder soportarlo. Qué bien, Nora, mi amor. ¡Ha sido lo más dulce que he sentido en mi vida!

Ella se abrazó a él y escondió la cara en su cuello cálido, mientras recuperaba el conocimiento. Él se desplomó sobre ella, y Nora sintió que su respiración se hacía más profunda, más rítmica. Se había quedado dormido, pero su peso era algo precioso, delicioso. Siguió abrazándolo mientras sus cuerpos seguían unidos, y después de un minuto, también se sumió en el sueño.

En algún momento de la noche se separaron y se taparon con las mantas. Cal fue el primero en despertar, cuando la luz del amanecer entró en la habitación. Le dolía la cabeza. Sólo había tomado tres copas de champán, pero con el estómago vacío. Trató de incorporarse, pero tuvo que hacer tres intentos. Cuando lo consiguió, miró a su lado y se quedó petrificado.

Nora estaba tumbada a su lado, completamente desnuda, con la sábana apartada y el cuerpo expuesto a sus ojos. La había tomado aquella noche, sin duda. Ella estaba sonriendo en sueños, y cuando Cal se movió, ella se retorció sensualmente, como si estuviera recordando el clímax explosivo que él les había dado a los dos.

Su primer pensamiento fue terrorífico: podía haberse quedado embarazada. Evidentemente, él era fértil, y lo que habían compartido, incluso con los efectos del alcohol para intensificarlo, había sido algo único. Cal no recordaba una sola relación que le hubiera proporcionado un clímax tan grandioso.

Nora volvió a estirarse y abrió los ojos lentamente. Al ver a Cal, enrojeció.

—Sí, ruborízate —le dijo él con severidad, y después sonrió con picardía—. ¡Dios mío!

Ella tomó la sábana y se tapó hasta la barbilla. Sus ojos horrorizados se encontraron con los de Cal.

—¡Has sido tú! Me emborrachaste y me sedujiste. ¡No fue culpa mía!

—Yo no quería, ¿sabes? —se defendió él, débilmente—. Pero con todo ese champán...

Ella se agarró a la sábana con más fuerza.

—Voy a seguir los pasos de las mujeres de la liga contra el alcohol y voy a entrar en el bar con un hacha —le aseguró—, ahora que conozco los males de la bebida.

Él arqueó una ceja.

—¿Los males? No parecía que pensaras lo mismo anoche.

Nora se puso de color escarlata y bajó la mirada.

—Nunca había tomado más que una copa pequeña de champán en mi vida, hasta anoche —dijo.

—Oh, yo no tengo objeciones a tu comportamiento, Nora. De hecho, tengo la tentación de encargar varias cajas de champán —murmuró él sin dejar de mirarla.

—¡Libertino! —exclamó ella.

Él tiró de la sábana y la tomó entre sus brazos.

—Lo admito —susurró, y la besó.

En un segundo, ella dejó de forcejear y se aferró a su fortaleza.

Cal alzó la cabeza y la miró a los ojos.

—He intentado ahorrarte las durezas de otro embarazo —le dijo.

Ella posó los dedos sobre sus labios.

—Ahora estoy fuerte —le aseguró ella, con los ojos brillantes de felicidad—. Y me gustaría mucho sentirme... como me hiciste sentir anoche —susurró.

—A mí también —respondió Cal. Apartó la sábana y se inclinó de nuevo hacia sus labios—. Si concibes un hijo, Dios sabe que no me importará —le susurró ardientemente.

Después, no volvió a decir nada durante un largo tiempo.

El pozo se tapó sin ayuda de Pike. Parecía que había desaparecido de la faz de la tierra. Cal presintió que habría problemas, y fue a ver al agente de policía local de Beaumont para explicarle la situación. Los demás oficiales recibieron el aviso de buscar al hombre, pero no apareció. Cal fue también a la oficina del abogado que tenía amistad con Pike, pero estaba cerrada y en la puerta no figuraba ninguna nota sobre el regreso de su ocupante.

—No encuentro a Pike —le dijo Cal a Nora cuando volvió a la cabaña, más tarde—. No me gusta nada todo esto. Era bueno en su trabajo, y me lo recomendaron mucho. Ahora me siento mucho menos seguro con respecto a él. A ti nunca te cayó bien. Debería haber confiado en tu instinto.

—No soy tan de fiar —respondió ella con una sonrisa—. Al principio tú no me caías bien.

Él la miró con ternura.

—A mí me parecías encantadora. Guapa y enérgica, y

muy digna. Después de unos días, no podía pensar en otra cosa que en ti.

Ella alargó el brazo y le acarició el dorso de la mano.

—¿Ya no lamentas haberte casado conmigo?

Él le agarró la mano.

—Te quiero —le dijo suavemente—. Claro que no lo lamento.

Ella se ruborizó, como si un rayo le hubiera atravesado el cuerpo.

—¿Qué has dicho?

—Que te quiero —repitió él. Se llevó la palma de su mano a los labios y se la besó—. ¿Cómo es posible que no lo sepas, después de lo que compartimos en nuestra habitación del hotel la noche de la celebración?

—Sé tan poco de los hombres —admitió ella.

—Entonces, deja que te asegure que no es normal que una mujer se desmaye y que un hombre solloce como un niño durante el clímax. Nuestra experiencia fue algo fuera de lo común.

—Eso me pareció, pero no podía saberlo con seguridad. Ni siquiera en el pasado, cuando estuvimos juntos, me había sentido tan... completa.

Él suspiró, observándola con amor.

—Y tú, ¿Nora? ¿Hay todavía una pequeña parte de ti que me quiere, pese al dolor que te causé?

Ella lo miró con asombro.

—¡Yo nunca he dejado de quererte! ¡Y nunca dejaré de hacerlo!

Él se puso la mano de Nora sobre la mejilla y cerró los ojos, abrumado por la alegría.

—Gracias a Dios —susurró.

—¡Bobo! —le reprendió ella, con una carcajada—. ¡Como si el amor pudiera desgastarse por el mal humor de un hombre! ¡Con todo lo que gruñes cuando estás trabajando, yo tenía que haber dejado de quererte hace meses!

—Me alegro muchísimo de que no haya sido así —susurró él—. Ven aquí, querida.

Nora se levantó y él hizo que se sentara en su regazo para besarla.

—Sí —susurró ella, acurrucándose contra él.

Entonces, Cal se levantó de la silla con Nora en brazos y se dirigió hacia la cama.

Sin embargo, el sonido de unos pasos en el porche hizo que se detuviera. Miró hacia la puerta y se quedó allí con su carga, desorientado.

Alguien llamó con fuerza.

—¿Señor Barton? Hay un hombre aquí con unos documentos legales. ¡Quiere hablar con usted!

—¡Ahora mismo salgo! —le dijo Cal.

Dejó a Nora en el suelo, y ambos se miraron con preocupación.

—Estoy seguro de que esto tiene algo que ver con Pike —dijo, entre dientes.

Abrió la puerta y salió al porche. Nora lo acompañó.

Allí estaba el sheriff, con su placa brillante en la solapa del abrigo y un papel doblado entre las manos.

—¿Señor Barton? —le preguntó, después de levantarse el sombrero respetuosamente para saludar a Nora.

—Sí —confirmó Cal.

—Soy el sheriff Culpepper —dijo el recién llegado, y le estrechó la mano a Cal—. Tengo que entregarle este documento. Es un bloqueo judicial que le impide tomar ninguna decisión legal hasta que la titularidad del campo se establezca en un tribunal.

—No tengo que mirar la firma para saber de quién es la demanda —dijo Cal—. Pike.

—El señor Pike y su abogado, el señor Bean, fueron a ver al juez esta mañana para redactar este documento —dijo el sheriff Culpepper—. La mayoría de la gente del pueblo sabe que usted es el jefe del campo y que Pike era su empleado. Sin embargo, ese abogado sabe hablar muy bien; tiene un pico de oro. Si me permite darle un consejo, señor Barton, contrate al mejor abogado que pueda encontrar. Va a necesitarlo. Buenos días, señora —le dijo a Nora.

Ellos observaron cómo se alejaba en su caballo.

—¡Maldito Pike! —exclamó Cal, furioso.

Nora tomó el documento de sus manos y lo leyó.

—Cal, ¿qué vamos a hacer? Con la propiedad del pozo bloqueada, no tenemos dinero, ¿verdad?

Él la miró y sonrió.

—No te preocupes. No vamos a morirnos de hambre.

—No es eso, y lo sabes —dijo Nora con firmeza—. Si le pidiera disculpas a mi padre —añadió—, quizá estuviera dispuesto a enviarnos a su abogado...

—No vas a pedirle disculpas —le dijo él con calma—. Nunca. No hiciste nada por lo que tengas que disculparte.

—Pero, ¿qué vamos a hacer? ¡No podemos permitir que Pike se quede con nuestro pozo!

—No estamos totalmente desvalidos.

En aquel momento, Mick, el ingeniero, se acercó corriendo a la casa con otros hombres.

—¿Qué ocurre? —preguntó—. Es un bloqueo, ¿verdad? —preguntó, rojo de ira—. ¡Ese Pike! Lo vi con el abogado varias veces, y te lo habría dicho, pero me imaginé que estaba resolviendo sus asuntos y me callé. ¡Fui idiota!

Cal le sonrió.

—No es culpa tuya, Mick. Y no pongas esa cara, que

el mundo no se ha terminado. ¡Ni siquiera hemos disparado la primera salva!

—Ese abogado es listo. Es de Chicago. He oído hablar de él en el pueblo. Dicen que no tiene igual en un juicio.

—Oh, creo que puede que tenga uno o dos —respondió Cal, con un extraño brillo en los ojos.

Nora se preguntó el motivo de aquella expresión, pero él no dijo nada más.

A la mañana siguiente, Cal fue a Beaumont y envió un telegrama a Látigo desde la oficina de la Western Union.

CAPÍTULO 19

Dos días después, Cal llevó a Nora a la estación. Le pidió que se vistiera bien, y ella se puso un traje azul, una blusa de encaje y su sombrerito de París. Cal no le había dicho el motivo, y por mucho que ella preguntara, no consiguió sacarle una palabra sobre sus planes. Era el hombre más reservado y exasperante que ella hubiera conocido. Se lo dijo muchas veces, pero sin resultado.

Del tren bajaron tres hombres, a quienes Cal saludó con un gran afecto. Después tiró de Nora para presentársela a los recién llegados con una expresión de orgullo.

El mayor tenía los ojos oscuros y el pelo cano. Brant Culhane le estrechó la mano con calidez, y lamentó que su esposa, Enid, no hubiera podido hacer el viaje con ellos. Dijo que Cal debía llevar a Nora a conocerla, mirando significativamente a su hijo.

El hermano mayor se parecía tanto a Cal que Nora se quedó asombrada.

—¡Vaya, es exactamente igual que Cal! —exclamó mientras se saludaban.

Él negó con la cabeza.

—Él es exactamente igual que yo —la corrigió, y miró a su hermano sonriendo.

—De niños jugábamos a ser los reyes de la montaña —le explicó Cal—, y él ganaba siempre. Así se ganó su sobrenombre. King —añadió, ante la confusión de Nora.

—Vaya, y le has puesto a tu caballo el... —quiso decir ella.

—Y éste es Alan —la interrumpió él, aunque King ya lo había entendido y se estaba riendo en silencio.

Alan se adelantó y le besó a Nora el dorso de la mano con una cortesía exquisita.

—Es un placer conocer a mi encantadora cuñada, por fin —dijo él, mirando a Cal—. Aunque las presentaciones deberían haberse hecho antes de la boda, ¿no?

Cal le pasó a Nora el brazo por los hombros.

—Es una larga historia —les dijo a los demás—. Os la contaré cuando tengamos ocasión. En este momento tengo muchos problemas.

—No por mucho tiempo —respondió Brant, y se acercó a dos caballeros que llevaban un maletín cada uno—. El señor Brooks y el señor Dunn —dijo—. Son de Nueva York. Gestionan los negocios de la familia —le explicó a Nora.

Cal les estrechó la mano. El señor Brooks era de baja estatura y de tez morena, y tenía una expresión de inteligencia. El señor Dunn era alto, elegante, con los ojos azul claro y el pelo oscuro y ondulado. Cuando miró a Nora, ella sintió un escalofrío por la espalda. Él fue amable y se levantó el sombrero de la cabeza para saludarla, pero tenía una mirada que hizo que Nora comenzara a rezar para no tenerlo nunca de frente en la sala de un tribunal.

Observó a los hombres, que hablaban mientras ella se

mantenía aparte, y comenzó a analizar el trasfondo de todo aquello. ¿Qué negocios de la familia? ¿Por qué iba a necesitar el padre de Cal la ayuda de un bufete de Nueva York? Por primera vez, se fijó en cómo iban vestidos el padre y los hermanos de Cal, y se dio cuenta de que no eran trabajadores del campo. Aquéllos eran hombres poderosos, ricos. ¿Acaso Cal era una oveja negra, que se había visto obligado a trabajar para ganarse la vida en un rancho? Nora debía conseguir que le contara la verdad. Había habido demasiados secretos entre ellos.

—Hay un hotel excelente en la ciudad —les estaba diciendo Cal—. Y la comida está casi tan buena como la de mamá.

—Nadie cocina como tu madre —dijo Brant con una sonrisa de melancolía.

—Nora está en camino de conseguir semejante habilidad —dijo Cal.

Ella sonrió.

—Lo cual significa que mis galletas ya no botan cuando se caen al suelo —dijo.

Los hombres se rieron.

—Cuando conozcas a Enid, pídele que te cuente cómo fue el primer pavo que me preparó cuando acabábamos de casarnos —le sugirió Brant—. Hará que te sientas menos avergonzada de tus primeros intentos.

Nora sonrió.

—Me encantaría —dijo, pero por dentro todavía estaba preocupada por si Cal seguía avergonzándose de ella.

Él la deseaba, y decía que la quería, pero nunca había sugerido que fuera a llevarla a casa para presentarle a su familia, sobre todo, a conocer a su madre. Aquello era lo único que le impedía a Nora ser feliz por completo.

Durante el resto de la semana Cal tuvo varias reuniones

con sus hermanos, su padre y los abogados. El juicio se había fijado para el lunes siguiente, y Cal pasó la mayor parte del fin de semana en el hotel. Nora hizo comidas que fueron ignoradas u olvidadas. Se sintió relegada, aunque sabía que era por el bien de su futuro. No podía evitar preguntarse si todo era cuestión de negocios, o si él tenía alguna razón propia para mantenerla apartada de su familia.

Y en realidad, así era. Cal no quería que a sus hermanos y a su padre se les escapara nada sobre su vida real. Una vez que terminara con la amenaza de Pike, tendría que superar aquel obstáculo.

—Es muy guapa —le dijo Brant, mientras estaban tomando una copa en el bar—. Y es evidente que te adora.

—Y viceversa —apuntó King con los ojos brillantes—. Por fin te han cazado, ¿eh?

—Completamente —dijo Cal—. Pero ella no sabe nada de nosotros. Al principio no quería decírselo. Ahora sí quiero, pero no sé cómo hacerlo. Me va a odiar cuando lo sepa todo. Si la hubiera llevado a casa en primer lugar, en vez de obligarla a vivir en la cabaña del rancho Tremayne, donde ni siquiera había un fogón decente... Si yo hubiera tenido más sentido común, ella no habría perdido el niño, ni habría estado a punto de morir de la malaria.

—Tienes que decírselo —insistió King—. No es justo que siga pensando que eres un vaquero pobre o un buscador de petróleo sin un penique.

—Quizá lo sea —dijo Cal—. Quizá Brooks y Dunn no sean capaces de vencer a Pike en el juicio.

—Hijo —intervino Brant—, no has visto a Dunn en acción. Espera a verlo para opinar.

—Brooks es quien hace la investigación —le explicó King—. Hace el trabajo legal. Pero Dunn... —su hermano sonrió misteriosamente—. Bueno, ya verás.

Cal no estaba del todo convencido. Dunn parecía formidable, desde luego, pero para ganar un juicio hacía falta más que tener una apariencia formidable. Cal estaba nervioso por el juicio, y además de maldecir a Pike, se maldecía a sí mismo por haber sido tan estúpido como para dar carta blanca a aquel hombre.

King lo acompañó de vuelta al hotel. La noche estaba tranquila, salvo por el ruido que provenía del bar y el sonido de los cascos de los caballos y de las calesas.

—No deberíamos haberte pedido que aceptaras aquel puesto de trabajo en el rancho Tremayne —le dijo King de repente—. Si hubieras estado aquí, en el campo, quizá Pike no se hubiera vuelto tan avaricioso.

Cal negó con la cabeza.

—Si no hubiera aceptado el trabajo, nunca habría conocido a Nora. Merece la pena aunque tenga que perder todo el petróleo, si es que sucede. No me arrepiento.

—¿Cuándo vas a decirle la verdad? —le preguntó.

—Cuando no pueda evitarlo un segundo más —dijo Cal obstinadamente.

King no preguntó nada más hasta que llegaron a las puertas del hotel. Entonces se puso frente a su hermano con una expresión solemne.

—¿Qué harás si las cosas salen mal el lunes?

Cal se encogió de hombros.

—Probablemente, le pegaré un tiro a Pike.

—Eso era lo que pensaba. Mira, Látigo es lo suficientemente grande para todos nosotros. No hay necesidad de...

—Cal le dio una palmada de afecto en el hombro a su hermano.

—Estaba bromeando. Por Dios, nunca dejaría a Nora en la estacada haciendo que me metieran en la cárcel. Y no me voy a rendir. Pike es quien tiene que preocuparse, si Brooks y Dunn son tan buenos como tú dices.

—No has tenido necesidad de sus servicios durante estos años. Nosotros sí —le dijo King con calma—. Ya verás a lo que me refiero.

Cal suspiró.

—Eso espero.

Cal no le dijo a Nora lo preocupado que estaba en realidad. Si Pike se quedaba con el pozo, significaría que tendría que empezar de nuevo, pedir prestado más capital y hacer otra arriesgada apuesta. No sabía exactamente qué era lo que había planeado Pike, y todo dependía de la documentación y de la eficacia de los abogados de la familia. Intentó recordar todos los pasos que había dado desde que había comprado el terreno y el usufructo de los derechos del mineral. Sin embargo, al revisar todos los documentos, no encontró ninguna laguna jurídica que Pike pudiera aprovechar para quedarse con la explotación. Por otra parte, quizá Pike tuviera un abogado tan deshonesto como para encontrar un subterfugio que pudiera sostenerse en el juicio.

Él no iba a pegarle un tiro a aquel hombre, pero la idea era tentadora. Pike se habría llevado una parte de los beneficios, como iban a llevarse todos los hombres que trabajaban en la explotación. Cal lo había decidido así desde el principio. Sin embargo, Pike era avaricioso, y lo quería todo. Si Cal se salía con la suya, sin embargo, Pike iba a quedarse sin nada.

Se rumoreaba que el mismo Rockefeller había comenzado a hacer preguntas sobre el hallazgo de Cal y su gente. Todavía no se habían puesto en contacto con él, pero ése sería el paso siguiente. Para que el petróleo produjera beneficios, era necesario sacarlo por medio de una red de tuberías y llevarlo a una refinería. Cal necesitaba que alguien hiciera todo aquello. Sin embargo, no podía dar ningún paso hasta que un juez dijera quién era el propietario del terreno.

Llegó la mañana del lunes, y Nora se sentó en un banco de la sala, nerviosa, junto a Brant, King y Alan. Siguió los preparativos con preocupación, observando a los abogados, a Cal, que estaba sentado en silencio en la mesa del demandado. El hombre que estaba junto a Nora no estaba muy preocupado; de hecho, King estaba sonriendo.

El juez les habló a los dos abogados antes de que comenzara el juicio, y a Nora le pareció que debía de conocer a Dunn. Era mucho más respetuoso con él de lo que era con el señor Bean, el abogado de Pike.

Pike estaba en la sala. No miraba hacia ellos, aunque movía sin cesar los ojos de un lado a otro.

Su abogado era bueno, muy bueno. Expuso unos hechos distorsionados sobre el caso para conseguir que la demanda de su cliente tuviera fundamento. Pike había presentado una reclamación anterior sobre el campo donde se encontraba el pozo, le dijo al tribunal, y él tenía los documentos que lo demostraban. Cal, que ya sabía lo que iba a intentar Pike gracias al trabajo de investigación de Brooks, lo miró con furia. Le asombraba que aquel hombre estuviera dispuesto a decir una mentira así en un juicio y cometer delito de perjurio sólo por dinero. Se preguntó si el abogado de Pike sabía que era mentira, y si los documentos que aportaba al juicio eran falsos.

El abogado presentó aquellos documentos junto a declaraciones de testigos que afirmaban que Cal estaba ausente del campo durante largos periodos, que Pike había hecho todo el trabajo, que Cal no había hecho nada y que estaba intentando usurparle a Pike la propiedad.

El abogado de Pike, el señor Bean, se sentó con una sonrisa de seguridad hacia su cliente.

Entonces fue el señor Dunn quien se levantó. Era alto y esbelto, y se movía casi con indolencia por la habitación, mirando al jurado con sus ojos claros. Llevaba gafas, que sólo servían para subrayar los rasgos fuertes de su rostro. Tenía varios documentos en la mano cuando se acercó a la grada del jurado.

—Los argumentos del señor Bean son interesantes —comentó—. Afirma que su cliente hizo la mayor parte del trabajo para obtener el petróleo del pozo, y que por lo tanto, merece la mayor parte de los beneficios. Esa afirmación es absurda, así que no me molestaré en rebatirla. Sin embargo, en cuanto a que su cliente hubiera presentado una reclamación anterior sobre la franja de terreno en la que se encuentra el pozo —prosiguió, y dio el número de la parcela y la localización del pozo de Cal—, semejante afirmación no tiene validez legal. Éstas son las escrituras de propiedad de la parcela, que pertenece a mi cliente. Fueron debidamente registradas, y su exactitud puede ser avalada por testigos de la defensa. De acuerdo con la información que nos proporcionó la antigua casera del señor Pike, de Nueva Orleans, y con las declaraciones de la propietaria del salón llamado The Gator y de una empleada suya conocida como Rose Lee, y también del agente de policía local, quienes presenciaron un incidente ocurrido en la fecha de los documentos ya mencionados, el señor Pike estaba borracho y durmiendo a causa de sus excesos en una habitación del piso superior del bar. Habría sido físicamente imposible para él firmar un título de propiedad en esa fecha concreta.

Cuando Dunn terminó su exposición, miró a Pike, que estaba levantándose para protestar, mientras su abogado intentaba contenerlo.

—¡Es mentira! —gritó—. ¡Yo estaba aquí mismo, en Beaumont!

—No —respondió Dunn con calma—. Y, aunque fuera cierto, sus finanzas no le habrían permitido gastar tanto dinero como el que requería esa compra.

—¡Fue barato! —estalló Pike.

—Usted no podía permitírselo —replicó Dunn—. Y no es lógico que hubiera arriesgado semejante cantidad en lo que era, en aquel momento, una apuesta tan arriesgada.

—¡Señor, acusa a mi cliente sin pruebas! —dijo Bean, asombrado por aquellas revelaciones, y buscando desesperadamente algún asidero legal.

—¿Eso cree? —preguntó Dunn—. Me disculpo por malgastar el tiempo de este tribunal en un asunto tan insignificante —añadió mirando a Pike—. Nunca había visto que un empleado tuviera tanta confianza de su empleador, y abusara de ella de tal forma. El señor Pike recibía un salario semanal exorbitante por sus esfuerzos en nombre de mi cliente. Sin embargo, la idea de hacerse con un beneficio como el que producirá el pozo petrolífero convirtió al señor Pike en un avaricioso que está dispuesto a violar la ley para conseguir sus ambiciones. Y sí, señor Bean —prosiguió Dunn—, puedo probar que la firma de esos documentos está falsificada. Tengo una confesión de quien lo hizo, a quien mi colega, el señor Brooks, ha hecho hablar esta misma mañana.

El señor Bean se sentó. Se había quedado pálido y estaba mirando a Pike, quien por fin se había rendido y había agachado la cabeza.

Nora, que había previsto una larga sesión y una batalla de ingenios entre los abogados, estaba perpleja.

El juez frunció los labios y miró los documentos que le entregó Dunn.

—Parece que todo está en orden.

El señor Bean estaba furioso. Le lanzó a Dunn una mirada fulminante, y de repente, se levantó y exigió tener acceso a aquellos documentos.

El juez asintió y se los entregó.

—¡Ajá! —exclamó mientras leía el nombre que figuraba en las escrituras de propiedad—. Aquí hay más pruebas sobre la veracidad de la demanda de mi cliente. Esto es un fraude por parte del demandado. ¡Éste no es el nombre del hombre que está sentado en la mesa de la defensa! Ha adoptado una identidad falsa, lo cual niega su supuesta propiedad de los terrenos.

Nora se quedó boquiabierta. Brant le tomó la mano y le dio unos suaves golpecitos en el dorso para reconfortarla.

El juez miró al señor Bean por encima de la montura de las gafas.

—Nunca ha vivido en Texas, ¿verdad, joven?

—Con todos los respetos, Señoría, ¿qué tiene eso que ver con la documentación de este caso? —preguntó Bean.

El juez sonrió a Cal y a la gente que estaba sentada justo detrás de él.

—Bueno, hijo, si fuera de Texas, reconocería ese nombre rápidamente. La familia no es precisamente desconocida. Son propietarios de un imperio.

Bean estaba perdiendo toda la seguridad en pocos segundos.

—¿Señoría?

—Deje que se lo explique —continuó el juez, apartando los documentos—. ¿Sabe lo que significa Rockefeller en la industria petrolífera?

Bean asintió.

—Bueno, en Texas, la familia Culhane hace lo mismo con el ganado.

Bean se dio la vuelta y miró a Cal con un miedo repentino. Cal estaba apoyado en el respaldo de la silla. Miró a Pike, que parecía que se había tragado un melón entero. La angustia de Pike era evidente, tanto que a Cal casi le dio pena. Si Pike hubiera conocido su verdadera identidad, jamás habría intentado algo así.

No quería darse la vuelta para mirar a Nora. Ella había pasado de la estupefacción, a la consternación y después a la ira. Brant hizo una mueca a su hijo King cuando él le señaló a la mujer cuya mano sostenía entre las suyas. Casi sentía lástima por su segundo hijo.

—¿Esos Culhane? —preguntó Bean, que había perdido todo su aplomo—. ¿Esos Culhane?

El abogado se dio la vuelta, recogió su maletín y lo cerró mientras miraba significativamente al hombre delgado y nervioso a quien representaba.

—Me retiro del caso, Señoría —le dijo al juez respetuosamente. Después tomó su maletín y le dijo a Pike—. ¡Maldito idiota!

Después salió de la sala sin mirar atrás.

—Está en su derecho de apelar mi decisión, señor Pike

—le dijo secamente el juez—, pero fallo en contra de usted, y teniendo en cuenta la legalidad de estas escrituras, creo que cualquier tribunal hará lo mismo. El señor Dunn tiene razón: este caso es una pérdida de tiempo. ¡Caso desestimado! —exclamó. Dio un mazazo en el estrado y se marchó.

Pike se levantó y se acercó a la mesa de la defensa.

—Señor Culhane, yo no lo sabía... nunca habría... ese abogado, ¡él me obligó a hacerlo! —dijo de repente—. ¡Fue idea suya, él me dijo que...!

Dunn clavó sus ojos en él.

—El señor Bean tiene integridad —le dijo—. Y usted se expone a una demanda civil por difamación si continúa.

Pike tragó saliva y retrocedió. Para ser abogado, aquel tipo era físicamente intimidante.

—Sobre el pozo, señor Barton... quiero decir señor Culhane —continuó obstinadamente.

—Recibiste un salario —dijo Cal, levantándose de la silla—. Si sales corriendo hacia la puerta, quizá te libres de que te dé una paliza —añadió, e hizo un movimiento rápido; entonces, Pike salió de la sala como un gato escaldado.

King se rió mientras se ponía en pie, como el resto de la familia.

—Bueno, ya está.

Cal le estrechó la mano a Dunn.

—Es usted asombroso. ¿Cómo pudo el señor Brooks dar tan rápidamente con todas las pruebas?

Dunn sonrió misteriosamente.

—Él no lo hizo. Lo hice yo. Sé cómo moverme en un pueblo pequeño como éste. Sabía que los documentos eran falsos, así que busqué al hombre que podía haberlos falsificado según el precio que podía pagar Pike. Me debían un favor, y me ayudaron a encontrarlo. Sólo es un día de trabajo —dijo, y asintió hacia los Culhane—. Les enviaré la minuta por correo. Recogeré a Brooks y saldremos en el próximo tren para Nueva York.

—¿Ves lo que te había dicho? —le preguntó Brant a Cal, después de despedirse del abogado. Le dio a su hijo una palmada en la espalda y prosiguió—: Esto ha sido pan comido para Dunn. Se siente mucho más a gusto con los casos penales. Lo he visto enviando a los testigos de la parte contraria al bar más cercano.

—Eso no me sorprende —dijo Cal—. Pero no sé por qué, Dunn no me parece un abogado.

—Bueno, es que no empezó así —dijo King mientras se unía a ellos, con Nora a la zaga—. Era pistolero en Dogde. Su madre le rogó que estudiara antes de que lo mataran en las calles, y milagrosamente, él escuchó. Fue a Nueva York, estudió en Harvard y se hizo abogado —le explicó a Cal, y se echó a reír al ver la expresión de asombro de su hermano—. Todavía sabe manejar un Colt. El año pasado disparó a un tipo en Denver por apuntarlo con un arma en la sala de un juicio —dijo, sacudiendo la cabeza—. No me sorprende que el juez lo reconociera. La mayoría de los jueces lo conocen.

Cal emitió un silbido.

—¡Vaya!

Después se volvió hacia su esposa. Ella lo estaba mirando con una cara que le exigía explicaciones y al mismo tiempo lo amenazaba seriamente.

—Oh, Nora —dijo—. Al principio no quería decírtelo, y después no sabía cómo hacerlo.

Ella se dirigió a Brant.

—Muchas gracias por venir en su ayuda —le dijo—. Al menos, ahora tendrá un pozo de petróleo con el que pasar el resto de su vida.

—Vamos, vamos —dijo Brant—. Sé que es una gran impresión, pero él tenía sus motivos. En realidad fue culpa mía. Yo quería que ayudara a tu tío a levantar el rancho, porque el señor Tremayne no quería aceptar nuestros consejos. La ayuda de Cal era para evitar que volviera a perder la propiedad —dijo, y se encogió de hombros—. No quiero ver cómo un buen ranchero se hunde. El suyo es uno de los muchos ranchos que poseemos, pero yo tengo debilidad por él. Así que échame la culpa del engaño a mí, y no a Cal.

Nora tenía una mirada de dolor.

—Me hizo pensar que era un vaquero —replicó—. Me llevó a una cabaña que sería demasiado espartana para un convicto. ¡Perdí a mi bebé por eso!

Se dio la vuelta, llorando, y salió corriendo del edificio.

—¡Ve con ella! —le dijo King.

Cal obedeció al instante. No se había sentido tan mal en toda su vida. Finalmente había llegado la hora de la verdad, y él no sabía cómo justificar lo que había hecho. No podía. Ella tenía razón sobre lo que les había costado aquel engaño, y no importaba de quién fuera la culpa; Nora iba a culparlo a él.

La encontró haciendo las maletas, y no se sorprendió. Tomó su sombrero y se sentó en una butaca para observarla con el corazón en un puño.

Ella lo miró. Tenía los ojos enrojecidos. Después siguió metiendo ropa en la maleta. Se habían mudado al hotel de Beaumont, y tenía todas sus cosas allí.

—¿No tienes ninguna excusa que darme? —le preguntó—. ¿Ni una justificación, ni explicación por haber ocultado tu verdadera identidad durante todos los meses que hemos pasado juntos?

—No, no tengo defensa —dijo él—. Al principio lo oculté porque Chester no podía saber que yo estaba allí de parte de mi familia. Y después, cuando tú fuiste tan arrogante acerca de mi condición social, seguí con el engaño para hacer que me aceptaras como era —le explicó, mirándose las botas—. Cuando lo conseguí, estaba demasiado avergonzado como para decirte la verdad. No habrías perdido el bebé si yo no hubiera sido tan estúpido.

Ella se detuvo y lo miró. Estaba destrozado, y Nora sintió que su furia se desvanecía.

—Perdóname —le dijo—. No he debido decirte algo tan terrible. Fue la impresión de saber que mi marido no es quien yo pensaba. Era una esnob terrible, ¿verdad, Cal? —añadió con tristeza—. Creo que necesitaba de veras esa lección de humildad. Y creo que lo que hizo que perdiera al bebé no fue sólo el trabajo, sino también la fiebre. No te culpo. Fue la voluntad de Dios. En el fondo lo sé, igual que tú.

Él volvió la cara.

—Quizá. Eso no mitiga mi sentimiento de culpabilidad. Quería decirte la verdad, Nora. Es sólo que sabía que me dejarías cuando lo hiciera, y no podía soportar la idea de perderte.

Nora se volvió hacia él con los ojos abiertos como platos.

—¡Dejarte! —exclamó.

—¿No vas a dejarme? —preguntó él con una alegría inmensa—. ¿Y por qué estás haciendo las maletas?

Ella lo miró como si fuera tonto de remate.

—¿Y cómo voy a viajar sin la ropa? Después de todo, voy a conocer a tu madre.

Él sonrió.

—¿Sí?

—Ya no me importa que estés avergonzado de mí —respondió ella con enfado—. Quiero saber dónde vives, y todo lo demás que haya que saber sobre ti.

Cal se levantó de la silla en una fracción de segundo. La tomó en brazos y la besó. Ella se colgó de su cuello, gimiendo suavemente, y él se sentó en la silla de nuevo y la acurrucó contra sí.

—¡No estoy avergonzado de ti! Nunca lo estuve. Mentí para calmar mi orgullo —dijo, y escondió la cara en el cuello de Nora—. Quería que me amaras tal y como era, a pesar de lo que creyeras sobre mí.

—Y te quería. Eres bobo, si piensas que voy a dejarte ahora. Te quiero demasiado, y llevo un mes de retraso en el periodo, y esta mañana he vomitado el desayuno, Cal.

Él desvió la mirada, pero ella percibió un brillo de ansiedad en sus ojos.

—Oh, querido —le susurró ella con ternura. Hizo que volviera la cara hacia ella y le besó los párpados con delicadeza.

—Es culpa mía. Es demasiado pronto —comenzó a decir él, que temía por su salud.

—¡Tonterías! Estoy muy fuerte, y deseo a este bebé con toda mi alma. Estaré bien —le aseguró, y lo engatusó hasta que él la besó de nuevo y comenzó a relajarse—. Deja de preocuparte, ¿de acuerdo? ¡Mi embarazo es otro motivo de alegría! ¡Te quiero! —susurró—. Te quiero, te quiero, te quiero...

Cal interrumpió sus palabras con la boca, invadido de temor, de alegría y de placer. Durante un largo rato, ninguno pudo hablar más.

Alguien llamó a la puerta con energía. Cal tardó un minuto en recuperar el aliento, y después se puso en pie sin soltar a Nora.

—Abre la puerta —le dijo entre beso y beso.
—Déjame en el suelo.
Cal negó con la cabeza, sonriendo.
Riéndose de felicidad, ella giró el pomo. Cal se apartó y dejó que su hermano terminara de abrir.
King arqueó las cejas y los miró fijamente.
—Y yo que pensaba que necesitarías ayuda para convencerla de que no se fuera —comentó, sonriendo—. Qué tontería, en realidad. Tú y yo pensamos igual.
—Qué cosa tan práctica —dijo Nora—. Tendré que hablar con su esposa, y podemos escribirnos cuando uno de los dos se ponga demasiado cabezota.
King abrió mucho los ojos.
Cal sacudió la cabeza.
—Quizá me conozcas a mí, pero no la conoces a ella —dijo—. Me temo que tenemos mares tormentosos por delante.
—Eso parece.
—Por favor, váyase —le pidió Nora con amabilidad—. Mi marido está humillándose, y yo disfruto mucho viéndolo humillarse, así que quiero prolongarlo. Cuando se haya humillado hasta mi completa satisfacción, bajaremos para que todos podamos celebrar la victoria y hablar de nuestro próximo viaje a... —ella desvió la mirada de la cara de diversión de King a Cal, que sonreía encantado—. ¿Adónde vamos, querido?
—A El Paso —respondió él.
—¿El Paso? ¡Al desierto!
Él la miró con cara de pocos amigos.
—Ya te he dicho que el desierto es muy bonito cuando se llega a conocerlo.
—Sí, es cierto —dijo King. Después se metió las manos en los bolsillos—. Yo... eh... le diré a papá que vais a tar-

dar un rato. Mientras, creo que nosotros tres nos iremos al campo petrolífero con tu capataz y echaremos un vistazo a la operación. Si crees que tenemos tiempo —añadió irónicamente.

Cal asintió.

—Os esperaremos en el restaurante si no habéis vuelto cuando bajemos —dijo.

King asintió.

—Señor Culhane —dijo Nora cuando él empezaba a marcharse.

Él se volvió.

—King —la corrigió con una sonrisa.

—Su nombre verdadero es Jeremiah Pearson Culhane —le dijo Cal—. Pero sólo Amelia se lo llama. Lo hace generalmente cuando él hace que se enfade. Ella le lanza cosas, así que nunca te interpongas entre ellos cuando se peleen.

King lo miró con indignación.

—Algún día te haré un favor igual.

—Ya lo sé.

—King, entonces —continuó Nora—. ¿Crees que Pike se marchará de verdad, que no intentará volar el pozo o incendiarlo, o algo así?

—El señor Pike ha tomado un tren hacia Kansas —le dijo King—. De hecho, acaba de tomarlo hace unos minutos, acompañado de varios escoltas, uno de los cuales llevaba una estrella en la solapa. Parece que el señor Pike tenía un caso pendiente en Texas, que no había mencionado. Se trata de una agresión en una disputa por una mina de plata en la frontera. El sheriff ha accedido amablemente a hacer la vista gorda si se marchaba de Texas inmediatamente.

—¡Vaya, qué coincidencia! —exclamó Nora—. ¿Y lo de esa acusación se ha sabido por casualidad?

—No exactamente. El señor Dunn le envió un telegrama a un hombre que conoce. Unos minutos después, el sheriff recibió un telegrama sobre Pike —dijo, y frunció los labios—. Por raro que parezca, según Pike, él no sabía nada del incidente en cuestión.

—¡Oh, Dios Santo! —exclamó Nora con indignación.

—El señor Dunn no es un buen enemigo —dijo King, y se dio la vuelta—. Bueno, nos veremos durante la cena.

Cal dejó en el suelo a Nora para que pudiera cerrar la puerta. Ella lo miró con curiosidad.

—Tu familia tiene unos conocidos muy raros...

—Espera a que conozcas a tus parientes políticos —dijo Cal, mientras comenzaba a desabrocharle el vestido—. Tengo un cuñado que fue Ranger de Texas. Ahora es ayudante del sheriff en El Paso. La cuñada de Amelia es hija de uno de los bandidos más famosos de México. Podría seguir... —añadió con una sonrisa—. Uno de nuestros vaqueros era ladrón de bancos...

A ella le brillaron los ojos de excitación.

—Me lo contarás más tarde —susurró—. Ahora sólo tengo ganas de algo mucho más emocionante que cuentos chinos.

Horas después, Cal estaba sentado a la mesa de la cena mientras Nora charlaba animadamente con su padre y sus hermanos. Decidieron que irían a El Paso un par de días después. Antes, Cal puso a Mick al mando del pozo y le dijo a él y a los demás hombres que les daría una participación de los beneficios. Ellos se quedaron extasiados, y Cal supo que no debía temer más por la seguridad de la operación. Además, los representantes de Rockefeller se pusieron en contacto con él para fijar una reunión al día siguiente.

—Cal me ha estado contando mentiras —dijo ella de repente—. Sobre ladrones de bancos, bandidos y Rangers de Texas, todos en vuestra familia.

Los hombres se miraron, y Brant sonrió.

—Bueno, Nora, supongo que tendrás que venir con nosotros al oeste de Texas para ver por ti misma lo que es cierto y lo que no.

—Vaya, eso es exactamente lo que había pensado —respondió ella con una sonrisa.

CAPÍTULO 20

El viaje a El Paso era largo, pero Nora no se quejó ni una sola vez. Nunca había sido tan feliz, a pesar de los mareos del embarazo, y Cal estaba radiante ante su próxima paternidad.

Amelia y Enid estaban esperándolos en la estación, y después de las presentaciones y del trayecto hasta el rancho, Nora se había hecho amiga de las mujeres mucho antes de que los hombres volvieran a la casa de una ronda por el rancho.

—Conocerás mañana a María —le dijo Enid—. Quinn y ella están en México, donde el sacerdote del pueblo de María ha bautizado a su hija. Queríamos ir, pero nos pareció una intromisión. Ellos son muy reservados. María no es realmente mexicana, pero se crió allí, y todavía es un poco tímida con nosotros porque su padre adoptivo era un forajido. Pero, poco a poco, se está abriendo.

Nora había sabido que los cuentos chinos de Cal no eran tan chinos. Era fascinante conocer a tanta gente cuya vida era mucho más interesante que las de las novelas que ella solía leer. Había aprendido cosas sobre su marido y su infancia, cosas que estuvieron a punto de hacer que se desmayara. ¡Era un milagro que hubiera sobrevivido hasta la edad adulta! Nora se sentía como una pardilla, tal y como Cal le había dicho una vez, pero a medida que aprendía más cosas sobre el rancho y su gente, más segura se sentía.

Todos le caían muy bien. Enid hacía las tareas de la casa, aunque tenía mucha ayuda de las esposas de los vaqueros. El rancho era enorme, mucho más grande y eficiente que el de su tío, y parecía que el dinero no era una preocupación allí. El cálido recibimiento que le dispensaron hizo que se sintiera como en casa, y sus últimas dudas se desvanecieron.

Adoraba al niño de Amelia. Pasaba horas con él en brazos, y soñando con el nacimiento de su propio hijo. Su única pena era que sus padres, probablemente, no llegarían a conocerlo. No habían vuelto a intentar ponerse en contacto con ella, ni ella tampoco. Era una suerte, pensó, que estuvieran viviendo lejos del tío Chester y la tía Helen; era inevitable que Helen se escribiera con su única hermana, la madre de Nora. La herida nunca se cerraría si se abría constantemente.

Cal notó su preocupación y le preguntó el motivo una noche, a solas en su habitación. Ella le confesó, de mala gana, que estaba triste por no tratarse con sus padres.

—Tus padres terminarán por entrar en razón —le prometió él, y sonrió—. Mientras, espero que tus tíos estén a punto de visitarlos para hacerles rabiar un poco.

Nora le preguntó a qué se refería, pero él descartó la respuesta con una carcajada y se negó a hablar de ello.

Dos semanas más tarde llegó una carta de la tía Helen para ella.

Hemos ido a visitar a tus padres. Han cambiado mucho, Nora, y creo que los encontrarás humildes e impacientes por verte. Piénsalo.

Había una posdata diciéndole que no esperaban ninguna disculpa suya. Y además, añadía:

Y Chester me ha encargado que le digas a Cal que no le contó a tu padre nada de quién es en realidad tu marido.

Aquello le causó inquietud a Nora, que soñaba con una reunión entre su marido y sus padres en el presente, sabiendo todos cuál era el estatus social de Cal.
—La tía Helen ha ido a visitar a mis padres —dijo Nora con curiosidad—. Es raro, porque me dijo que, después de su último viaje a Virginia, no tenía ganas de volver. Mis padres fueron... eh... bastante arrogantes con ella y con el tío Chester —añadió tímidamente.
—Eso ya no volverá a ser así, claro —le dijo Cal.
—No lo entiendo.
Cal la abrazó.
—Le di un dos por ciento de los beneficios del pozo —le dijo él, y sonrió con malicia—. Supongo que tu padre recibió las dos noticias, ésa, y la de que te has casado con un millonario.
Ella abrió unos ojos como platos.
—¿Un millonario?
—Sabías que era rico, ¿no? —le preguntó él—. Pues ahora soy mucho más rico. Tu padre nunca estuvo a nuestro nivel, querida, ni siquiera cuando yo trabajaba de vaquero pobre e itinerante. Ésa era una de las razones por las que detestaba que me miraras por encima del

hombro. Verás, desde mi punto de vista, tú eras la que vivías en la pobreza.

Ella se ruborizó.

—Fui muy tonta.

—Oh, no —respondió él—. ¡Después de todo, tuviste el sentido común de enamorarte de mí!

Dos meses más tarde, después de instalarse en Beaumont, en una preciosa casa con dos criadas para hacer las labores domésticas, Cal le dijo que iban a ir a visitar a sus padres.

Ella protestó, pero no sirvió de nada. Él se mostró inflexible. Así pues, Nora se puso un traje nuevo, uno que disimulaba su vientre crecido, y los dos emprendieron el largo viaje hacia el Este.

Sus padres estaban en casa cuando llegaron, porque Cal les había enviado un telegrama antes de salir de Texas. Ella lo miró con orgullo. Llevaba un traje de rayas elegante, con un Stetson de ala ancha y unas botas de cuero. Eran una pareja muy atractiva y próspera.

Su padre fue quien abrió la puerta. Estaba dubitativo y un poco incómodo. Le estrechó la mano a Cal y miró a Nora, aunque su mirada era de disculpa y parecía muy distinto del hombre iracundo de quien ella se había alejado meses antes.

Cynthia estuvo menos reservada. Abrazó a su hija con lágrimas en los ojos y la meció suavemente.

—Te he echado tanto de menos —le dijo.

Nora sabía que era cierto, pero que siempre se atendría a lo que dijera su padre, estuviera mal o bien. Ella había comenzado a entenderlo un poco mejor, sabiendo que seguiría junto a Cal aunque cometiera un asesinato.

Nora retrocedió, y Cynthia se secó los ojos y observó con atención a su hija. Cuando vio el vientre de Nora, sonrió.

—Me alegro —le dijo suavemente—. Mucho. Me dolió mucho no poder ir contigo cuando estuviste tan enferma.

—La tía Helen me cuidó muy bien —le dijo Nora. Se dio cuenta de que sonaba un poco cortante, pero no podía evitarlo.

—Los dos tenéis buen aspecto —comentó su padre—. Chester nos dijo que has hecho una fortuna con el petróleo, muchacho —le dijo a Cal—. Espero que te sientas de un modo distinto ahora que tienes algo de dinero propio.

Cal arqueó una ceja.

—Nunca me ha faltado el dinero —dijo—. Mi familia posee muchas tierras en el oeste de Texas, incluyendo el rancho que su cuñado dirige para nosotros.

La cara de sus padres fue cómica.

—¿Eres parte de la familia Culhane? —preguntó el señor Marlowe.

Cal asintió.

—Soy el segundo hijo del señor Culhane. Usé el apellido de mi abuela mientras trabajaba para Chester. Quería asegurarme de que ponía en marcha los cambios que deseaba la familia. A mi padre le cae muy bien el señor Tremayne, lo suficiente como para asegurarse de que tuviera éxito enviándome a ayudarle.

—Entiendo —dijo el señor Marlowe—. Pero la ropa, y el arma, y el hecho de que vivieras como un vaquero...

—Todo era parte del disfraz.

—¡Nora, no nos lo dijiste! —la reprendió su madre, suavemente.

—Nora no lo sabía —respondió Cal con tirantez—. Al menos, no lo supo hasta que nuestro pozo dio petróleo.

Cal le pasó el brazo por los hombros a Nora, y Nora sonrió a su padre desde aquella protección.

—No podemos quedarnos —dijo Cal, sorprendiéndola—. Voy a llevar a Nora a Nueva York para pasar una corta luna de miel antes de que volvamos a Beaumont. Seguramente, les haremos abuelos en pocos meses. Quizá para Navidad.

Cynthia sonrió.

—Espero que tengas una Navidad mucho más feliz este año —le dijo a Nora con sinceridad.

—Así será —respondió Nora con una sonrisa.

Cal continuó mirando fijamente al señor Marlowe, hasta que el padre de Nora carraspeó.

—Eleanor, siento mucho lo que ocurrió la última vez que nos vimos. Quiero que sepas que sois bienvenidos siempre que deseéis visitarnos. Y espero que estéis lo suficientemente cómodos como para traer a nuestro nieto a vernos cuando sea conveniente.

Nora sonrió. Las viejas heridas se cerrarían con el paso del tiempo.

—Creo que podremos arreglarlo.

—¿Estáis seguros de que no queréis quedaros? —les preguntó el señor Marlowe—. Tenemos una habitación de invitados. Una muy bonita.

—En otra ocasión, quizá, gracias —respondió Cal—. Debemos irnos.

Acompañaron a los jóvenes a la puerta. Mientras Nora les decía adiós, albergaba la esperanza de que su relación con sus hijos fuera más cálida y menos constreñida.

Se lo mencionó a Cal cuando iban de vuelta a la estación, a esperar al tren que los llevaría hasta el norte.

Él le tomó la mano con fuerza.

—Nora —le dijo suavemente—, ¿te imaginas a nuestros hijos estrechándonos las manos al despedirnos?

Ella pensó en el recibimiento que sus dos hermanos le habían dado a Cal, y también su padre y su madre. Pensó en el afecto que todos se demostraban abiertamente, y las últimas dudas se desvanecieron.

—Creo que compartiremos mucho amor con nuestros hijos, y que no habrá secretos ni distancia entre nosotros —le dijo ella—. Tengo mucha suerte.

Él negó con la cabeza.

—Tenemos mucha suerte —la corrigió.

Era una afirmación que ella no iba a discutir. Se posó la mano en el vientre, y los ojos le brillaron de emoción mientras el tren apareció ruidosamente en la estación, rodeándolos de vapor como las nubes esponjosas en el frío del primer aire del otoño.

Títulos publicados en Top Novel

Raintree – HOWARD, WINSTEAD JONES Y BARTON
Lo mejor de la vida – DEBBIE MACOMBER
Deseos ocultos – ANN STUART
Dime que sí – SUZANNE BROCKMANN
Secretos familiares – CANDACE CAMP
Inesperada atracción – DIANA PALMER
Última parada – NORA ROBERTS
La otra verdad – HEATHER GRAHAM
Mujeres de Hollywood... una nueva generación – JACKIE COLLINS
La hija del pirata – BRENDA JOYCE
En busca del pasado – CARLY PHILLIPS
Trilby – DIANA PALMER
Mar de tesoros – NORA ROBERTS
Más fuerte que la venganza – CANDACE CAMP
Tan lejos... tan cerca – KAT MARTIN
La novia perfecta – BRENDA JOYCE
Comenzar de nuevo – DEBBIE MACOMBER
Intriga de amor – ROSEMARY ROGERS
Corazones irlandeses – NORA ROBERTS
La novia pirata – SHANNON DRAKE
Secretos entre los dos – DIANA PALMER
Amor peligroso – BRENDA JOYCE
Nuevos amores – DEBBIE MACOMBER
Dulce tentación – CANDACE CAMP
Corazón en peligro – SUZANNE BROCKMANN

www.ingramcontent.com/pod-product-compliance
Lightning Source LLC
LaVergne TN
LVHW030340070526
838199LV00067B/6378